ハヤカワ文庫SF
〈SF2293〉

伝説の艦隊1
〈コンスティテューション〉

ニック・ウェブ
置田房子訳

早川書房
8547

CONSTITUTION

Book One of the Legacy Fleet Series

by

Nick Webb

Translated by

Fusako Okita

First published 2020 in Japan by

HAYAKAWA PUBLISHING, INC.

This book is published in Japan by

arrangement with

INTERCONTINENTAL LITERARY AGENCY LTD.

through JAPAN UNI AGENCY, INC., TOKYO.

伝説の艦隊1

〈コンスティテューション〉

登場人物

統合防衛軍航宙母艦〈コンスティテューション〉乗員

ティム・グレンジャー………艦長
エイブラハム・ホーズ………副長。中佐
シェルビー・プロクター……副長補佐。中佐
レイナ・スコット……………機関長。中佐
タイラー・ピアース…………戦闘艇部隊の部隊長。中佐
ハンラハン……………………宙兵隊分遣隊の指揮官。大佐
ワイアット……………………医務長
ディアス………………………戦術士。大尉
プリンス………………………航法士。少尉
ジェシカ・ミラー……………シャトル・パイロット。大尉
フォルツ………………………戦闘艇パイロット。大尉

ディズレーリ…………………重巡航艦〈ケルアック〉艦長
グディング……………………同副長。中佐
ラプラス………………………情報収集艦〈チリアン〉艦長
ロペス…………………………同副長。大尉
デイ……………………………〈ウィンチェスター〉艦長
ゴードン・ブライアン………軽巡航艦〈ミズーリ〉艦長
ライトン………………………ヒロイック宇宙基地司令官。少将
ヤーブロー……………………ヴァルハラ宇宙ステーション司令官。少将
シェルドン・タリー…………月面基地司令官。准将
ジンガノ………………………統合防衛軍中央軍司令官。元帥
エイブリー……………………地球連合大統領
エイモン・アイザクスン……同副大統領
マラーホフ……………………ロシア連邦大統領
ユーリイ・ボロディン………同連邦大使

1

地球連合宙域から十光年の位置にある第五二一星区
恒星間航宙艦《ＩＳＳ》〈ケルアック〉ブリッジ

「センサーが超空間の異常を探知しています、艦長。受信波の帯域をせばめて、確認します。おそらく、ただのゴースト信号でしょう。超新星の徴候が重力レンズでゆがんだとか、そんなものだと思います」

地球連合のＩＳＳ〈ケルアック〉の艦長は、朝のコーヒーをひとくち飲んで、うなずいた。

「本艦は〝ＩＳＳ〈ゴーストバスター〉〟と改名して、公認してもらったほうがいいな」

「はい」センサー士官はクスクス笑った。

　重巡航艦〈ケルアック〉のディズレーリ艦長は、もうひとくちコーヒーを飲んだ。超空間のゴーストは別としても、ひどい一日になりそうだ。

　まず、最近、惑星ブリタニアで不動産バブルがはじけ、昨年、浜辺の土地に投資した五十万クレジットの、ほとんど全額が消えた――ディズレーリは頭を振った。早期退役の望みがみるみる薄れてゆく。

　次に思い出したのは、親友の機関長が転属になることだ。統合防衛軍士官なら誰でも覚悟しておかなければならない別れではあるが、少なくともあと一年は幹部士官の転属はないと、ヤーブロー少将が約束してくれていたから、ショックだった。士官学校《アカデミー》出たてのガチガチに緊張した新米士官を乗せて深宇宙巡視を続けるなんて、冗談じゃない。

　ヤーブロー少将に、感情にまかせた返信を送った。あの鬼婆のことだから、いずれ、お役所仕事の一環という形で仕返しをしてくるだろう。

　だが、最悪なのは、副長との〈クルーガー・スクエア〉の勝負で五戦連敗したことだ。赤毛の陽気な女性副長は、勝つたびにかんだかい笑い声を上げた。それどころか、何がおもしろいのかわからない場面でも、同じ笑い声を立てる。それが癇《かん》にさわり、しまいにディズレーリは、四十五口径ブラスターの銃口をくわえて、ひとおもいにすべてを終わらせたいとさえ思った。

悪い士官ではない。いままで組んだ副長のなかでは最高だろう。仕事に精通し、非常に有能で、愛想がいい。

だが、恐ろしいことに――あの笑い声だ。

ディズレーリは不機嫌な顔でコーヒーカップを手にしたまま、椅子ごと身体をまわしてセンサー・ステーションを見た。

「士官候補生、センサー・スキャンの状況は？」コーヒーをちびちび飲みながら、たずねた。

統合防衛軍アカデミーを卒業したばかりの若いセンサー士官が、うなずいて答えた。

「そろそろ完了します、艦長。超空間センサーは異常をとらえていませんし、電磁波帯には何も現われていません。さっきの超空間異常は、われわれの送信機から出たゴースト信号だったと思われます」

このいやな深宇宙の境界宙域偵察任務についてから、ブリッジ・クルーは六カ月のあいだ毎日三回ずつ、この訓練を繰り返してきた。ＩＳＳ〈ケルアック〉のような先進的なパルサー級重巡航艦にとって、こんな何も起こらない仕事は退屈だし、無意味だ。境界宙域の偵察など、古い偵察巡航艦か〈伝説の艦隊〉にやらせればいい。スマート＝スチールの装甲と千兆《ペタ》ワット級レーザー・システムを装備した最新の軍用艦には、ふさわしくない。

それに、ここは境界とは名ばかりの宙域だ。向こう側は何もないに等しい。恒星や星雲や、星間ガス、塵《ちり》ばかりで、ほとんど何もない。

だが、やつらはまだいる。どこかにいる——とにかく、現在の軍を動かすのは、この戦闘教義だ。

やつらは〝大群《スウオーム》〟と呼ばれている。連中が自分たちをなんと呼んでいるのか、誰も知らない。だから、人類はこの異星人をさまざまな名で呼んだ。侮蔑的な意味を持たせた言葉も、説明的に表現したものもある。スウォーム、小妖精、緑野郎（たぶん小柄なヒューマノイド異星人の典型を表わす〝リトル・グリーン・メン〟のもじりだろう）、幽霊。もっと下品な名もあった——暴行魔、おもらし野郎、垂れ流し屋など。口にするのも恥ずかしい言葉もある。

だが、それも無理はない。人類が連中を忌《い》み嫌うのは、七十五年前、この異星人の攻撃で、地球が荒廃寸前まで追いこまれたからだ。

ところが、異星人は姿を消した。来たときと同じように突然、去った。その後、地球の統合防衛軍は、二度目の襲来から人類を守るため、油断なく巡視を続けてきた。数十年の再建と繁栄のあいだにスウォームの恐怖は薄れ、あの種族はもう存在しないのではないかという疑いが起こりはじめた。この前、われわれは連中を負かしたじゃないか……きっと、あれが決定打になったんだ……スウォームは退治されたに違いない。

「ありがとう、士官候補生」ディズレーリは、ブリッジの三分の一を占める航法ステーションへ身体を向けた。「五二一星区全体のスキャン結果が出たら、五二二星区へのQジャンプの準備をしろ」

「了解」と、航法長。退役を控えた年配の女性だ。ディズレーリは航法長にうなずいた。好ましい士官だ。この航法長を見ると、何年も前に死んだ祖母を思い出す。どんなときも揺るぎなくきちんとしているが、助手の計算がわずかでも狂っていれば荒くれ船乗りさながらの罵声《ばせい》を浴びせる。

ディズレーリは顔を上げた。さまざまなオプション機能のついたコンピューターは、この動作を即座に〝艦内の別の場所にいるクルーに呼びかける準備〟と解釈した。

「ディズレーリよりグディング中佐。ブリッジに出頭せよ」

数分後に副長のグディング中佐が、ブリッジの入口を警備する宙兵隊員に敬礼して、入ってきた。ブリッジは装甲におおわれた艦体の奥——中心部にあり、艦体の上に突き出てはいない。塀《へい》の上に置いた昔のソーダ缶のように突き出ていると、敵の標的にされやすいからだ。

「お呼びですか、艦長？」グディングは、オペレーション・センター中央の持ち場についた。

「そろそろ、次の星区へQジャンプする」

「そうですね。五二一星区では充分すぎるほど楽しみました。クルーを、早めに上陸休暇から呼び戻しましょうか？」グディングはウィンクした。ディズレーリは無理やり、こわばった笑みを返した。この副長は、たえず軽口をたたく。ひどくいらいらするが、それをクルーにさとられるのはごめんだ。それに、グディングに悪気はない。

「そうだな、中佐。五二二星区では、軽口は最小限にとどめよう。重要な任務を果たさなければ――」

「艦長！　あの……」ほかの者が大声で割りこみ、口ごもった。

ディズレーリはすばやくセンサー・ステーションを振り返った。

「なんだ？」

センサー担当の士官候補生がまごついて首をかしげ、表示に目を凝《こ》らした。

「すみません。真空エネルギーに大規模な量子のゆらぎがあるように見えたのですが、消えました。いま診断ルーチンを実行しています。これも、センサー・アレイの接続の問題かもしれません」

ディズレーリはグディングに向きなおった。

「なるほど、この数週間にこの星区で起こった最大の騒ぎは、それだったな」ブリッジのあちこちでクスクス笑う声が上がった。少し前に超空間のゴースト信号が表示されたことを考えると、やはり怪しい。だが、グディングならどんな問題でも処理できる。ディズレーリは医務室へ行かなければならなかった。「前から言っていたことだが、副長、次のシフトを代わってくれ。わたしは午後にドクターと会う約束があって、すっぽかしたくないんだ」

「わかりました、艦長。今度はドクター・エバンズからペロペロキャンディーをもらうんですか？」

「いや、だが、五回目の診察は無料だと言われたから、利用するつもりだ」ディズレーリはウィンクしてみせた。何十年も前からリゲルいぼを患《わずら》っていることなど、グディングに知らせる必要はない。この病気にとりつかれそうな場所が、リゲル3のニュー・ムンバイにある売春宿だけだとなれば、なおさらだ。

ディズレーリは立ちあがり、コーヒーカップをつかんでドアへ向かった。宙兵隊員の敬礼に、気のない答礼をした。

だが、ブリッジから出ようとして足を止めた。

その場で隔壁に手を触れた。かすかな震動が伝わってくる。

そんなはずはない。

「艦長？」

グディングが、けげんな表情で近づいてきた。

「士官候補生」ディズレーリは思わず副長を無視して、センサー士官に呼びかけた。「診断ルーチンの進み具合は？」

センサー士官はコンソールに触れて答えた。

「完了しました。全システムが正常に機能しています」

震動が大きくなった。グディングも、ほかのブリッジ・クルーも感じている――表情でわかった。

ディズレーリは艦長席に駆け戻った。

「全センサーで、くまなくスキャンしろ！　これがなんなのか知りたい」ディズレーリは顔を上げた。「機関室、ディズレーリだ。いったいなにごとだ？　わたしが知らされていないエンジン・テストがあるのか？」

かすかだった震動が強まり、艦体がガタガタ震えだした。

「いいえ、艦長」通信機を通して機関長が応答した。

「では、この震動はなんだ？」

機関長は答えなかった。応答が届くより先に、センサー・ステーションのひとつから奇妙な音が聞こえた。青ざめたセンサー士官が息をつまらせたような声をもらしたのだ。士官は震える手で目の前のコンソールを指さした。

「士官候補生？」

若い士官はコンソールを操作し、自分の画面の映像を、右舷の壁面にある大きなホロ映像画面に転送した。

ディズレーリは艦長席の画面を見た。

ディズレーリの手からカップが落ちて砕け、足もとに湯気を立てるコーヒーが飛び散った。

「なんということだ……」

2

ベラクルス星区
ヒロイック宇宙基地　オペレーション・センター

ライトン少将は画面の報告書をにらみつけ、データパッドを投げ出した。なんとも異常な事態だが、ディズレーリ艦長の性格を考えれば意外でもない。あの男は権威を尊重せず、規則や手順をなめてかかっている。ジンガノ元帥が、あの老いぼれを中心部から外縁部へ移して巡視任務につけたのは、おそらく実質的な懲罰処置だろう。

「テイラー少尉、過去四十八時間の資料記録をチェックしてくれ。〈ケルアック〉からの定時報告が、流れの悪い官僚主義の泥沼にはまって、迷子になっているのだろう」

若い女性少尉はうなずいた。

「はい、提督。しかし、わたしは個人的に、外縁星区の巡視艦から届く報告をすべて再チェックしています。自信を持って言えますが、この二日間、〈ケルアック〉からの報告はひとつも届いていません」

「この前の〈ケルアック〉からの報告に、変わったところはなかったか？」

テイラーは首を振った。

「何もありません。五二〇星区のスキャンを完了し、Qジャンプで五二一星区に着いたという内容でした。それ以後、報告がありません」

ライトン少将は指でデスクを叩いた。ちくしょう、ディズレーリ艦長は標準艦隊規則を軽視しているかもしれないが、おれの知るかぎり、日報をおこたるような男ではない。それに、報告は艦長がする必要はない。副長の仕事だ。副長のグディング中佐とは一緒に仕事をしたことがあるが、報告を欠かしたことなどいちどもなかった。息をするのと同じくらい容易に事務処理をこなす女性だ。

「よし。あと五時間以内に〈ケルアック〉から報告が届かなければ、偵察艇を送れ」

「了解しました」

3

太陽系、地球周回軌道
ヴァルハラ宇宙ステーション

ティム・グレンジャー艦長は頭を振った。信じられない。いまになって……長年、軍で働いてきたのに……。表彰もされたし、勲章も授与された。だが、制服の左胸を飾る略綬も線章も記章も、なんの意味もなくなった。

あの艦を、おれから奪おうというのか。それどころか、もう奪いはじめていやがる。

「ヤーブロー少将、理解できません。〈コンスティテューション〉は、少なくともあと五年は退役しないことになっていました」

白髪まじりのやせた女性少将は、グレンジャーにすわるよう合図した。

グレンジャーが立ったまま無言の抵抗を示すと、ヤーブロー少将は長いため息をついた。ヤーブローは疲れきった教師のような声で話しはじめ、グレンジャーをいらだたせた。

「ティム、あの艦がひどく古いのは、わかっているでしょう。悪いけど、最高司令部が決めたこと――」

「くだらん」グレンジャーは口をはさんだ。「あの艦は、艦隊のほかの艦と同じくらいしっかりしている。なぜ、〈コンスティテューション〉なんです？　なぜ、いま？　ちくしょう、ヴィッキー、おれは――」

「ティム、もう決まったことなのよ」と、ヤーブロー。グレンジャーの小声の悪態に、たじろいだ。「ねえ、わたしはできるだけのことをしたわ。退役決定をあと一年、先にのばそうと努力した。でも、承認されなかった」

グレンジャーは壁に飾られた数々の写真に目を向けた。ヤーブロー少将が、さまざまな政府高官と握手をかわしている写真だ。どこか休暇中の場所で写したらしいものもある。エイブリー大統領と握手している場面も。それから、もちろん、ヤーブローがかつて指揮した、すべての艦の美しいショット――ISS〈レガシー〉やISS〈ボルチモア〉の姿も見える。堂々たる艦だ。わが最愛の〈コンスティテューション〉と同じように。〈コンスティテューション〉はおれの家だ。

「イーグルトン委員会ですね？　連中が軍事費削減を強行して、司令部が、いちばん簡単な削減方法は〈コンスティテューション〉をスクラップにすることだと決めたんでしょう？」

「わたしは、委員会や司令部の意向を読み取れるふりはできないけど……」グレンジャーにチラリと疑わしげな目を向けられ、ヤーブローは口ごもった。「たぶん、そのとおりでしょうね」

　グレンジャーはとうとう、ヤーブローの向かいの椅子にドサリと腰をおろした。十五年前にも、この執務室で同じ椅子に腰かけ、〈コンスティテューション〉の艦長に任命された。あの艦は、そのころからすでに古かった。ちくしょう、七十五年前の大群《スウォーム》戦争のときに、もう古かった艦だ。

　だが、あのころの艦は、みな出来がいい。長持ちするように造られている。

　グレンジャーはため息をついて、適切な言葉を探した。何も出てこないので、郷愁に訴えることにした。

「おれたちが士官学校《アカデミー》にいたころは、こんなふうじゃなかったな。老いぼれのヴィッカーズ准将を覚えているかい？」

　ヤーブローは顔をほころばせた。

「忘れられるわけがないわ。九十五歳で、まだ軌道戦術理論のクラスを持っていたわね」

グレンジャーはあごをなでた。今朝ひげを剃《そ》らなかったから、ざらついている。

「おれは、きみより一年上だったから、あのとき、まだきみはいなかったかもしれない。ある日、ヴィッカーズじいさんが教室に跳びこんできて、杖を振りまわしながら——黒板やスクリーンや自分のデスクを叩いて〝新しいスウォームが攻めてきたぞ〟とわめいたんだ——」ヤーブローの含み笑いを聞いて、グレンジャーはふいに言葉を切った。あらためて先を続けようとすると、グレンジャー自身が大笑いに襲われた。

続きはヤーブローが話した。

「ヴィッカーズ准将が火災報知器を鳴らして、アカデミーの人間の半数を避難させた。でも、よくよく調べてみたら……ええ、覚えているわ。誰だって忘れられないわよ」

グレンジャーは涙を拭って答えた。

「まったくだ。結局、じいさんは廊下を歩いてくる途中、歴史のクラスで再生されていた古い報道の記録をもれ聞いたことがわかった。リアルタイムのニュースと勘違いしたんだ」

ヤーブローは立ちあがり、背後のキャビネットから小さな酒のボトルとふたつのグラスを出した。すすめられると、グレンジャーはうなずいた。

「気の毒なおじいさん――きっと、恐ろしくてたまらなかったのよ。あの事件の何年かあとで、亡くなったんじゃなかった？」

「そうだ」と、グレンジャー。渡されたグラスの酒を少し飲み、顔をしかめた。ジャック・ダニエルズか。いやはや、おれのために高級品を出してくれたものだな。咳こんで、ひやりとした――最近、よく咳が出る。ときどき、痛みもある。そろそろ、ドクター・ワイアットの健康診断を受けたほうがよさそうだ。「だが、あの准将のかんじんな部分を知っているかい？　あのじいさんは、いたんだ――現場に。スウォーム戦争当時は、現役で戦闘に参加できた歳だ。あの戦争を肌で知っていた。軍事行動を。危険を。死傷者たちを。実戦を切り抜けた本物の英雄だった。自分の軽巡航艦で、やられる前に敵の主力艦六隻を爆破した。自分の艦が破壊されたあと、宇宙服姿で三日ちかく地球の高軌道をただよい、ようやく統合防衛軍に発見された――そのとき、宇宙服は、真空中であと一日しか持たない状態だった」

「本当にタフな人だったわ」ヤーブローはグラスの中身を口に放りこみ、一瞬ひるんだ。

グレンジャーは心得顔にヤーブローを見やり、内心、首をかしげた――この少将は、最高司令部側だろうか？　それとも、逆か？　本当に〈コンスティテューション〉の引退を思いとどまらせようとしたのか？　「ヴィッカーズじいさんならイーグルトン委員会になんと言うか、わかっているだろう？」

「わたしの記憶では、ヴィッカーズ准将は政治家が好きじゃなかったわ」ヤーブローは答え、琥珀色《こはくいろ》の液体を新たに指二本分、注《つ》いだ。

「足を引きずって議事堂の議場に入ると、数人の上院議員の頭を杖で打ち、常時の警戒と軍備の充実について説教した」と、グレンジャー。「軍事費がどれほど削減されているかを知ったら、その場で墓場へ直行するはめになっただろう」

「でも、あの戦争から七十年以上たっているし、もうスウォームの影も見えないわ。気配ひとつない。人々が警戒をゆるめるのも無理はないでしょう。そう、四十年前に警戒をゆるめるのが自然だった」

「自然だが、バカげたことだ」グレンジャーは酒を飲みほすと、ヤーブローに向けてグラスをすべらせた。「連中は、まだ宇宙にいるんだ、ヴィッキー。それなのに、われわれは誰にも見られていないと思って、ズボンをおろして楽しもうとしている」

「まあ、異星の〝おもらし野郎〟が、のぞき魔じゃないことを祈りましょう」ヤーブローはウィンクした。

グレンジャーはフンと鼻を鳴らし、ヤーブローが注いでくれた二度目のグラスを叩きつけるように返した。

「われわれが戦争に勝ったのは、連中より強かったからじゃないぞ、ヴィッキー。連中より優秀だったからでも、機敏だったからでもない。運がよかっただけだ。連中が、なんの理由もなく急に手を引いたから、勝ったんだ。向こうが手を引かなかったら、地球は墓場になって、人類のコロニーはすべて破壊されていただろう。今度、連中が襲ってきたら、前と同じように運が味方してくれるとはかぎらない。ちゃんと準備をしておかなければ……」

「同感よ、ティム」ヤーブローが口をはさんだ。「でも、それは、あなたにはどうしようもない。いまは、言われたとおりに動きつづけるしかないの」グレンジャーを見て、顔をしかめた。「ねえ、ちょっと、あなたに退役を要求しているわけじゃないわよ。まだ六十四歳でしょう。そんな、お葬式みたいな顔をしないで。ほかにも艦長の出番は、いくらでも――」

「だが、〈コンスティテューション〉とは違う」グレンジャーは立ちあがった。「あの〝老鳥〟とは違う。あれに匹敵する艦など、ない。〈コンスティテューション〉は別格だ」

「時代遅れの、ばかでかい代物よ、ティム！　部品は不釣り合い、クルーも不適格。あれは〈伝説の艦隊〉の最後の一隻――あの艦隊のほかの艦は、どれも退役か廃棄処分になったわ。〈コンスティテューション〉も、とっくに最盛期を過ぎた。もう、潮時よ。若い士官は、まともな頭の持ち主なら、〝老鳥〟への配属を希望したりしないわ」

グレンジャーは自分で三杯目を注いでグラスを光にかざし、琥珀色の液体を通して頭上の青みがかった光が屈折する様子を見つめた。

「おれは希望したぞ。四十年前に、少尉としてあの艦に赴任した。十五年前にアダムズ艦長が退役したとき、おれはあの艦に戻るチャンスに跳びついた」

ヤーブローはチラリと疑わしげな目を向けた。

「あなたが〈コンスティテューション〉に配属されたのは、あなたがしでかした不始末から見て、まかせられる艦はあれしかなかったからよ」

「よくもまあ……」グレンジャーは冷笑した。ちくしょう、アルコールがまわって、最後まで言えない。もう退出したほうがいい。

「〝よくもまあ〟ですって？」ヤーブローは立ちあがった。「ティム、わたしはいままでとほうもなくものわかりのいい上官だったわ。あなたの行為を黙認し、あなたをかばった。ほかの人が誰も手を出さなくても、わたしはあなたにチャンスを提供した。わたしに向かって〝よくもまあ〟なんて言えた立場？」

グレンジャーは、にらみつけるしかなかった。

「このステーションから出ていきなさい」と、ヤーブロー。自分でも意外なほど強い口調だった。まもなく、ヤーブローの表情がやわらいだ。「〈コンスティテューション〉退役式のために、あの艦で二週間後に月面基地に出頭しなさい。立派な式典があります。高官や歴史家、有名人たち……どうでもいい連中がぞろぞろ。きっと楽しいわ。二分間のスピーチをしなさい。高いオードブルを食べて、何人かと握手して、ちょっとアルコールも飲めばいい。セレモニーが終わったら、あなたの次の任務を話し合いましょう」

「スピーチは嫌いだ」

「じゃ、原稿はわたしが書いてあげる。以上」

「了解」グレンジャーは無造作に敬礼して、ドアへ向かった。

「ティム」部屋を出ようとしたグレンジャーは大きな声で呼び止められ、ちらりと振り返った。「そんなに悪くないわよ。まだ造船所にある新しいフリゲート艦は、あなたの気に入ると思うわ。前世紀の遺物みたいなポンコツより、ずっと速いわよ」

グレンジャーは口もとだけをやわらげて、うなずいた。それ以上のことは、とてもできない。

口を開けば、あとで悔やむような言葉しか出てこないだろう。

4

ベラクルス星区
ヒロイック宇宙基地

ヒロイック宇宙基地は、ただ一点を念頭に置いて建設された——盤石《ばんじゃく》の要塞。大群《スウォーム》戦争の影響がまだ残っていたころ、新たに統合された地球各地の政府は、二度とふいを突かれまいと誓い、地球の再建と並行して、巨大な建設プログラムを立ち上げた。最前線は、地球連合宙域の各辺縁部に配置された一連の防衛拠点で、スウォームがやってきた方向に点在している。ヒロイック宇宙基地も、そのひとつだ。

夜間の当直時間もなかばを過ぎたころ、ライトン少将は入り組んだ基地の通路を大股に歩きながら、両手をスチールの壁面に走らせた。ドッキングしたり離れたりする艦艇の脈動や微動、細かい震えとともに、基地中心部のパワー・プラントの震動が感じられる。二デッキ上でバスケットボールをしている宙兵隊員たちの、重い足音が響く。

この基地は、小さな都市のようなものだ。何ダースもの数メガトンの戦術核魚雷と、何百もの電磁投射砲やレーザー砲塔で武装した都市だ。スウォーム艦隊は、ひとつもベラクルス星区を通さない。通れたとしても、大きな犠牲を払わせられる。

ライトンは思い悩みながら通路を歩いた。偵察艇は二十四時間以上も前に出発したのに、まだ帰還しない。報告も入ってこない。なんとも奇妙だ――偵察艇は小型で速力がある。行き先で何かトラブルがあっても、すぐにQジャンプでヒロイック基地に戻り、警報を発することが可能だ。

何かがおかしい。だが、何ができる？　別の偵察艇を送るか？　さらに十二人のクルーを失うのか？

スウォームは去った――五年前、おれは統合防衛軍情報部で、最高機密の報告をまかされた将官の一人だった。あの報告が、軍事費の大幅削減というイーグルトン委員会の決定の、根拠になった。証拠は、議論の余地がない――スウォーム宙域の奥にある異星人の本来の生息場所は、どれも完全に荒廃していた。地下都市にも、住人は残っていない。荒れ果てている。

統合防衛軍情報部の高官は、スウォームはなんらかの疫病の蔓延《まんえん》で全滅したと断言した。死体がひとつも見つからないので、証明は難しいが、スウォームがいなくなったという事実は動かなかった。

ライトンは通路を進みつづけた。基地の中心部に近づくにつれて、パワー・プラントの震動が強く感じられた。角を曲がってオペレーション・センターに入り、入口に立つ二人の宙兵隊員に敬礼した。

「連絡はないか、ティラー少尉？」ライトンは、通信ステーションにいる女性士官にたずねた。

「ありません。偵察艇からも〈ケルアック〉からも、届いていません」

ライトンは指でデスクを叩いた末に決断した。

「けっこう。統合防衛軍中央軍への報告を準備しろ。現況を報告し、指示を仰げ」

「スウォームでしょうか？」

ライトンは首を振った。

「いや。やつらは、もう脅《おど》しをかけてこない。そう信じるだけの理由がある。だが、ロシア連邦だったら？」

「まさか、本当にそんな……」と、ティラー少尉。語尾が震えて声がとぎれ、ライトンが言葉を補足した。

「あの戦争はロシア人が始めたと思っているのか——と言いたいんだな？　ロシア人は、もう何十年も、われわれの進出計画を邪魔してきた。地球連合評議会で、われわれが新しい移民案を持ち出すたびに、ロシア連邦は反対する。ひょっとしたら、あのろくでないどもは、境界星区で独自の計画を抱えているんじゃないかと思いたくなる——境界星区には居住可能な惑星がたくさんあるからな。探査や居住ができる、資源の豊富な宙域に恵まれている。〈ケルアック〉は偶然、ロシアの秘密のプロジェクトに出くわしたのかもしれない」

テイラーは唇を嚙《か》んだ。

「こんなに何年もたってからですか？　資源や支配星域といったけちくさい理由で、ロシアが危険をおかして戦争を始めるとは思えませんけど」

「連中は何年も、そうしてきたんだ——少しずつ地球連合政府を衰退させてきた。こちらには、形式上の手続きや官僚的なたわごとを押しつけて、自分たちの宙域の航行を制限するのに、自分たちは宙域外へ進出して新しいコロニーを設立し、統合防衛軍とは切り離された、独自の艦隊を造り上げた。何世紀も同じパターンが続いている。連中は、やりかたを変えようとしない」

ライトンは言葉を切り、パワー・プラントの状態をチェックしようと手を伸ばした。

ライトンの心を読んだかのように、テイラーがたずねた。

「機関部では今夜、メンテナンスを行なっているのでしょうか？」

「わたしは知らない。なるほど、わたしの感覚がおかしいわけではないんだな。きみも感じるか？」脈打つ震動が強くなった。いつものかすかなエンジンのうなりが、感知できるかできないほどかすかに強まったようだ。

ライトンは顔を上げ、通信機を通して言った。

「機関部、パワー・プラントがどうかしたのか？」

スピーカーから大音量の声が答えた。

「いいえ。パワー発生装置の位相が不安定になっているようです。それで震動を感じるのかもしれません。問題の発生源を封鎖できるかどうか、調べてみます」

「よろしく、大尉。ライトンより、以上」ライトンはテイラーに向きなおった。「機関長を起こして、機関部へ出頭させろ」

「了解」テイラーは命令を実行しはじめた。「この現象は、消息不明になった艦と関係があるとお考えですか？」

床板の震動が、音として聞こえるほど激しくなった。

「わからない。だが、関係があるなら、備えをしておきたい」

5

地球、ラグランジュ点L2
ISS〈コンスティテューション〉会議室

グレンジャー艦長は懸命に怒りを押し隠そうとしながら、会議室のテーブルと室内を端から端まで見まわした。出席している幹部士官たちの顔にも、同じように怒りの色がある。

「艦長、とんでもない話です。なぜ、いまなんです？ われわれの退役予定時まで待ってくれたって、よさそうなもんじゃないですか」と、副長のホーズ中佐。白髪まじりの年老いた男だ。昨夜の擬似セルフケアをうかがわせるアルコール臭をただよわせ、こぶしでテーブルを叩いた。気の乗らない動作だ。すり切れた制服は少しばかり乱れているが、この会議室にボトルを持ちこんではいない。

「わかっているよ、エイブ。たしかに、くさい——天まで届くほどぷんぷんにおう。だが、上からの命令だ」

「この艦をスクラップにするんですか？　あたしのベイビーに、そんなことはさせませんよ」と、機関長のレイナ・スコット中佐。背の低い中年女性で、制服は、いつも油のしみこんだ青いつなぎだ。油のしみこんだ片手で、ぼやけた金髪をかき上げた。髪の縁《へり》は灰色のまだらになっているが、本人の年齢のせいか仕事のせいか、よくわからない。

「皮肉な話だが、スクラップにするとカネがかかりすぎる。おえらがた連中はスミソニアン博物館から資金を調達して、〈コンスティテューション〉を博物館に変えることにした」

テーブルのまわりはシンと静まり返った。何人かがポカンと口を開《あ》け、スコットが片手で顔をおおった。

ホーズが沈黙を破って、行儀悪く鼻を鳴らした。

「なんちゅう生ぬるい小細工だ。博物館だと？　〝老鳥〟を博物館にするだと⁉」

グレンジャーはニコリともせずにうなずいて答えた。

「ヴァルハラ宇宙ステーションから数キロ離れた高軌道に、永久にとどめられるはずだ。建設中の新しい宇宙ステーションには、さまざまな店が入る……まあ、観光客の便宜をはかってだな――」

〝観光客〟という言葉に、ホーズがまたフンと鼻を鳴らし、グレンジャーの邪魔をした。

グレンジャーは歯を食いしばって幹部士官たちをにらみつけた。

「いいか、みんな、わたしだってイヤだ」天井を見あげると、何カ所か、水もれがしみついた跡が目に入った。「〝老鳥〟は、わたしの家だ。わたしの艦隊での経歴は〈コンスティテューション〉で始まった。〈コンスティテューション〉で終えたいと思っていたが、こんな形でじゃない」

機関長のスコットが咳払いした。

「艦長、〈コンスティテューション〉に急にエンジン・トラブルが発生したら、がっかりなさいますか？」

「なんだって？」グレンジャーは首をかしげた。今朝、機関部のブリーフィングでは、そんなことはひとことも言っていなかったぞ。

「ああ、つまり、原因不明のしつこいエンジンの故障で、あたしたちが時間どおりに月面基地にたどり着けなかったら――って意味です。上は予定を立てなおさなきゃならないし、こんなにたくさんのおえらがたや議員先生の予定をすり合わせるのに、どれだけ時間がかかるか……」

グレンジャーの唇の端が上がり、微笑になった。ホーズはまたしても鼻を鳴らしたが、今回は賛成らしい。

「レイナ、わたしは……」グレンジャーは言いかけたが、スコットの大まじめな表情を見て、ごまかした。「きみは最高の人材だ。いや、どうやら、いよいよだな。別れのときだ。きみたちはみな、新しい任務につく――」ホーズに目を向けた。「――きみ以外はな、エイブ。きみは、たぶん、最高の条件で退役勧告を受ける――」

「絶対に……」ホーズが不平がましく言いはじめたが、グレンジャーはかまわずに言葉を続けた。

「約束しよう――きみたちは全員、わたしの強い推薦を受ける」一人一人と視線を合わせた。副長。あちこちに油の跡を残した小柄な機関長。戦闘艇部隊長のタイラー・ピアース――この男は何も発言せずに顔をしかめている。壁ぎわに立つ作戦参謀長ハンラハン大佐――宙兵隊分遣隊の指揮官だ。医務長ドクター・ワイアット。ほかに六人の男女が、テーブルの周囲からグレンジャーを見つめ返した。「きみたちと一緒に勤務できたのは、わたしの名誉だ。不適任者も、付き合いの悪いやつも含めてな」付け加え、ウィンクした。

グレンジャーは立ちあがった。ほかの者たちも立った。

「あと、ひとつだけ。新しく、シェルビー・プロクター中佐が着任する。この艦の、エヘン、新しい状態への変更を監督する人物だ。中佐は、われわれがこの艦で最後の時間を過ごすあいだの業務執行権限を与えられており――待て、エイブ」グレンジャーは片手を伸ばして副長の肘に触れた。業務執行権限のことを口にしたときから、ホーズは緊張していた。「みな、プロクター中佐に敬意を払ってくれ。艦を、観光客が訪れるにふさわしい状態にしなければならないからな」抑えようもなく、声にあざけりの色が混じった。

「断じてそんなことはさせません。わしは副長ですよ、ティム」と、ホーズ。腹立たしげな声だ。

　グレンジャーはため息をついた。

「こんな事態じゃなかったらいいのにと思うよ、エイブ。本当だ。ただ――プロクター中佐にチャンスを与えてやれ。われわれがここで過ごす最後の数週間を、誇れるものにしよう」

　グレンジャーは疲れていた。いままでにないほどの疲労だ――五年前の癌《がん》がはじめて見つかった短い一時期も、これほどではなかった。ある意味では、先に進むことにほっとしていた。

幹部士官たちは列を作って会議室を出ていった。最後にグレンジャーとホーズが出た。ホーズはぶつぶつ言っていた――「もちろん、そうするつもりですよ」

6

太陽系、地球周回軌道
ヴァルハラ宇宙ステーション

ヤーブロー少将はチラリと窓の外に目をやった。青いビー玉のような地球を背景に、さまざまな航宙艦船が整然と優雅にステーションに出入りしている。大半は貨物船やクルー移動用の艇だが、それらにまじって大型の貨客巡航船が数隻、外惑星の衛星や、数百光年先のコロニー惑星へ向かっていた。たぶん、イギリス政府が運営する惑星のひとつマーシアか、アメリカのコロニー惑星ジェファーソンへ行くのだろう。

ハハッ。コロニーね。たいていのコロニー惑星は、いまや地球上の本国より大きくなっている。ジェファーソンの人口は、すでに三十億に達した。それに、メリダ——ベラクルス星区だったかしら？　あの惑星は四十億に迫ろうとしている。メリダは、メキシコから正式に独立を宣言するところまでいった――メキシコは大群《スウォーム》戦争の打撃から完全には立ちなおっておらず、手の打ちようがなかった。

デスクから小鳥がはばたくような音がして、統合防衛軍からの公式メッセージ着信を知らせた。ヤーブローは手を振ってホロ・スクリーンを出し、メッセージを読んだ。

送信者＝中央軍司令官 ジンガノ航宙軍元帥

二六五〇年十月二十一日

宛先＝ヤーブロー少将

ヴィッキー、ベラクルス星区から奇妙な報告が届いている。コロニー移住者たちを乗せた輸送船が惑星メリダに到着せず、連絡もないという。ベラクルス星区はロシア連邦宙域に近いから、中央軍は、連邦大統領マラーホフがロシアの勢力を拡大するために秘密部隊の使用を認めたのではないかと心配している。

ベラクルス星区へ情報収集艦を何隻か急派し、真相を探り出してくれ。ロシア側が敵意を示しても、交戦してはならない。ロシアの外交官たちは――ボロディン大使も含めて——何も心配することはないと言うが、やはりきみの力で調べてほしい。

ビル

ちくしょう。ロシア人ときたら……。何かのめぐり合わせで、ロシア連邦宙域は、スウォーム戦争で最悪の破壊をまぬかれた。地球上のロシアは北アメリカと同程度の打撃を受けたが、ロシアのコロニー惑星は、なぜかどれもスウォームの注意を引かなかった。おそらく、小さすぎて気づかれなかったのだろう。それとも、ウォッカのしみこんだ日雇い労働者のにおいが惑星の大気中を気泡となってのぼり、異星人の嗅覚を攻撃したのか。

いずれにせよ、ベラクルス星区の人々には統合防衛軍の支援が必要らしい。なぜ、ジンガノ元帥はヒロイック宇宙基地に支援を要請しなかったのだろう? ライトン少将のほうが間違いなく現場に近いし、ここから送るよりずっと速く情報収集艦を派遣できる。もしかしたら、元帥が自由に使える情報収集艦はないのかもしれない。イーグルトン委員会による軍事費削減で、影響を受けなかったものは何ひとつない——統合防衛軍の情報部の活動さえ、あぶなくなっている。でも、元帥は少なくとも数隻の偵察艦艇を持っているはずだ——コルベット艦か小型快速艇を。情報収集艦を二、三隻、Qジャンプで送りこむよりも、急いでライトン少将に超空間メッセージを送ったほうが速いだろう。時速一光年の新しい艦よりはるかに早く向こうに着くのだから。

　ヤーブローは顔を上げ、通信機に向かって言った。

「イーリアン大尉、至急、情報収集艦派遣の手配をして、二十分以内にわたしの執務室へ来なさい」

「はい、少将」スピーカーから返事が届いた。「問題発生ですか？」

「そうじゃないといいんだけど。移民船が何隻か、ベラクルス星区で連絡を絶ったの」

「なぜ、ヒロイック宇宙基地から情報収集艦を出さないのですか？」

よし、わたしの頭がおかしくなったわけじゃない。イーリアンから見ても奇妙な指示だ。

「大尉、これは中央軍から届いた命令よ。急いで」

7

地球、ラグランジュ点L2

ISS〈コンスティテューション〉　艦長控室

「シェルビー・プロクター中佐です。出頭しました、艦長」

グレンジャー艦長は無理やり笑顔を作り、うめき声を上げないよう気をつけて、席から立ちあがった。ちくしょう、運動不足だ。出っぱった腹が制服を突き上げ、ボタンが飛びそうになっている。デスクワークばかりで、そのうち急死するぞ。それに、なぜか、肺がこぶしで叩かれているように痛む。

「中佐、ようこそ」グレンジャーは女性中佐を上から下まで見まわした。中年に近づきつつあるとはいえ、まだまだ若く、健康だ。髪は黒いが肌は白い。アジア人か？　いや。遠い先祖に一人か二人、アジア人がいたのだろう。「ホーズ副長は、もう部屋に案内してくれたか？」

プロクターは眉を寄せた。

「いいえ。案内してくださるはずだったのですか？」

グレンジャーは声を殺して悪態をついた――ホーズの野郎、この女が好き好んでおまえの後釜にすわろうとしてるわけじゃないのに。

「きっと、忙しいんだろう」と、グレンジャー。片手でドアを指し、言葉を続けた。

「わたしについてくれば……」

グレンジャーは控室のドアに向かって歩きだしたが、プロクターは動かなかった。

「正直に言えば、いますぐにでも、ご一緒したいところです。ですが、二週間しかありませんし、わたしはすぐに新しい仕事を始めたいと思っております。この艦にはVウィングX‐25戦闘艇の分遣隊が、まるまるひとつありますね？　この戦闘艇のうち六艇の内装を取り除き、武器をすべてはずして、格納庫で手動ディスプレイの部品として使用します。子供たちがなかに入って、戦闘艇パイロットになったつもりで何分か過ごせるように。これがいちばん時間のかかる作業ですから、すぐにも取りかかりたいと思います。

次に、ブリッジの司令コンソールの大部分を対話式ディスプレイに取り替え、シミュレーション・モードで動くよう設定するつもりです。そうすれば、訪問客をグループに分け、戦闘中の艦を指揮して作戦行動を実行する機会を与えられます。ディスプレイを環境スイッチと接続して、人工重力デッキプレートで慣性変化のシミュレーションを実現できます。それから――」

グレンジャーは片手を上げて押しとどめようとしたが、プロクターは強引に先を続けた。とうとう、グレンジャーは声を張り上げた。

「中佐？」

「――調理室はレストランに――」データパッドを見ていたプロクターは、驚いて顔を上げた。「はい、グレンジャー艦長？」

「だめだ」

プロクターはデータパッドをおろし、口を引き結んだ。いまにもグレンジャーを突き刺しそうな表情で、丸い目を光らせている。

「なんとおっしゃいました、艦長？」

「だめだ」と、グレンジャー。なんとしても、ここで会話を終わらせたい。反抗的な言葉など口にださずに、プロクターに荷物をまとめさせて送り返したい。だが、しぶしぶ言葉を続けた。「今日はだめだ。明日からはじめよう。もう昼間のシフトが終わるし、今夜はメイン・エンジンの標準メンテナンスがある――」

「ですが、そのエンジンは、二週間は使いませんよね、グレンジャー艦長」と、プロクター。「提案が――」

「とにかく、わたしの命令は有効だ。わたしは、まだこの艦の艦長だからな。不都合な事実に抗議したければ、ヤーブロー少将と相談すればいい」グレンジャーはチラリと、古い革バンドの腕時計を見おろした。「わたしの計算では、いまごろ少将は熟睡中だろうから、きみも休憩しに行ったほうがいい。ここのバーで二、三杯やって――」

「この艦には〝バー〟があるんですか？」

「〈アフターバーナー〉と呼ばれている場所だ。厳密に言えば、機関室のそばの展望デッキにある、調理室のサテライト・サービス・カウンターにすぎない。だが、何人かのクルーが、小さな蒸留酒製造所を組み立てた。信じられるかどうかわからないが、非常に快適な場所だ。ただし、飲みすぎるなよ。でないと、医務室の解毒ユニットで夜を明かすことになる」グレンジャーはドアに向きなおり、室外へ出ると、宙兵隊員たちに会釈した。プロクターは怒ってグレンジャーを追った。「退出していい、中佐。明日の朝、また会おう」

「わたしは――」プロクターは言いかけたが、グレンジャーはその場を去った。

プロクターは両手を勢いよく脇に振りおろし、つぶやいた。

「なんてこと。長い二週間になりそうだわ」

「はい？」宙兵隊員の一人が、問いかける表情でプロクターを見た。

「なおれ、伍長」と、プロクター。

宙兵隊員は〝気をつけ〟の姿勢をとり、プロクターは通路の端のエレベーターへ向かった。天文測定学ラボが見つかれば、プラネタリウムへの改造を始められるかもしれない。

艦長がにべもなく宣言した言葉が頭のなかでこだまし、神経に障《さわ》った。〝だめだ〟ですって。よくも、そんなことを。ヤーブロー少将みずからこの仕事につけた、わたしに向かって。わたしが〈コンスティテューション〉をスムーズにスミソニアン博物館の呼び物にできたら、わたしを艦長にすると、少将は約束してくれた。

ハハッ――艦長か。科学者として過ごしていたころに、いつも夢見ていた地位。科学者のキャリアをあきらめて統合防衛軍に入隊したとき、その夢が急に現実味を帯びた。なんといっても、友人たちが統合防衛軍の科学調査部で高い地位についている。その上、ヤーブロー少将が新しい後ろ盾になってくれれば、昇格はあっというまだろう。記録上は最年少の艦長ではないかもしれないけど、軍務経験のいちばん少ない艦長になることは間違いない。

でも、ヤーブロー少将から、グレンジャー艦長のことで警告された――もう役に立たない、つむじ曲がりの老兵で、普通以上に規律の問題を抱えている。航宙軍本部はグレンジャーを指揮系統から除外しようと手を尽くし、数年後に予定されていた〝老鳥〟の退役を早めるのがいちばん簡単だということになったらしい。

天文測定学ラボのドアが横にすべって開き、コンピューター・アクセス・ステーションの列とモニターの壁が現われた。モニターはスイッチひとつの操作で、ユーザーが要求する星原や惑星系のホロ映像を投影できる。未来の博物館の新しいプラネタリウムには、うってつけだ。

「ご用でしょうか、中佐？」

ステーションのひとつに向かっている年長の大尉が、じっとプロクターを見つめた。警戒に目を細め、眉をひそめている。ありがたくないことを言われそうだと、プロクターは感じた。

「ええ、大尉」

「申しわけありませんが、少し前に艦長から連絡がありました。天文測定学ラボは、今日はこのシフトで閉鎖し、朝まで開けないとのことでした」

グレンジャー、この老いぼれのろくでなしめ。

「すばらしいわ――ラボを閉鎖すれば、早く改装を始められ――」

大尉は片手を上げて、プロクターをさえぎった。礼儀に反する行為だ。

「申しわけありませんが、艦長は明確に断言されました。明日の朝より前には、どんな改装も行なわない――と」

プロクターは憤然とした。なんてずうずうしい！　通信機でヤーブロー少将を呼び出し、〝あの老いぼれをぶんなぐって、いうことをきかせてくれ〟と頼むべきだろうか？　いいえ、だめ。そんなことをしても本部は感心してくれない。自分の代わりに少将にケンカしてもらったりしたら、司令部はわたしを信用してくれなくなる。

だめ。ここは辛抱しなければ……。根気強くいこう。グレンジャー艦長は、ことあるごとにわたしの邪魔をしようとするかもしれない――実際、この時点であいつは考えつくかぎりの障害物をすでにおいたはず。でも、わたしは進むだけだ。

ふん、あがいたって、艦長席はまもなくわたしのものになる。ありがたいことに、こんながらくたの艦長席じゃないわ――プロクターは空想にふけり、優越感を覚えた。わたしの艦は新造艦――統合防衛軍でも最新鋭の航宙艦。わたしは、ただそこに着任すればいいだけ。

プロクターは返事を待つ大尉を見おろした。

「ありがとう、大尉。では、明日、会いましょう」

最後に室内を一瞥《いちべつ》すると、プロクターは、なんとなくがっかりした表情の大尉を残して、さっさと天文測定学ラボを出た。グレンジャーはあの大尉に、わたしをいじめて怒らせろと指示したに違いない。その手に乗るもんですか。

もっときつくいじめ返してやろう。

8

ベラクルス星区、レオン星系
統合防衛軍情報収集艦ISS〈チリアン〉

「航法士、惑星メリダまで、あとどのくらいで着く？」

　航法ステーションの士官はコマンド・コンソールのいくつかのボタンを指先で叩いてから、答えた。

「現在、レオン星系の辺縁部にいます。あと三十九回のQジャンプで、メリダに着きます」

　ラプラス中佐は自分の軍服をいじくりまわした――片方の袖のひもがゆるんでいて、いくら調整しても、ますますゆるむようだ。

「時間にして、およそ一時間ということか？」ラプラスは頭の中で、その数のQジャンプにかかる時間を計算した。Qジャンプ一回にかかる時間は約一分だが、目的地に向かって十分の一光年くらいしか近づかない。

「だいたい、そのくらいです。正確に言えば、五十五分です」

統合防衛軍の情報収集艦は小型だが、驚くほど速い。これに比べると、軍が十年前に建造した大きなランサー級重巡航艦などの主力艦は、動きは重く、速力がないうえ、一分おきにしかQジャンプできない――ソリッドステートのコンデンサー・バンクの充電に、時間がかかるからだ。それに、旧型のギャラクシー級航宙母艦のようなどっしりした艦の動きは、むしろナメクジに似ている。この種の艦は、もうあまり残っていない。〈ワシントン〉が退役すると、〈サッチャー〉と〈ノーフォーク〉しか残らなくなる。ここには、〈伝説の艦隊〉――前世紀からある古い重巡航艦群――は含まれない。ありがたいことに、〈伝説の艦隊〉で残っているのは〈コンスティテューション〉だけだ。軍に、生きた歴史の一例として残されている。

「超空間信号は、まだ入らないか？」惑星メリダかヒロイック宇宙基地に何か問題が発生しているなら、いまごろはもう何か知らせが入っていいはずだ。超空間信号は極端な低帯域で発せられるが、最速のQジャンプ・エンジンの百倍も速く、確実に届く。毎秒二十四ビットの情報しか送れないが、何もないよりましだ。

「まだ何も入ってきません。ヒロイック宇宙基地からも、ありません」

えらく奇妙な状況だ。宇宙基地は常時、超空間信号を発している——信号ごとに一テラワット以上の電力を消費するから、かなり高くつく。それなのに、中央軍が繰り返し送っている〝現状を知らせよ〟というメッセージに、なんの応答もない。それ自体が異常だ。

それに、これは極秘事項でもある。ヒロイック宇宙基地のほうがずっと惑星メリダに近いのに、地球のヴァルハラ宇宙ステーションから情報収集艦を送れという命令が出た。中央軍はヤーブロー少将に、その理由を説明していない。三日以上前からヒロイック宇宙基地と連絡が取れなくなっているというのが、真相だ。だが、これは最高機密だ。ヤーブロー少将は数日でこの事実を突きとめたが、中央軍は、自軍の将官にさえ秘密にしておきたいらしい。

「Qジャンプに備えてください」と、航法士。

「了解。続行しろ」と、ラプラス中佐。肘かけをつかむ指に、かすかに力がこもった。Qジャンプは人体に無害だが、いつも一瞬、胃がむかつく。ほんの一瞬のこととはいえ、量子フィールドが広がると、事実上、自分の存在がなくなることを考えれば、不当な反応ではない。一プランク秒にも満たない、人間には感知できない短時間だが、身体は反応する。

　ブリッジは狭く、少し窮屈だ。ラプラスがこのようなものと考えていた現象が終わったとたん、隣のセンサー士官が眉を寄せた。

「どうした、アンディ？」

「レオン星系内の一惑星から、奇妙な計測値が入ってきました」

　ラプラスは首を伸ばしてセンサー・ステーションをのぞきこんだ。

「どんな計測値だ？」

　センサー士官は首を振った。

「それが解読できません。超空間信号ですが、ちんぷんかんぷんです。脈動する振動のようなものです。かなり規則的な——たぶん、三ヘルツで、いくつか倍音がまじっています」

「毎秒二十四ビットしかないのに、いくつの倍音がある？」

「多くはありません。それに、規則的と言えるかどうかも、ちょっと疑問です。しかし……こんな信号は見たことがありません」

　ラプラスは唇を噛《か》んだ。このまま、惑星メリダとヒロイック宇宙基地へ向かって進みつづけるか？　それとも、この新しい謎を調べたほうがいいだろうか？　おれの勘では、これらの出来事はみな関係がある。

「Qジャンプを保留しろ。アンディ、三角法で発信源の位置を測定できるか？」

「できるかもしれません。横方向に移動できますか？　できると、助かります」

ラプラスはうなずいた。

「航法士、艇尾と右舷のスラスターを五十パーセント吹かせろ」

しばらくして、センサー士官がうなずいた。

「発信源をロックしました。レオン星系の第四惑星です」

ラプラスの左にいる戦術士が自分の画面を叩いて、星系図を示した。

「艦長、第四惑星には、メキシコ人の新しい居住地があります。ヌエバ・レオンです。
惑星メリダとは政府が違います」

「第四惑星は、どのくらい離れている？」

航法士は自分の画面をチェックした。

「Qジャンプ二回で行ける距離です。四分あれば到達できます」

ラプラスはおもむろにうなずき、ブリッジ・クルーにたずねた。

「ほかの者も、これは手がかりだと思うか？」

周囲のクルーがうなずいた。

「わたしもそう思う。通信士、中央軍に超空間信号を送れ。内容は、こうだ——惑星ヌエバ・レオン付近で超空間の乱れを探知。ベラクルス星区へ進む前に調査する」

9

地球、ラグランジュ点L2

ISS〈コンスティテューション〉バー――〈アフターバーナー〉

グレンジャー艦長にはわかっていた――新しく〈コンスティテューション〉に赴任した士官に協力しないのは、たぶん、間違った行為だ。だが、それが心地よく感じられるのだから、しょうがない。あの得意満面の官僚じみたシェルビー・プロクター中佐は、ヤーブロー少将に、おれが任務遂行の邪魔をするとこぼすだろう。あとひとつでも新たな管理是正処置が下されれば、おれの公式の履歴は危機に瀕する。おれは過去十年あまり品行方正だったが、数年前にヤーブロー少将から、今度不始末を起こしたら、上層部に頼れる仲間が何人いようと、大目に見る気はないとはっきり言い渡された。

「それじゃ、艦長は、あの女に好き勝手にやらせる気ですか？　右舷の戦闘艇ベイを引きはがして、あそこをくだらん〝ふれあい動物園〟なんぞに変えるというんですよ」

グレンジャーはホーズ副長をにらみつけ、グラスの酒をごくごく飲んだ。

「どうしろというんだ、エイブ？　艦の退役セレモニーが終わるまでプロクター中佐を部屋に閉じこめて、うまくいきますようにと祈れというのか？」

「はい」と、ホーズ。グレンジャーの言葉にニヤリと笑って、ブーツに隠した酒のボトルを引っぱり出し、蓋《ふた》を開《あ》けた。

「われわれが厳しい規則に縛られていることは、きみも知っているだろう」

「あれから何年たったと思ってるんです？　くそ、ティム、あんたのちょっとした離れ業《わざ》は、もう十五年ちかくも前のことですよ」老副長はボトルに残っている中身をぐっと飲んだ。今朝、目が覚めてからずっと、このボトルに手を出していたらしい。

「とにかく、きみの引退に泥を塗りたくない」と、グレンジャー。「自分が次に指揮する艦にもな——どこかの艦を指揮するとしての話だが。ほかの幹部士官たちの将来にも、傷をつけたくない」

「艦長には、わしらがついています」

「だからこそ、心配なんだ。だめだ、エイブ。もう潮時だよ。〈コンスティテューション〉を手放すときだ。〝老鳥〟の航宙は終わったんだ」グレンジャーはチラリと〈アフターバーナー〉の天井を見あげ、室内のテーブルやベンチに散在する士官たちに視線を移した。壁には、コロニー周辺で手に入れたさまざまな記念品や絵が飾られている。デネブ3の青い森でとれた年輪の化石——直径が一メートル近くあり、ラッカーでつやを出している。隔壁に釘《くぎ》を打ってかけた、ほこりまみれの古いブーツ——百二十五年以上前に、〈コンスティテューション〉の初代艦長が使っていたものだ。テープで張ってある地球連合のエイブリー大統領の肖像画が目に入り、グレンジャーはニヤリとした。しわのある、厳しい祖母といった感じの顔のすぐ下に、最小限の布しか身につけていない胸の大きなスーパーモデルの肖像があり、標準的な人間が見ればヒップの形成異常かと思うあられもないポーズをとっている。

　なんてこった。〝老鳥〟を離れるとは……。

　グレンジャーは、もうひとくち〈アフターバーナー〉の強い蒸留酒をゴクリと飲んだ。

「そんなに悪くないぞ。オリジナルのアメリカ海軍艦船《USS》〈コンスティテューション〉——昔ジョージ・ワシントンが就役させ、百年ちかく現役だった帆船は、いまもボストン港で、毎日のように観光客の目にさらされている。あの〈コンスティテューション〉に比べれば、まだましじゃないか？」

「プロクターがエンジンをどうしたがっているか、聞きましたか？」と、ホーズ。バーテンに手を振り、空《から》になったボトルを指さした。

「どうするんだ？」

「なに、メイン・エンジンから鉛のバラストをはがすだけですよ。主反応炉のシールドを補強するんだそうで」

グレンジャーはぼんやりと聞き流したが、次の瞬間、ギョッとした。

「なんだと？」

「聞こえたでしょう。プロクターは、反応炉から出る放射線が、客に危険を及ぼすレベルだと思っているんですよ」

グレンジャーは閉口して頭を振った。

「放射線は充分に基準範囲内だぞ」

「軍じゃ基準範囲内ですよ、もちろん。しかし、民間が許容する放射線量をわずかに超えています。だから、プロクターはバラストをいったんすべて引きはがして、少なくとも厚さ五センチの鉛で量子反応炉のコアを包みたがっているんですよ」

グレンジャーは目をグルリとまわした。

「そんなことをしたら、この艦は水中にいるも同然だ。いまでもＱジャンプとＱジャンプのあいだに二時間も待たされるのに、あのバラストじゃなくなったら一日以上も待つはめになるぞ」

ホーズはバーテンが持ってきた新しい一杯を飲んで、グラスをテーブルに叩きつけ、げっぷをした。

「まあ、それも、ちょっとした思いつきではありますよ、ティム。艦の退役ってのは、そういうことです。自分の艦がくだらん博物館になるってのに、エンジンの形を保とうとしたって意味はない」

グレンジャーは中身のなくなった自分のグラスを見つめ、勢いよく椅子を引いてテーブルから離した。グラスが床に落ちて砕けた。バーにいる全員が振り返り、あたりは静まり返った。

「そんなこと、断じてさせるものか」と、グレンジャー。

10

地球、フランス、マルセイユ
ロテル・シュル・メール　貴賓室

「ユーリイ、あの鬼婆に死んでほしいもんだな」

地球連合のエイモン・アイザクスン副大統領は、貴賓室でローファーを蹴り上げてクロームメッキのバー・カウンターの上に落とし、葉巻を吹かした。キューバ産は、もうこれしか残っていない。今度、遊説旅行でカリブ海地方を通るときに、新しい葉巻を一ケース手に入れろ――と、忘れずに補佐官に言っておこう。

「計画は、大統領の信用を落とし、公的に侮辱するというものでした。大統領を辞任に追いこむのです。あなたが大統領になる道が開けます」ロシア連邦から地球連合へ派遣されたユーリイ・ボロディン大使は、シェリーのグラスを目の高さまで上げた。頭上のクリスタル・ガラスのシャンデリアの光が酒を通して屈折し、ボロディンの血色の悪い頬にきらめく光が当たった。

「死んでくれたほうが、ずっと簡単なんだがね。エイブリーは人気がある。支持率は、イーグルトン委員会が成果をあげるとともに上がる一方だ。経済は急激に活気づいている。消費者の景気信頼感は高まるばかりだ。くそ、去年のワールド・シリーズではシカゴ・カブスまで勝つし。どういうわけか、あの鬼婆は何をやっても尊敬されるらしい」

ボロディンはグラスをカウンターに置き、両手を膝に置いた。

「わが国のマラーホフ大統領に通信するべきでしょうか？　作戦を中断して、代わりにごく少数の暗殺者集団を用意することも可能です。指導者《カリフ》の地位を作り上げるのは簡単なことです」

アイザクスンは手を振って、この提案を退《しりぞ》けた。

「いや。いまさら別の方法はとれない。何年も前から、この作戦の準備をしてきたんだ。攻撃が始まって、われわれがどうにもならない状況におちいったら、わたしは大統領の不信任案を提出する。二十四人の上院議員が、賛成すると言ってくれた。大統領と同じ政党から不信任案が出れば、けっこうな打撃を与えられる——それと、エウロパ・ステーションの惨状を目《ま》の当たりにすれば、人々は、気をゆるめた大統領をクビにしろと要求するだろう」

「もちろんです」と、ロシア大使。カウンターに置いた酒を取った。

「何週間かすれば、わたしはアイザクスン大統領と呼ばれる」

「いい響きですね」ボロディンはうなずいた。「マラーホフ大統領も、大いに満足するでしょう。大統領は、あなたとなら協力しあえると考えています」

アイザクスンは葉巻の端のにおいを嗅いだ。残りは、あとに残しておこう。新しい葉巻が手に入るまで、何週間もかかるかもしれない。

「連中をきみたちがコントロールしていることは、たしかか？　急に凶暴化して、目に入るものすべてを攻撃したりしないな？　辺境星区を順に襲撃し、すばやく木星の衛星系に打撃を与えたら、連中は立ち去るんだな？」

「それは保証しますよ、アイザクスン副大統領。大群《スウォーム》は十年前から、われわれの支配下にあります。いまでは小さな子イヌのように、害のない存在です。われわれは、スウォームの母星との超空間リンクを発見して、その模倣のしかたを知って以来、原則としてわれわれが望むことしかしないよう、スウォームに命じることができます。そして、先週あなたが提供してくださった情報を生かせば、計画は完璧な成功に終わるはずです」

「しくじらないでくれよ。スマート＝スチールの変調アルゴリズム・コードは、簡単に変えられる。チャンスは統合防衛軍がコードをリセットする前のいちどだけだ。コードが変更されれば、スマート＝スチールの装甲は貫通不能に戻る」

「保証しますよ、エイモン。来週のいまごろ、あなたはホワイトハウスを住居とし、わたしの健康を祝って乾杯しているでしょう」

アイザクスンは自分のグラスにまた酒を注《つ》ぎ、ボロディンのグラスに向けて上げると、微笑した。

「よし。われわれの新世界に乾杯。昔よりも安全で、繁栄する新世界に」

11

ベラクルス星区、レオン星系
統合防衛軍情報収集艦ISS〈チリアン〉

「惑星ヌエバ・レオンに着きました、艦長。地表から四万一千キロ上空の高軌道にいます」と、航法士。

ラプラス中佐はうなずいた。

「センサー・スキャンで何かわかったか、戦術士？」

戦術士は目の前の画面を見て、顔をしかめた。

「周回軌道上にたくさんの残骸があります。金属と放射線の特性をとらえました。それと、有機体も」戦術士は顔を上げた。「死体と、何隻もの艦船の残骸です。最近、ここで戦闘があったようです」

ラプラスは席から跳びあがった。

「周囲の空間をフル・スペクトル・スキャンしろ。地表もだ。襲撃した者が、まだここにいるかどうか知りたい。徴候はあるか？」

「ありません。軌道上に、活動中の艦船はいません」

「大群《スウォーム》か？」と、ラプラス。チラリと戦術士を見た。

「その気配は、まったくありません。少なくとも、スウォームの戦闘艦のようなものはありません」

ラプラスはあごをなで、次の行動を考えた。情報を手に入れたい。いまの段階では、犯人はロシア人とも考えられる。不意打ちをかけ、地表を急襲して、重要な工業施設を破壊した可能性が高い。コロニーの発展を数年前に戻すためだ。この星区で移住者が増える前に、自分たちが有利になるためだ。

「低軌道に移れ。惑星上で何が起こっているか、確かめなければならない。地上三千キロの周回軌道だ」

「了解」と、航法士。低軌道に入るために艦が惑星へ向かって加速すると、ラプラスは慣性の変化を身体で感じた。

「襲撃犯の徴候は、まだないか？」

「ありません。しかし、センサー情報から判断すると、戦闘から、まだ一日もたっていないようです――反応炉のコアが、あまり冷めていませんので。無傷のコアも、ひとつあります」

なんとも奇妙だ。

「破壊された艦の識別コードがわかるか？」

戦術士が自分の画面でデータを調べた。

「ほとんどが、ごく少数の商船と移民船です。何隻か、メキシコ航宙艦隊のサファノ級巡航艦が……」戦術士が顔を上げた。青ざめている。「一隻、統合防衛軍のネビュラ級巡航艦があります。〈ニミッツ〉です。完全に破壊されています」

ちくしょう。

「スミス艦長……」と、ラプラス。〈ニミッツ〉はスミスがはじめて艦長として就任した艦だ。十五年前、ラプラスと一緒に士官学校《アカデミー》に入った女性だ。「映像はあるか？」慣性相殺装置が艇の加速に合わせようと奮闘し、ラプラスはかすかな吐きけを覚えた。艇体がひずみ、かすかに震動した。

「はい。艦長のコンソールに出します」

ラプラスの画面に巡航艦が出た。ＩＳＳ〈ニミッツ〉だ。まっぷたつに割れ、むき出しになった継ぎ目で、まだ電弧《アーク》がきらめいている。艦体に散らばる真っ黒に焦げた無数の穴は、いかにも邪悪な重火器の砲撃の結果らしい。艦のいくつかの区画は、完全に吹き飛ばされていた。反応炉とQジャンプ・エンジンのあった区画は骨組みだけになり、ゆがんだスチールチタンの大梁《おおばり》と焦げた床板が見える。

「生命徴候はないか？」と、ラプラス。希望を捨てきれない。

「まったくありません。生命維持装置は消失しています。艦全体が真空状態になっています」

「生存者がいるかもしれない。宇宙服を……」

戦術士は首を振った。

「熱源の徴候はありません。全体が冷えきっています」

〈ニミッツ〉がゆっくりと回転し、まもなく焦げたネームプレートが画面を横切った。最後の文字の部分は穴になっている。

ラプラスは深呼吸をした。

「わかった。艦をもっと惑星に近づけ、スキャン映像をいくつか手に入れろ」

数分後、艇は惑星に近づき、表面の映像を見られるまでになった。戦術士はスキャン映像を、直接、ラプラス中佐のコンソールに送ってきた。

荒廃しきっている。煙を上げるいくつかの黒焦げの穴は、都市のあった場所だろうか。

「住民は何人いた？」

センサー映像を調べていた副長が、ようやく声を発した。

「五千万人です。五つの都市を、百の町が囲んでいました。それが、ひとつも残っていません」

ラプラスはハッとした。副長のロペス大尉は、ベラクルス星区に家族を残している。その家族が住んでいる惑星が、このヌエバ・レオンだ――いま、ようやく気づいた。

「ロペス？　大丈夫か？」

副長は画面を通り過ぎる映像を見つめたまま、微動だにしない。カメラが惑星にズームインすると、細部が見えた。画面上の都市は、放射線を大量に放出する熱核爆弾に襲われたようなありさまだ。都市の周辺部には、まだいくつかのビルが点々と建っているが、ほとんどが灰をかぶった不毛の地と化している。

「祖父母が、あそこにいました」と、ロペス。「いとこたちも。それに、わたしの……姉も」

ラプラスは急に、戦術士に注意を戻した。

「確認しろ――使われたのは、核爆弾か？」

「わかりません。たぶん、そうでしょうが……なぜか、奇妙な状態です。同位体《アイソトープ》特性は熱核爆発とよく似ていますが、爆発の特徴は違います。まるで……」戦術士はラプラスを見あげた。「惑星の地下で爆発が起こって、地面が吹き上げられたかのようです」

12

地球、ラグランジュ点L2
ISS〈コンスティテューション〉長距離通信センター

ジェシカ・ミラー大尉は〈コンスティテューション〉に乗り組んでまだ二カ月弱だが、なぜか、はるか昔から乗っているような気がする。それを痛感するのが、家に通信できる日だ。

「おじいちゃんとおばあちゃんの言うことを聞いてる？」

二分割された画面の左側いっぱいに、息子の小さな顔が出ており、その目がたえず画面の外へ動く。

「今日は飛ぶの？」息子が言ったのは、それだけだった。

「ええ、毎日、飛ぶわよ。ママはパイロットなの！　宇宙船《スペース・シップ》を飛ばすのよ！」

「速い？」

ジェシカは笑ってうなずいた。

「とびきり速いわ！」と、ジェシカ。画面の右側に向かってウィンクし、付け加えた。

「でも、パパのほうが速く飛ばすわよ！ パパはもっと大きい宇宙船《スペース・シップ》を飛ばすの」両手を前に突き出し、一メートルの間隔を置いて左右に離した。

息子の大きな青い目がクッキーのように丸くなったとき、ジェシカの夫の声が割りこんだ――夫の艦ＩＳＳ〈クライバーン〉は、普段はパレデス星区で巡視任務についているが、いまは地球周回軌道上にいる。今回のような折に夫が深宇宙から帰ってくると、ジェシカと夫は、おたがいの通信にサクラメントにあるジェシカの両親の通信機を加えて、三方向通信をしようとする。

「ザック、ママはさっき、質問したわよね。おじいちゃんとおばあちゃんの言うことを聞いてる？」

「うん」ザックは小声で答え、大きな目をチラリと画面の外へ走らせた。

「ザック、おじいちゃんとおばあちゃんに言われたとおりにしてる？」

「うん」

「ザック――」夫が口をはさんだとき、ザックは画面の外へ走り出た。犬にどなるザックの声が聞こえ、画面にジェシカの母親の顔が現われた。

「まあ、ごめんなさい。ザックを連れてくるわ」

ジェシカは手を振って片づけた。

「気にしないで、ママ。遊ばせておいて」

「ああ、そうは言ってもね。始末してくるから、そのあいだ二人で話していて――」老婦人は画面の外へ視線を向け、身をすくませた。「まあ、またドッグ・フードのなかへ……。**ザック！**　だめ、**いけません！**」

母親の姿が画面から消えた。ジェシカは、一カ月以上も顔を見なかった夫と話しはじめた。

「で、〈クライバーン〉は、いつまでここにいられるの？」

「あと数日かな。そのあと外交パーティーがある月面基地まで、出席者の艦を護衛して――」

ジェシカは自分の耳が信じられなかった。

「月面基地へ行くの？　でも、それ、わたしたちのパーティーよ！　何分か前に言おうとしたんだけど――」

夫は眉を寄せた。

「何を……？」

「退役するのよ、〈コンスティテューション〉が！　そこで。月面基地で。わたしたち、きっと一緒に上陸休暇が取れるわ。少なくとも一晩は」

夫の寄せた眉が開き、顔に笑みが浮かんだ。

「そうか。アシュワース中佐は、おれたちが予定を合わせられるようにしてくれるはずだ」

「中佐に話してくれた？　あの、二人で話し合ってたことを？」ジェシカは期待をこめて、たずねた。

夫の笑みが大きくなった。

「話したよ」

「で？」夫のじらすような態度が、好きでもあり、いらだたしくもある。結婚して四年たつが、この態度は少しも変わらない。もっとも、四年間ずっと見ていたわけではない――ジェシカの産休が終わってからのこの二年間、二人とも、つねに任務についているといっていい状態だった。

「中佐の返事は……〝たぶん〟だ」

ジェシカはかんだかい奇声を発した。小さな子供のころ以来、こんな声を出したことはない。通信センター内のほかの士官やパイロットたちが振り返ったが、ジェシカはクスクス笑いを抑えようともしなかった。

「完璧！　トム、わかってる？〈コンスティテューション〉の退役式や何かが終われば、わたしは別の艦に移らざるをえない。アシュワース中佐が賛成なら、いまこそ絶好のチャンスね。考えてみてよ——ついに、あなたと同じ艦に勤務……」

「そうだよ。そうなれば、ぼくの通信センター使用時間も減る。昨日も今日もウェイトトレーニング室を使っていないから、あの部屋の使用料と引き換えで相殺すればいいかな」

「まあ、トム、家族のために犠牲を払ってくれてたのね」ジェシカは涙を拭うふりをした。「感動的だわ。ここに響く」胸に手を当てた。

　夫トムの視線がわずかに下がった。

「待った。もういちどやってくれ。もっとカメラに近づいて」トムはボソボソと言った。

「軍服の上着を少し引き下げて……」

「トムったら！」ジェシカは口に一本の指を当てた。「ママにもつながってるのよ。きっと、まだ聞こえてるわ！」

「いいえ、聞こえてませんよ」画面の外から、ジェシカの母親の声がした。

それを聞いたトムが笑い声を上げ、ジェシカは両手で顔をおおった。まったくもう、男ってやつは……。

「おい、ミラー！　まだ終わらないのか？　ガールフレンドがおれを待ってるんだよ！」

ジェシカは目を上げ、ドアの近くで待っている男を見た。フォルツ大尉——戦闘艇パイロットの一人だ。若く、生意気で、とても気が短い。

「ええ、もう少し待って、フォルツ。つまらないことでガタガタ騒がないでよ」ジェシカはフォルツを追い払おうと、手を振った。

「持ち時間を十分もオーバーしてるぞ」フォルツは壁の時計を指さした。

ジェシカはグルリと目をまわした。

「ねえ、あなた、もう……」

〈コンスティテューション〉の退役に関連して、いいニュースがあった。夫が近々、月面基地に到着するとなれば、まもなく夫婦そろって同じ艦に勤務できる可能性が高い。それを思えば、今日の残りの時間は楽に耐えられる。

現在、L2ステーションに停泊している〝老鳥〟で、ジェシカはクルーの輸送シャトルのひとつを操縦し、ステーションと艦のあいだを往復して士官や下士官を運んでいる。仕事のなかでも変わりばえのしない部分で、いつもなら目をかきむしりたくなるほど退屈だ。だが、今日のジェシカは勢いよく艇のエンジンをかけ、強いGをかけながら急発進させた。

「おおっと、落ち着け、カウガール」パイロット席の背後から、ピアース中佐が言った。機動戦闘艇部隊の部隊長として、ピアースは毎週、L2ステーションを基地とする戦闘艇部隊と一緒に訓練を行なっている。いま、部下のパイロットたちを連れて〈コンスティテューション〉に帰るところだ。

「部隊長、ご出身は、たしか惑星ブリタニア――」

「実は、惑星ヨークだ」ピアースがさえぎった。貴族ふうのなまりが、ジェシカには奇妙に心地よく聞こえる。「しかし、近くだ――どちらもブリタニア星区にある」

「惑星ヨークのご出身ですね」ジェシカは訂正した。「お断わりしておきますが、ヨークの人がわたしを〝カウガール〟と呼ぶのは許されません。部隊長は馬をごらんになったことがありますか？　カウボーイは？　家畜の囲いは？　タンブルウィード（秋に根もとから折れて球状になり、風で転がる植物）は？　六連発銃は？」一瞬、後部を振り返った。訓練帰りの何十人もの戦闘艇パイロットのまんなかに、部隊長の中佐がすわっている。

「教えておこう。わたしは馬を二頭、所有している。父は、オリジナルの半自動小銃ルガー22を持っている」

ジェシカは疑わしげな目を向けた。

「まあ、銃は気密の陳列ケースに入っているがね。それに、馬は——そうだな、〝ちゃんと面倒を見ている〟と連絡が来る……」

「なるほど」ジェシカはニヤニヤして答え、スイッチを引いた。艇は急旋回して、L2ステーションのナセルのひとつを避けた。

「それより、なぜそんなにはしゃいでいる？　〈コンスティテューション〉が退役することを聞いていないのか？」

なるほど——ジェシカは頭のなかで同じ言葉を発した。だが、艦を離れたがっているという印象を与えたくない。

「聞きました。でも、ちょっと前に、わたしが夫の艦へ転属になるかもしれないと聞いたんです」

「だから浮かれて、われわれにとばっちりをがまんしろというのか？　まじめな話、もう少しスピードを落とせ」と、ピアース。ジェシカがシャトルを〈コンスティテューション〉の戦闘艇ベイに戻すために最後の急カーブを切ると、肘かけを握りしめた。

ジェシカは速度計を見て、ピアースの言うとおりだと知った――ちょっと注意力散漫だったかも。接近のスピードが速すぎる。スピードや接近ベクトルの修正に数秒しかないことを見てとると、ジェシカはスラスターを逆噴射させた。そのため、艇内の者はみなハーネスで固定されたまま、前方へ投げ出されそうになった。

だが、ジェシカが急制動をかけたときには、艇はすでに降着装置を出していたため、艇の後部が右へ回転した。ジェシカが瞬間的にスラスターを噴射させると、回転は止まったが、こんどは後部が左に揺れた。

「ミラー！」ピアース部隊長がどなった。

ジェシカはシャトルをまっすぐ飛ばそうと奮闘したが、まだ着地に適したスピードまで落とせない。降着装置が戦闘艇ベイの床に衝突してきしり、デッキじゅうに火花を散らしながら着陸区域をすべった。艇はまだ後部をかすかに左右に振りながら、ようやく止まった。

「おおっと」一瞬の沈黙ののち、ジェシカは言った。後部から何人かの戦闘艇パイロットがジェシカをやじり、ピアース部隊長は厳しい警告の目をジェシカに向けた。

前から戦闘艇乗りだとジェシカが知っていたフォルツ大尉が、笑い声を立てた。

「まあ、戦闘艇パイロットじゃないにしては、大したもんだよな。コールサインをもらえそうだ。戦闘艇に乗りたいか、〝尻振り《フィッシュテイル》〟？」

パイロットたちは立ちあがり、まだ笑ったり、ジェシカをだしにした冗談を言い合ったりしながら、艇を降りはじめた。

ジェシカは降着装置が床をえぐった跡を見おろし、ひるんだ。

「すみません、部隊長」

ピアースは床の跡を見て、頭を振った。

「まあ、幸運なことに、この艦は来週、退役する。そうでなければ、きみはホーズ副長に一カ月間、尻で床拭きをさせられただろう。だが、新しい副長がここを博物館にするというから、たぶんホーズ副長は、新任副長の仕事をやりにくくしてやったきみに褒美《ほうび》をくれるだろう」

ほかのパイロットたちが艇から出ると、ジェシカはシャトルを帰投後の手順どおりに動かした。

「この件の詳細報告をなさいますか？」

「しないと思う。ただし、仕事中によけいなことを考えるな。わかったか？」

「はい、部隊長」

ピアース中佐は頭を低くしてハッチをくぐり、艇を出た。残されたジェシカは、シャトルを動かして着陸用滑走路の脇にある凹所《アルコーブ》に入れた。

ああ、もう――ジェシカは思った。汚点をつけて〈コンスティテューション〉を離れることになりそうよ、ジェシカ・ミラー。

13

地球、ラグランジュ点L2
ISS〈コンスティテューション〉艦長控室

〈コンスティテューション〉はいくつかの監視装置やデータ通信衛星、パラボラ・アンテナつき天文測定用望遠鏡を引き連れて、ほぼ何もない空間をただよっていた。その点は、L2ステーションも同じだ。ずんぐりした回転する宇宙基地で、数十人の士官が勤務しているが、〈コンスティテューション〉のクルーと同じように、長い過酷な任務の果てに追いやられた味けない場所だと感じている。

L2ステーションは、遠い昔——大群《スウォーム》戦争以前や戦争中——は、戦略的に重要だったのかもしれないが、いまではキャリアが頭打ちになった者たちの行き止まりのポストになっている。ラグランジュ点は太陽の重力が相殺される安定した位置で、宇宙ステーションや艦船が燃料を消費せずにただよっていられる理想的な場所だ。地球のラグランジュ点のひとつでの監視任務——それは、統合防衛軍の士官や下士官にとって最悪の任務だった。

グレンジャー艦長は艦長控室の窓から、外のL2ステーションを見つめた。動かない星々とデータ通信衛星の列を背景に、ゆっくり回転している。おれの次の任務は、あるのだろうか？ 悪くすれば、残りの軍人生活を、オマハ（ネブラスカ州東部、ミズーリ川沿いの都市）郊外にある統合防衛軍司令センターの奥深くでデスクに縛りつけられ、毎日つまらない事務処理をして暮らすはめになるかもしれない。

背後でドアが開いた。

「艦長、お呼びですか？」シェルビー・プロクター中佐の声が、グレンジャーの神経に障《さわ》った。初対面から一週間もたっていないのに、もうこの声が嫌いになっている。

「エンジンを取りはずしたいそうだな」

グレンジャーは向きを変え、プロクターの目を見た。椅子をすすめもせず、〝休め〟の姿勢をとらせもしない。叱られるらしいと察したプロクターは、落ち着いて姿勢を崩さず、グレンジャーの肩のすぐ上に目をすえている。だが、グレンジャーは、プロクターの口角がかすかに上がるのを見てとった。こいつは、この状況を楽しんでいる。

「取りはずしたい？　いいえ、艦長。われわれは反応炉のコアを包むシールドが必要——
——」

「きみの言いたいことはわかっている、中佐！」と、グレンジャー。自分でも意外なほど大きな声になった。プロクターの口の端が、前よりも上がった。

「艦長、この艦が退役するまで、もう一週間もないことはご存じですね？　エンジンは、もう出番がありません。次の任務のあいだは必要ないでしょう」

「そうかもしれない」グレンジャーはプロクターを見すえたまま、椅子をまわして腰かけた。「だが、まだ月面基地まで行かなければならない。そのためにエンジンが必要だ」

「訂正させていただきます。必要なのは、エンジンのうち、ひとつだけです。エンジン全部ではありません。エンジンひとつの推力で、充分すぎるほど——」

「この艦の能力に関する無知をさらけ出したな、中佐。書類上は、ひとつのエンジンの推力で、月面基地まで一週間以内に行ける。だが、この艦は古い。プロクター。もう二十年以上も、推力の六十パーセント未満でしか活動していない」グレンジャーは視線を落としてデータパッドを取り、プロクターに渡した。「わたしはシールドの鉛に関するきみの要求を、当面は拒否する。まだ、だめだ」

「でも、艦長！　わたしはこの艦で、過密スケジュールをこなさなければなりません！　あなたに邪魔をされるわけには――」

「わたしの艦だ！　好きなように邪魔をするぞ、中佐」

グレンジャーはこぶしを固め、顔をほてらせた。わかっている――自制心を失ったのは、まずかった。プロクターの顔に大きな笑みが広がるのを見て、その思いを強くした。プロクターはポケットから自分のデータパッドを出し、グレンジャーに向けてデスクに軽くほうった。

「ごらんください。わたしはヤーブロー少将から、好きなように行動する権限を与えられました。艦長のご希望に反する場合も含むと、認められています、グレンジャー艦長」プロクターは最後の言葉とともにウィンクした。

グレンジャーは、データパッドに表示された命令を調べた。もちろん、プロクターは仕事を完了するのに必要な、すべての指揮権限を持つとされている。

くそったれめ。

グレンジャーが命令の言いまわしを綿密に調べるあいだ、プロクターは自分の任務の重要性をだらだらと話しつづけていた。〈コンスティテューション〉という遺産をいかに確保するかが、未来の世代の教育にとって非常に重要……〝老鳥〟が艦隊の大使として民間に奉仕することで善意を引き出し……うんぬんかんぬん……。

「プロクター中佐」グレンジャーは口をはさんだ。目をぎらつかせ、命令のなかの、ある表現を見つめている。「わたしの命令は有効だ」

「なんとおっしゃいました？」

「ヤーブロー少将は、わたしの艦におけるきみの権限は、きみの改装任務においてのみ有効としている。通常業務管理はわたしの責任だ。明言されている。そして、通常業務管理にはクルーの安全確保が含まれる」

「申しあげておきますが、艦長、わたしは完璧に安全な――」

「そうだろうとも。だが、エンジンからバラストを取りはずすことの安全性については、賛成できない。いいか、残ったエンジンが月面基地へ行く途中で故障しても、そのエンジンで航宙するしかないんだ。悪くすれば、月の重力井戸に引きこまれる」今度はグレンジャーが笑う番だ。グレンジャーは笑った。

「故障の可能性は、十億にひとつくらいしか――」プロクターは抗議しはじめたが、またしてもグレンジャーがさえぎった。

「とにかく、わたしは安全に責任がある。わたしの判断では、エンジンをいじるのは危険が非常に大きい。わたしの命令は有効だ。退出してよろしい、中佐」グレンジャーは、プロクターが抗議を再開する前に言い渡した。

プロクターは眉を寄せ、猛烈な勢いでドアへ向かった。

「わたしにも考えがあります、艦長」

グレンジャーはまだ笑みを浮かべたまま、数分後に艦長控室を出てブリッジへ向かい、ドアの両側に立つ宙兵隊員に敬礼した。

通常の日中のシフトが始まったばかりで、夜間の当直クルーが解放され、コンソールのアクセスとコントロールが新しい担当者に移ったところだ。担当者たちは、いつもより動きが鈍く、どこか弛緩《しかん》して見える。活発な姿勢を失わないよう、即応訓練を実施したほうがいいだろうか。いや——グレンジャーは頭を振った。問題の核心はなんだ？一週間もたたないうちに、みな月面基地で任務終了を迎えるのだ。

グレンジャーは副長のホーズ中佐を探して、ブリッジ内を見まわした。探すまでもない。居場所はわかっている。たぶん、自分の部屋だ。二日酔いで、バスルームの鏡をのぞいているだろう。髪はボサボサのまま、ひげも剃《そ》らずに。

驚いたことに、ドアが開いて老副長が大股に入ってくると、当直が終わってブリッジを去る数人のクルーにうなるような声で挨拶した。髪はとかさず、ひげは剃っていないかもしれないが、少なくとも目は覚めており、動きは機敏だ。とりあえず、今日はひとつ勝ちだな――グレンジャーは思った。

「中佐、われわれの最後の航宙に出る時刻だ。そうだな？」と、グレンジャー。メイン司令コンソールにもたれて旧友ホーズを見あげた。

ホーズは声を殺して何かつぶやいたあと、うなるように答えた。

「そうおっしゃるなら、そうでしょう、ティム」

「そう言うとも。発進させてくれ」

ホーズは大声で、航法クルーと機関部のクルーに命令を出した。エンジンの回転数を上げろ……安全保護装置をチェックしろ……慣性移動に備えて各デッキの安全を確保しろ……そして、ラグランジュ点を離れて出航する場合のチェックリストに、ひとつずつ完了のしるしを付けていった。グレンジャーは、各部署の責任者から大きな声で最後の許可を求められるたびに、うなずいて承認したが、ホーズの背後に立ったまま、ホーズの操作にまかせた。なんといっても、これがホーズの最後の指揮だ。この旧友に、威厳ある引退をさせてやらなければならない。

一時間もたたないうちに、ホーズの大声がブリッジに響いた。

「すべて準備できました、艦長」

グレンジャーはゆっくりとうなずき、ブリッジの中央へ進むと、クルー全員を見まわした。艦長が何か言おうとしていることを察して、ブリッジは静まり返った。

「わたしは演説が苦手だ」と、グレンジャー。顔をしかめて天井を見あげ、続いて司令センター周辺のさまざまな部署を見た。「〈コンスティテューション〉はいい艦だ。最高だ。きみたち全員と一緒にここで勤務できたのは、最高の名誉だ」グレンジャーは航法ステーションを見た。「五十パーセントのエンジン出力で、月面基地までの所要時間は？」

ただちに返答があった――すでに計算をすませていたらしい。

「二時間の加速で三日、最終進入では四時間の減速です」

「よろしい」グレンジャーはチラリとホーズを見やった。副長は顔をこわばらせ、眉をひそめている。「〈コンスティテューション〉を家に帰らせよう」

14

ベラクルス星区、レオン星系
統合防衛軍情報収集艦ＩＳＳ〈チリアン〉

「艦長、南部の別の大陸に接近します。三分で上空に到着します」

ラプラス中佐は画面の表示に目をやった。

「大都市がいくつかある大陸だな？」

「大都市は、ひとつだけです。いくつかの町や集落が広がっています。惑星のこちら側も、軌道上の交通はまったくありません」

　刻々と時が過ぎ、眼下を海が通り過ぎた。近くの陸地に起こった荒廃とは無関係に、海は平和だ。まもなく情報収集艦は、もうひとつの茶色と緑の陸塊の上に来た。センサー士官が知らせるより先に、ラプラスにも異様な光景が見えた。

巨大な雷雲からきらめく稲妻のように、遠くで光がひらめき、視界の端に、大気の下層に広がる物体の混乱がとらえられた。

　ラプラスは席から跳びあがった。目は画面から離さない。

「報告しろ」

　幹部士官が首を振った。

「たくさんの航宙艦がいます。正体は不明です。設計も外観も、未知のものです。あの艦の集団が……」

　士官は悪態をつき、コンソールを叩いた。

「地表が攻撃を受けているようです。近くに軌道上の防衛艦隊がいますが、壊滅に近い状態です。都市は無防備のまま、上空から連射を浴びています」

「何か情報は探知できたか？」

「いいえ。上空の艦隊は軌道と姿勢を変えていません」

　いよいよ決断のときが来た。逃げられるうちに逃げるか？　それとも、あと数分だけ残って、もっとデータを記録するか？　これが大群《スウオーム》による本格的な侵略の始まりなら、できるだけ多くの情報を手に入れておきたい。重要なのは、攻撃者の正体を見きわめることだ。もしかしたら、ロシア連邦軍かもしれない。

「センサーを受動スキャンのみにしろ。カメラを全波長でズームインさせろ。近くで見てみよう」

15

L2と月面基地の中間点
ISS〈コンスティテューション〉 医務室

「わたしの余命はどのくらいだ、ドクター？」

グレンジャー艦長は返答に備えて心の準備をした。ありがたくない返事が来るのは、わかっている。予約していた受診を先延ばししすぎた。医務長のドクター・ワイアットを、何カ月も避けてきた——しこりと痛みがぶり返してから、ずっと。

「難しいな、ティム。二カ月かもしれない。三カ月か。四カ月かな——運がよければ」

「月単位か？」グレンジャーはびっくりした。数年はあると思っていたのに。「ヒトラキシンはどうだ？ 腫瘍《しゅよう》を叩いて、あと何年かは生きられるんじゃないか？」

ワイアットは難しい顔でグレンジャーを見つめた。

「まあ、それも、あなたが規則的な受診予定にしたがって六カ月前にここに来ていたら、効果があったでしょうな。ティム、どうなると思っていたんです？　無視していれば、そのうち腫瘍が消えてなくなるとでも？」

「忙しかったんだ」グレンジャーは、ためらいがちに言いわけした。

「くだらん。あなたの言うことは、あてになりませんな。もう腫瘍は転移しています。そのうち、あちこちのリンパ節が腫《は》れて、頭より大きくなります」

　くそ。いまは困る。まず〝老鳥〟が奪われ、次は命まで奪われるというのか？　グレンジャーは診察台の上で居心地悪げに身じろぎし、ワイアットが示した画像に目を凝《こ》らした。間違いなく、腫瘍だ――白と黒と暗い赤の斑点が、腹部全体に点在している。大小いろいろあるが、どれも致命的だ。

「いいですか、メタスタシンを投与することもできる――数カ月かそこらは、転移を抑えられるはずです。フラギノックスは苦痛と組織の炎症を食い止め……」

　ワイアットは片手で医療スキャナーをいじりまわした。グレンジャーと目を合わせようとしない。二人は十年ちかく一緒に勤務してきた。グレンジャーはワイアットを、艦内で最良の友の一人とみなしている――グレンジャーは、たやすく友人を作る人間ではない。失望させられるとわかっているのに、友だちを作る意味などないと思う。

「わかった、ドクター。とにかく、死ぬのはわたしだ」と、グレンジャー。自分の言葉が、耳のなかでうつろに響いた。「いいか、わたしは月面基地に着く前に艦内を歩いて、最後の見まわりをしなきゃならん。新しい客が、予定より早くこの艦のあらゆるところを引退させてしまわないよう、確認する必要がある」グレンジャーは医務室を出ようと、立ちあがった。

「病状を、クルーに知らせるつもりですか？」

グレンジャーはドアまで歩いていって、答えた。

「そんな必要がどこにある、ドクター？」

「最低限、知らせておくべき相手が――」ワイアットが言いはじめたとき、グレンジャーの背後でドアが左右からスライドして閉じた。

グレンジャーは大股に通路を進み、通りすがりのクルーに会釈しながら、漠然と機関室の方向をめざした。下の機関室に通じる唯一のエレベーターにたどり着いたが、ドアが開かなかった――噛《か》み合ったギアがきしり、抗議するようなうなりを上げるばかりだ。

ちくしょう、艦まで不調だ。

横開きのドアの閉じ目に指先をめりこませ、うなり声とともに二枚のドアを引き離そうと力をこめた。五センチの隙間《すきま》ができたとき、ようやくメカニズムが正常に働いて勢いよくドアが開いた。

エレベーターのなかに入ったグレンジャーは、宙に向かってうなるように言った。

「機関室」

柔らかいブザー音でコンピューターが指示を承認し、エレベーターが動いた。まもなくスピーカーから、ゆがんだ音声が知らせた。

「機関室です」

ちくしょう、スピーカーまでおかしくなっている。ひょっとしたら本当に、全艦の活動を終わらせるときだろうか。

「艦長、きてくださってよかった」グレンジャーがひとことも言わないうちに、機関長レイナ・スコット中佐の疲れ果てた声がした。「この件で、まず艦長に連絡しようとしたんですが、艦長が捕まりませんでした。今回は行きすぎです」

どういうわけか、グレンジャーは機関長の最後の言葉の意味を正確に理解した。

「今回はなんだ、レイナ?」

スコットはグレンジャーを、六つのメイン・エンジン・ユニットのひとつをおさめた巨大なエンジン・ベイへ案内し、指さした。

「見てください。昨夜あたしが寝たときは、第四エンジンは分解されていませんでした。

今朝、起きてみたら、分解されています。この状況を、艦長はご承知でしたか？」

グレンジャーは歯を食いしばった。ユニット全体が取りはずされ、鉛のバラストがなくなっている。

「バラストはどこだ？」

「どこだと思います？」

グレンジャーはくるりと向きを変え、エレベーターへ戻った。

「射出チューブの準備をしろ、中佐」

「はい？」

「射出チューブだ。客を艦から降ろすのに必要になる」

グレンジャーは振り返らず、足を止めもしなかったが、スコットの顔に大きな笑みが広がるのをまざまざと感じた。ちくしょう、シェルビー・プロクターを何日か早く始末できるなら、おれは自分の手で射出ボタンを押してやる。

16

ベラクルス星区、レオン星系
統合防衛軍情報収集艦ISS〈チリアン〉

　ラプラス中佐は地表を砲撃している艦の集団を見ようと、画面に目を凝《こ》らした。全センサーが細部をひとつ残らず記録しているが、自分の目で攻撃者の正体を確認したい。何年も軍情報部の訓練を受けてきたラプラスは、大群《スウォーム》艦隊の外見を知っていた。少なくとも、七十五年前に地球を攻撃してきた艦隊の姿は、わかっている。文字どおり〝大群〟としか言いようがない。中央にいくつかの航宙母艦がいて、何千何万という戦闘艇の基地として活動する。地球の防衛設備は、ただただ相手の絶対数に圧倒された。敵のすぐれた技術や火力は言うまでもない。

「通信士、Qジャンプ・データ・ポッドの射出準備をしろ。地球へ送れるようにしておきたい。万一……」ラプラスの言葉はとぎれた。口にしなかった部分を、ブリッジ・クルーは正確に理解してくれるだろう。

「了解。データ・ポッドには情報を積んであります。現在も、遠隔測定で得られたデータをすべてダウンロード中です」

ラプラスはうなずいた。

「よろしい。ブリッジの音声記録も加えろ。われわれが話していた内容も伝えたほうがいい」航法士に向かって言った。「少尉、Qジャンプのすべての座標をセットし、開始ボタンの上で指を浮かせて、かまえていろ。わかったか？　反応の速さがものを言う」

少尉は、その場を一瞬で離れる準備をし、ラプラスはその様子に満足して、センサー・ログに注意を戻した。

「オペレーション、わたしの見かたは間違っているか？　あれはスウォームの戦闘艇集団ではない。少なくとも、われわれの歴史データによればな」

「おっしゃるとおりです。少し大きい艇です。二百隻ほど探知しました。おおよそ、われわれのVウイング戦闘艇の一種と同じ大きさです。X-25の二倍くらいでしょうか」

七十年前のスウォーム艦隊なら、戦闘艇の数は何倍も多かったはずだ。画面中央に見える中心の航宙母艦は、昔のスウォーム航宙母艦よりずっと大きい。だが、設計は――

漠然とだが……人類の艦に似ている。何十本ものナセル・アームや戦闘艇ベイと同じ働きをするらしい巨大なギザギザのパイロンがいくつもあり、歴史の本で見るスウォーム巡航艦とは似ても似つかない。

見ているうちに、都市の上空で集中攻撃を繰り広げる艦隊から、三十あまりの戦闘艇が大きく向きを変え、なかば壊れた一隻の統合防衛軍巡航艦へ向かった。

「艦長、あのサファノ級巡航艦からパワー表示が届きました。トランスポンダーの信号はＩＳＳ〈バジャルタ〉のものです。主反応炉が再始動し、磁力砲のいくつかが活動を始めています」士官は顔を上げてスクリーンを見つめた。「向かってくる艇に発砲しています」

ラプラスは視線を上げた。蒸気と瓦礫《がれき》を噴き出す壊れた巡航艦が、艦体を傾け、右舷に並ぶいくつかのターボ電磁砲で大きな戦闘艇をいくつか破壊した。砲撃の脈動するリズムを、ラプラスは想像できた――毎秒十キロの速度で近づきながら、砲は毎秒およそ五発の砲弾を発射した。

敵の戦闘艇がいくつか爆発して火球になった。だが、残りの艇は加速し、信じがたいスピードで〈バジャルタ〉に近づくと、流れるように連続して高速砲弾を撃ちこんだ。砲弾は〈バジャルタ〉の側面に食いこんで爆発し、猛烈なエネルギーを放出した。統合防衛軍の巡航艦がまき散らした瓦礫と火は、あっというまに真空の宇宙空間で消滅し、側面に開いた大きな穴があらわになった。だが、それは手はじめにすぎなかった。大きな航宙母艦の一隻――不気味な緑の航宙灯に照らされた巨獣のような艦が、〈バジャルタ〉のほうへ向きを変え、目もくらむ緑のエネルギー・ビームを発射した。

ぎらぎらしたビームが、〈バジャルタ〉の右舷に開《あ》いた穴へ突進した。ラプラスは自分の前のセンサー表示を見おろし、次に何が起こるかを知った。オペレーション士官にたずねる必要もなかったが、士官は大声で報告した。

「放射線の特性が表示されています、艦長！　あのビームは反物質を含んでおり、相互作用で――」

画面を埋《う》める閃光に、オペレーション士官の言葉はとぎれた。ホロ・スクリーン上の映像だから、放出されるエネルギーの量はかぎられているが、一同は反射的に目をおおった。画面の彩度が落ちたとき、ＩＳＳ〈バジャルタ〉は消えていた。

一瞬、ブリッジは隅々まで静まり返った。

「少尉、爆発した戦闘艇の生命反応をスキャンしたか？　ここを離れる前に、背後にいるのが何者かを突きとめたい」

「スキャン中です、艦長。センサーが、何か奇妙な干渉を受けて混乱しています。あの戦闘艇の内部に何がいるか、充分に表示されません。いまの時点では、地球人がいる可能性もあります。可能性としては……いえ、スウォーム戦争当時でさえ、スウォーム艦の生命反応は表示されませんでしたし――」

「艦長！　敵の戦闘艇が……」

　ラプラスはすばやく画面を振り返った。残っている攻撃的な戦闘艇は針路を変え、いまや一直線に〈チリアン〉に向かってきている。

「少尉、いまだ！」ラプラスは航法士にどなった。航法士は、コンソールの上に浮かせた指でQジャンプ開始ボタンを叩いた。

　画面の光景は変わらない。

「少尉、〝いまだ〟と言ったぞ！」と、ラプラス。戦闘艇部隊がスピードを上げたように見える。

「やっています。たぶん、センサーに干渉しているものが……」少尉は口ごもり、コンソール上のボタンを次々と猛烈な勢いで叩いた。

　ラプラスはオペレーション士官を指さして命じた。

「データ・ポッドを発射しろ。ここから離れさせろ」航法士に向きなおった。「少尉、回避行動。大きく左右に振れて、Zマイナス五十。われわれとのあいだに距離を置け――

―連中の歪曲フィールドを脱出できるかもしれない」

艇が傾き、航法士がコンソールに入力している回避行動に合わせようと、慣性相殺システムが力を振りしぼった。画面上の動きがラプラスの目を引いた。

「艦長、相手は砲撃しようとしています！」

「たえず針路を変えろ、少尉！」ラプラスは首を伸ばしてオペレーション士官を振り返った。「データ・ポッドは射出したか？」

「はい、艦長！」

「ポッドはQジャンプしたか？」

ブリッジ内に爆発が起こり、ラプラスは顔を炎から守った。非常システムが火を消すと、ラプラスはオペレーション士官に視線を戻した。士官はぐったりとコンソールにもたれ、頭と胴体は黒く焦げて赤い火ぶくれができている。ラプラスは自分のコンソールを見おろして、悪態をついた――データ・ポッドはQジャンプに失敗していた。

統合防衛軍本部に、警告を送れないままだ。

「少尉、最大加速！〈バジャルタ〉の残骸へ向かえ！残骸をいくつか――」

だが、航法士が命令を承認するチャンスはなかった。次の爆発でブリッジが引き裂かれ、大きな隔壁が吹き飛ばされて、はるか下方の惑星の青みがかった大気が目に入った。

空気が艇外へ漏れるとともに、航法士の身体も外へ吸い出された。ラプラスは、高速で向かってくる敵の戦闘艇をにらみつけた。敵艇の前部の砲が赤熱している。ラプラスは意識を失う前に最後の息を真空中にもらすと同時に、腹いせに、接近する敵艇めがけて唾《つば》を吐いた。

17

L2と月面基地の中間点
ーISS〈コンスティテューション〉戦闘艇ベイ

戦闘艇ベイに入ると、グレンジャー艦長は大股にメンテナンス格納庫に通じるドアへ進み、ドアの前に立つ二人の宙兵隊員を指さして言った。

「おまえたち二人は、わたしと一緒に来い。わたしの合図で、プロクター中佐を逮捕しろ。わかったか？」

宙兵隊員たちは神経質に顔を見合わせた。一人が咳払いした。

「**わたしの命令がわかったか**と、きいたんだぞ」グレンジャーはどなり、宙兵隊員の一人が背筋をこわばらせて答えた。

「あの、艦長、プロクター中佐の命令では、艦長が中佐の仕事に干渉なさるようなら、艦長私室に拘禁するようにとのことでした。ヤーブロー少将ご本人から、その権限を与えられたそうです」

グレンジャーが近づくと、宙兵隊員は縮みあがった。信じられない。プロクターはやりすぎだ。グレンジャーは宙兵隊員の面前に顔を突き出して、どなった。

「わたしは、この艦の艦長だぞ！　不服従と反逆の罪で、このさき五年間、拘禁室で暮らしたいのか？」

グレンジャーは、自分が両手のこぶしを空中で振りまわしていることに気づき、てれくさくなって手をおろした。ちくしょう、おれは艦を失ったってわけか。それも予定より五日も早く。

「ティム？」声をかけられてグレンジャーは振り向いた。機動戦闘艇部隊長のタイラー・ピアースだ。

「いったい、なんの用だ？」と、グレンジャー。ぶっきらぼうな口調だ。決心がつかずにそわそわする宙兵隊員から目を離さない。軍はどうなることやら。何十年か平和に繁栄したら、みんな太って自己満足してしまったのか？　こんな陰険なやりかたでおれを傷つけるなんて、ヤーブローは何を考えている？

「ちょっとお見せしたいものがあります、艦長」部隊長は、親指で戦闘艇部隊の会議室を指した。ピアースはグレンジャーよりも若く紳士で、まぎれもない上流のなまりや保守的すぎるヘアスタイルから見て、明らかにヨークやヴェルサイユなど、もっと豊かな惑星の名門——上院議員か寡頭体制の支配者——の息子だ。

グレンジャーは二人の宙兵隊員をにらみつけたまま、ピアースのあとについて会議室に入った。ホロ・スクリーンの前にある演壇を、階段教室のような座席が半円形に取り囲んでいる。数人の技術クルーが忙しげに新たな座席の列をいくつか前方に配置し、別の一人が演壇の端末をいじっていた。

「あれは何をしているんだ？」グレンジャーは技術クルーを指して、たずねた。

ピアースの表情に、いらだちの色が現われた。

「本当に、わかりませんか？」

「プロクターの命令か？」

ピアースはうなずいた。

「ここを、戦闘艇による宇宙戦のシミュレーション・ルームに変えているところです。いちどに五十人の客が入るそうです。あのスクリーンで気のきいた一連の戦闘を見せ、客たちに任務のブリーフィングをしたあと、客たちが外にある戦闘艇のコックピットにすわるというわけです」

ピアースは親指で戦闘艇ベイを指した。グレンジャーは戦闘艇ベイの光景を見たいとは、まったく思わなかった。たとえプロクターがそこにいて、こちらがプロクターを戦闘艇ごとエアロックから吹き飛ばしたくてうずうずしていてもだ。

「そんなにまずいか？ 設備は全部、取りはずされたのか？」

ピアースは肩をすくめた。

「まあ、全部ではありません。二十かそこらですね。それに、戦闘艇のシステムに関しては、まだ手をつけられていません。プロクターが加工工場で造らせたダミーの魚雷を、連中が装備し、プロクターがスミソニアン博物館から持ってきた新しい戦闘シミュレーション・プログラムで、コンピューターをグレードアップ……ええと、グレードダウンしたところです。しかし、戦闘艇はすべてロープで仕切られ、不快きわまりない紫と黄色に塗りなおされました——客にとっては、それが未来的に見えるとプロクターは考えたようです……」

「紫と黄色だと？」グレンジャーはうなるような声をもらした。

「はい、お気持ちはわかりますよ。しかし、ティム、ここに来ていただいたのは、そのためではありません。ちょっと、わたしの執務室へ来てください」

グレンジャーはピアースのあとから戦闘艇部隊長の執務室に入り、ピアースの隣にある端末のそばに腰かけた。デスクの上に家族の写真が、きちんと黒っぽい金属の額に入れて飾ってある——松の木立の前でポーズをとる金髪の美人と、その膝にすわった二人の小さな男の子。

「ヨークにいる家族かね？」グレンジャーは目顔で写真をさした。かすかに紫がかった濃紺の空を見れば、どこで撮られた写真か見当がつく。

「はい。わたしの一族は何世紀も、ロンディニウム市に住んでいました。曾々々祖父は最初の移住者の一人で、あの町を一から建設するのに協力しました。そう、少なくとも、部下の労働者たちは貢献しました。曾々々祖父自身は、手を汚すのが好きではなかったので」

「ご先祖に会ったことがあるような話しぶりだな」

「会いましたよ。曾々々祖父が死んだのは、二十年前です。わたしが統合防衛軍に加わる直前でした」

グレンジャーは疑わしげな目を向けた。

「きみのひいひいひいお祖父さんが死んだのが、ほんの二十年前だと？」

「まあ、ロンディニウム市の半分を所有している人間なら、あらゆる種類の延命処置を受ける財力がありますからね。曾々々祖父は少なくとも四回、身体の半分を取り替え、最後には普通の風邪をひいて、肺炎で亡くなりました。百八十九歳でした。死んだとき、惑星ヨークで最高齢の男性でしたよ」

グレンジャーは口笛を吹いた。おれは、わずか六十四歳で死のうとしている。運がよければ六十五歳だ。ステージ4の肺癌《がん》と悪性の脳腫瘍《しゅよう》と膵臓《すいぞう》癌——全身を取り替えたり、頭に高エネルギー陽子《プロトン》を浴びせて、勝手に転移する癌細胞をねらい撃ちしたりする以外に、奇跡的な治療法を専門家たちが思いつかなければ、六十四歳で死ぬ。グレンジャーは痛みに負けそうになる気持ちを奮い立たせ、できるだけ深く息を吸いこんだ。

「なぜ、わたしをここに連れてきたのだ、タイラー？」

ピアースはコンピューターのスイッチを入れ、いくつかの宙図と艦隊の移動スケジュールを出した。

「イギリスとロシアの艦隊は昨日、ブリタニア星系で合同演習を実施することになっていました。イギリス第三艦隊の旗艦ISS〈ギャラント〉を指揮している父から、聞きました。父とは一日おきに数分間、話します。今朝、父がなんとも奇妙なことを口にしました」

「どんなことだ？」

「ロシア艦隊が現われなかったというのです」

「おかしいな」と、グレンジャー。「ロシア連邦宙域はイギリス宙域のすぐ隣の、シリウス側にある。事実上の隣人どうしだ。なぜロシア艦隊が来なかったか、お父上は何かお考えだったか？」

「いいえ。しかし、奇妙なのは、それだけではありません。父は統合防衛軍の最高司令部から、イギリス宙域とロシア宙域の境界をパトロールせよという特別命令を受けました。境界は、ベラクルス星区の近くです」

「理由をおっしゃったか？」

「いいえ。極秘命令で、優先順位一位の最高機密です。本当は、わたしにも話すべきではなかったのです」

グレンジャーはあごをなでた。ロシア人ときたら……。いつだって、ずるいろくでなしだ。地球が大群《スウォーム》戦争に負けそうになったのは、連中の愚行のせいだ。ほとんど最後の瞬間まで、ロシア人は同盟大国群との連携による惑星防衛を拒絶した。スウォームの核爆弾が何発かサンクトペテルブルク上空で爆発して、ようやく、ほかの国家と手を結ぶのが最善の策だと信じるにいたった。ロシア人は、いま何をしているのか？

「おそらく、マラーホフ大統領がひそかに手もとに用意しているものを警戒してのことだろう」と、グレンジャー。

「ああ、いまは大統領と呼ばれているのですか？」

「選挙に五回、勝った」グレンジャーはいったん言葉を切り、ニヤッと笑った。「有効票の九十八パーセントしか獲得しなかったがな」

「人民に愛されているようですね。マラーホフは有権者に、何を約束したのでしょう？」

「たぶん、有権者が断われない申し出をしたんだろう。シャツをぬいでベンガルトラの上でマスターベーションしているあいだに、ベラクルス星区を手に入れ、モンゴルを再併合すると約束したんだ」

ピアースはフンと鼻を鳴らし、首を振った。

「ええ、たぶん、いつもの大言壮語でしょう。しかし、父は真剣に心配しているようでした。何か知っていても、わたしには言わなかったことがあるに違いありません。最高司令部から何か命令がありましたか？」

「わたしにか？　いや、自分の艦の退役についてさえ、一週間前まで知らせてくれなかったぞ。上層部が想定するロシアによる侵略をつねに把握している士官として、わたしの名前がリストの上のほうに出ているとは思えないな」

ピアースは額縁を取って写真を見た。二人の男の子が笑いかけている。ピアースは子供たちに、もうどのくらい会っていないのだろう？——グレンジャーは考えた。

「まあ、具合の悪いことは何も起こっていないと期待しましょう。マラーホフが頭のおかしいろくでなしであることはわかっていますが、これはマラーホフらしくない。政治家どうしが仲よくしたことはありませんが、軍隊間にはいつも、いい関係がありました。ロシア軍が合同演習をすっぽかしたのは、はじめてです」

グレンジャーは宙図を調べた。たしかに、八隻の統合防衛軍航宙母艦とひと握りの重巡航艦、さまざまな種類の軽量艦——ミサイル・フリゲート艦、駆逐艦、曳航艇、補給艦——が、イギリス宙域の居住空間の中心であるブリタニア星系辺縁部に集まっている。近くのロシア宙域が不透明な赤に点滅しているのは、ロシアがもう、リアルタイムに近いセンサー・データを統合防衛軍の他の軍隊と共有する気がないしるしだ。境界のすぐ向こう側のリブ星系に、ロシア艦隊がいるのかもしれない。だが、向こうが姿を現わすと決心してくれるまで、こちらは何も知りようがない。

「何を考えているんだ？　ロシアだけの問題ではない——とか？　またスウォームが攻めてきたとか？」

ピアースは肩をすくめた。

「スウォーム？　あいつらは七十年以上も現われていません。いままで、自分たちの宙域から出てきませんでした——連中の宙域がどこか、われわれが知っていると仮定しての話ですが。くそ、われわれはスウォームがどんな姿をしているかも知らないんですよ。スウォーム艦の残骸から見つけたのは、灰色のネバネバだけでした」

スウォームとの最初の交戦のあと、人類は、損傷させたり破壊したりした敵艦を調べようと手を尽くした。負けた敵艦はほとんどが自爆したので、容易ではなかった。自爆しなかった艦艇も損傷がひどく、生存者は一人もいない。死体もなかった。スウォームは、艦を完全自動化で破壊するか、死体を自動的に蒸発させるプログラムを開発したらしい。残っていたのは、艦内の床や壁を薄くおおった液体有機物だけだった。通路や区画が非常に小さかったため、統合防衛軍は、異星人の身長は一メートルあまりか、それ以下ではないかと考えた。

異星人のテクノロジーは驚くほど進んでいた。エネルギー兵器を使う——ある種の加速されたマイナスイオン・ビームだ。反ヘリウム粒子——グレンジャーが士官学校《アカデミー》時代の講義を正しく記憶しているならばだ。それ以後に建造された新しい艦の新しい装甲は、効果があるのだろうか？　くそ、あの戦争で生き残った人類の艦は、〈コンスティテューション〉だけだ。厚さ十メートルのタングステン被覆に助けられた。〈コンスティテューション〉は事実上、前世紀に小惑星《アステロイド》をくり抜いて建造された——SG一〇五五一という名のアステロイドだった。艦が完成するころには、もとのアステロイドはほとんど残っていなかった。

　だが、スウォームは兵器が進んでいるばかりでなく、大きな加速を達成し、慣性の大きな変化に耐えられるらしい。統合防衛軍では、慣性相殺装置の改良は夢にすぎない。結果的に、スウォーム艦隊は統合防衛軍に比べてはるかに速く、小まわりがきく集団だった。その利点と敵のコンピューター・コントロール・システムに、統合防衛軍は敗れた――出会う敵艦隊はどれも巧みに連携し、戦闘艇はどれも全体とうまくつながって、数百の小型艦というよりは、ひとつの大きな有機体のように戦った。統合防衛軍の照準コンピューターと指揮統制センターは、とてもかなわなかった。人類は個々のパイロットの根性と度胸に頼らざるをえず、多くの歴史家の評価では、それが勝敗を分けたとされている。

「スウォームではないことを祈ろう」と、グレンジャー。「あんなイヤなやつらをまた相手にするより大言壮語のロシアの悪党と戦うほうが、ずっとましだ」

「戦いになるでしょうか？」

　グレンジャーは肩をすくめた。

「正直な返事がほしいか？　ノーだ。宇宙は広い――資源は豊富だから、問題ない。ロシア人がいつもほしがっていたのは、それだ。領土と資源。どちらも不足してはいないから、戦いなど無意味だ。だから、数年もたてば事態はおさまるだろう。マラーホフの任期が終わるころには、間違いなく――」

「待った、聞いていないのですか？」

「何をだ？」

ピアースは不満げな笑い声を立てた。

「ロシアの国会《ドゥーマ》は数カ月前に、投票で、大統領の任期を廃止することを決めました。老マラーホフは終身大統領です」

「フン。あいつは時間を節約して、偽装にエネルギーを使う代わりにマラーホフ皇帝と自称するだろうな」グレンジャーは退出しようと立ちあがった。戦闘艇部隊長が執務室に入れてくれて、よかった――気分が落ち着き、プロクターをエアロックから放り出したいとは、あまり感じなくなった。「それで、いま稼働できる戦闘艇は、どのくらい残っている？」

ピアースは立ちあがってグレンジャーについてきた。

「四分の一ほどです。二十艇でしょうか？ プロクターに四十艇ほど取られました。残りの二十艇は、プロクターが現れる前にオーバーホールに出ていました。なぜ、おたずねですか？ トラブルが予想されますか？」

「出航後、五日間でか？ どうかな。だが、どんな面倒な事態にも対応できるように備えていないと、何かあれば、われわれのせいになる」

18

太陽系、地球周回軌道
ヴァルハラ宇宙ステーション

「ヤーブロー少将？　副大統領のシャトルが到着しました」

デスクに向かっていたヤーブローは立ちあがり、誰もいない空間に向かってうなずいた。

「ありがとう、中佐。副大統領をＩＳＳ〈ウィンチェスター〉のドッキング・チューブまで送るよう、とりはからって。わたしは、そこで副大統領を迎えます」

地球第二の権力者に会いに向かう前に、ヤーブローはつかのま窓のそばで足を止め、はるか下の緑と青の球体を見つめた。ヴァルハラ宇宙ステーションは倍対地同期軌道に近い軌道を描き、地上五万キロの高度で三十七時間に一回、地球をまわる。どの大陸の上を飛んでも、景色はとぎれずに見える。いまは北アメリカ大陸の上空を通っていた。目を細めると、かすかに灰色がかったいくつかの大都市の跡が見わけられた——ニューヨーク、ワシントン、マイアミ。ナッシュビルは雲がかかってはっきりしないが、その町の巨大な民間宙港を、ヤーブローはありありと想像できた。オマハにある統合防衛軍の宙港と、ほぼ同じ大きさだ。

ここから見ると、とても小さい——ヤーブローは思った。はるか北方へ視線をさまよわせると、大群《スウォーム》戦争が残した大きな傷跡が、かろうじて見えた——円形のあばたは、オハイオ州とミシガン州のいくつかの都市の跡だ。スウォームが投下した数メガトンの弾頭が、それらの都市を地図上から完全に消し去った。シンシナティもデトロイトもクリーブランドも、もう存在しない。戦争の余波に苦しむ政府は、これらの都市を再建する意味をほとんど見いだせず、自然の浸食にまかせるほうを選んだ。爆破された地域は、いまでは生《お》いしげる緑におおわれている。放射能に汚染された深い森だ。ヤーブローは、校庭でささやかれた噂を思い出した——あの地域の光る目を持つ野生動物のことを。

だが、スウォームは去った。戦争終結後、すでに判明していたスウォームの惑星を調査したところ、スウォームの形跡は何ひとつ残っていないことがわかった。都市はひとつ残らず放棄されていた。航宙艦一隻、異星人一人、残っていない。原理主義宗教の指導者たちは、スウォームは、多くの罪を犯した人類を罰するために神が造られた鞭《むち》にすぎないと主張するにいたった。ひとたび罰が与えられてしまえば、鞭は神によって、あとかたもなく消し去られたのだと。

統合防衛軍情報部の考えは違い、何十年もスウォームを捜している。だが、実りはない。スウォームは種族ごと消え失せ、理由もわからないままだ。

だが、いまになってベラクルス星区で問題が持ち上がった。ISS〈ケルアック〉が消息不明になり、ヒロイック宇宙基地は通信に応答せず、調査のため急派した情報収集艦も、もう三十時間以上も報告を送ってこない。

ヤーブローはドアを振り返った――統合防衛軍の下級将官が、副大統領を待たせてはならない。部屋を出ようとすると、デスクのモニターの表示ランプがきらりと光を発した。

ヤーブローはデスクに戻り、届いた報告を調べた。

情報収集艦〈チリアン〉から発射された、ひどく損傷したデータ・ポッドだ。

監視映像記録が再生されると、ヤーブローは目を飛び出さんばかりに見開いた。

なんてこと。やつらはまた来たんだわ。

19

L2と月面基地の中間点
ISS〈コンスティテューション〉

「艦長、月面基地まで十五万キロを切りました」と、プリンス少尉。

少し前まで活気に満ちていたブリッジが、静かになった。グレンジャーは艦長席から立ちあがった。〈コンスティテューション〉が統合防衛軍の艦としてエンジンに点火するのは、これが最後だと、全員が承知している。月の周回軌道に入るには、充分な力で減速しなければならない。クルーが、新たな激励演説を期待したりしていなければいいが――グレンジャーは思った。

「ありがとう、少尉。パワー・プラントは、どんな具合だ？」と、グレンジャー。機関部セクションに顔を向けた。

「ほぼフル稼働しています。スコット中佐によれば、準備は万端、とのことです」

「大変けっこう。全力逆噴射。前方スラスターに点火。パワー六十パーセント」

「艦長？　エンジン出力が少しダウンしていますので、それでは充分に減速できません」プリンス少尉は軽く咳払いし、コンピューターの表示に視線を戻した。「つまり、六番エンジンが取りはずされているので――」

「注意喚起をありがとう、少尉」グレンジャーは若い少尉の言葉をさえぎり、内心で、戦闘艇ベイにいるプロクター中佐を罵倒した。「残っているエンジンで八十パーセント」

「了解、艦長」

「到着まで一時間を切ったら、知らせてくれ」

友人のホーズ副長が千鳥足でブリッジに入ってくると、グレンジャーは低いうなり声をもらした。くそ――また飲んでやがる。三、四メートル離れていても気づかれるにおいだ。

「エンジンに点火したんだな？」と、ホーズ。呂律《ろれつ》が怪しい。

グレンジャーはホーズに近づき、相手の上腕をつかんでひっぱりながらドアへ向かった。

「一緒に来い」と、グレンジャー。

「ああ、ティム。大したことないよ。ほんの一杯だ」

「一杯？　十杯の間違いじゃないのか？」

グレンジャーはドアのそばに立つ宙兵隊員たちに敬礼し、ホーズをひっぱって隣のオペレーション・センターのそばを通り過ぎた。オペレーション・センターの外で会話していた士官たちが口をつぐみ、用心深い目を向けた。

「なあ、わしらはどうせ明日には負けを認めるしかないんだ。そんなに騒ぐこと――」

グレンジャーはホーズを通路の壁に押しつけ、顔をぶつかりそうなくらい近づけて、相手の顔を見つめた。

「そんなに騒ぐことじゃない？　くそ、エイブ、おれは、きみのために何度も自分の立場を危険にさらしてきた。はっきり言えば、少しうんざりしてきているんだ。酔っぱらってブリッジに現われるなと、警告しただろう。何度もそういうことがあったが、おれが隠してきた。きみはクルーの士気を低下させるし、おれに対して無礼だ」

ホーズはフンと鼻を鳴らした。

「わしのために自分を危険にさらしただと？　よくもそんなたわごとを。あんたは、あの離れ業をやらかしたあと、わしがいなけりゃ、そもそもこの艦には来られなかったんだぞ。上層部はあんたを不名誉な免職にしようとしていたが、わしのおかげで、あんたは昇進した。想像してみろ――〈ホルスキー事件〉を起こしたならず者の中佐が、自分の艦を手に入れたんだぞ」

グレンジャーはホーズの軍服を両手で握りしめた。通路の左右を見て誰もいないことを確かめると、ホーズにのしかかるように上体を近づけた。

「きみも、おれも、それが真実とは違うことを知っている。艦隊は何十年も下り坂だった。強い刺激が必要だったから、おれが与えてやったんだ。我慢して、きみを使っているのと同じことだ」グレンジャーはホーズを離し、通路へ押しやった。「行け。酔いを醒《さ》ましてから、あらためて出頭しろ」

「それは命令ですかね、艦長？」と、ホーズ。険悪な口調だ。

グレンジャーは肩を落とした。

「そんな必要があるか、エイブ？」

一人の女性士官が通路の角を曲がって現われ、二人のそばを通り過ぎるときに、すばやく会釈して敬礼した。グレンジャーは士官がドアの向こうへ消えるまで待って、先を続けた。

「いいか、エイブ、きみはおれのいちばんの友人だ。おれたちは〝老鳥〟をうまく動かしてきた。いまになって、その関係を――」

ホーズはぶつからんばかりにグレンジャーの身体をかすめて、そばを通り過ぎた。

「やめておけ、ティム。そういう言葉は、そういうことを気にするやつのために取っておけ。あんたもわしも、何年も前に気にすることをやめた。〝老鳥〟赴任の刑を言い渡されたときにな」

「刑？」と、グレンジャー。

ホーズは足を止めずに答えた。

「聞こえただろ」そのまま角を曲がって姿を消した。

ホーズの言うとおりだ――おれたちのこの艦への赴任は、刑罰だった。おれたち二人に邪魔をさせないようにする、微妙な努力。おれたちを黙らせ、信用を落とすためだ。軍法会議を受ければ、その結果はいやおうなしに広まる。名誉ある形であろうとなかろうと、解任されれば、おれたちはおおっぴらに真相をふれまわっただろう。だが、行き止まりの任務を与えれば……？

グレンジャーは片手を壁に当てた。古いエンジンの遠い震動が、艦のうなりとして伝わってくる。艦のエンジン。おれのエンジンだ。ホーズはこれを刑と言ったし、たしかにそうかもしれないが、おれには望みようもないほど最高の刑罰だった。

20

地球の月
月面基地　大講堂

地球連合政府のアイザクスン副大統領は、演壇から、政治家らしく歯をのぞかせて人々に笑いかけた。講堂を埋《う》めるのは、記者や高官、政治家、著名人、一般市民だ——なかには、ニュー・イングランドの金持ちの私立小学校から来た、まるまる一クラスの子供たちもいた。

グレンジャーはちらりと腕時計を見た。金と銀でできた古い時計で、革のバンドがついている。数十年前に母からもらったものだ。ちくしょう、このセレモニーはいつまで続くことやら。アイザクスンは効果的な話しかたを心得ている。

「——実際」アイザクスンは言葉を続けた。「軍を近代化しようという努力を、推し進めすぎたと言う人もいます。そのような人たちは、われわれは一定不変であるべきだと、昔のままでいるべきだと思っているのです。しかし、みなさん、時代は変わります。われわれは変化を受け入れ、敵に立ち向かわなければなりません。二十七世紀にわれわれが直面するであろう敵は、二十六世紀に直面したものとは違います。われわれの情報部と科学探査が出した答えでは、大群《スウォーム》は遠い昔に去りました。われわれが探査した何千立方光年もの宇宙空間に、ほかの異星人がいる気配はまったくありません。人類が何千年も前から見てきたとおり、もっとも手ごわい敵がふたたび内部から現われるのです。われわれはその敵の脅威に備えて――」

グレンジャーはゆがんだ笑いを浮かべた。ロシアの大統領がこの映像を見ていたら、はらわたが煮えくりかえるに違いない。まず間違いなく、見ているだろう――地球の宇宙旅行史上で最古の艦の退役セレモニーを見ない者が、いるだろうか？

「――そして、ここにおられる未来の世代に言いたい――」アイザクスン副大統領は左側の、席についている子供たちの列のほうへ頭を傾けた。「――きみたちがその事態に立ち向かうならば、未来はきみたちとともにある。われわれはきみたちに、より安全な銀河系を、より安全な人類を、より安全な世界を引き渡す。一生懸命に勉強し、できるだけたくさんのことを学んで、英雄たちのあとに続きなさい。お願いだから、ときどきはビデオ・ゲームから顔を上げてひと息ついてくださいよ」アイザクスンは、講堂に満ちた礼儀正しいうれしそうな笑い声に向けて、言葉を添えた。「わかったね？」

気がつくと、グレンジャーの番になっていた。アイザクスンが腰をおろすと、聴衆の目がティム・グレンジャー艦長に移った。グレンジャーはゆっくり立ちあがり、肺の強い痛みに負けまいと気力を振りしぼった。

グレンジャーは演壇に近づき、手書きの原稿を、差し出された水のグラスの横に置いた。持ち時間は十五分だと言われたが、五分より長いスピーチ原稿など、おれに書けるわけがない。即席で続けなければならないだろう。できるだけ時間を稼ごうと、グレンジャーは水のグラスを取ってゴクリと飲んだ。

咳払いをして原稿を見おろし、よく見ようと目を細めたとき、思い出した——読書用メガネがポケットにおさまったままだ。グレンジャーはメガネを取り出してかけ、モゴモゴと言った。

「歳をとった証拠として、目の衰えは第二の特徴だという。すぐあとに、耳の衰えが来る」グレンジャーは言葉を切り、笑いを取るタイミングを見きわめた。「だが、第一の特徴がなんだったか、どうしても思い出せない」

またしても計算されたていねいな笑い声が上がった。ああ、こんなスピーチなんぞ大嫌いだ。

「百三十年前、われわれの先祖には、ある展望があった」グレンジャーは原稿を最初から読みながら、話しはじめた。「安全と進歩の展望だ。人類は宇宙に広がりはじめ、それとともに未知の危険に出会うようになった。人類はそれまで宇宙でひとりぼっちだと思われていたが、地球連合初期の指導者たちには、いつまでもひとりぼっちだとはかぎらないと考えるだけの先見の明があった。幸運にも――ほとんど偶然と言っていいが、われわれは戦闘艦を建造した。航宙艦隊だ。必要と思われた規模より、はるかに大きかった」

グレンジャーは咳をし、それが発作的な咳きこみに変わった。背後にすわっていた将官の一人が演壇の下に手を伸ばし、新しい水のグラスを取ってグレンジャーに渡した。グレンジャーは礼を言って受け取り、スピーチを続けた。

「艦は、〈コンスティテューション〉、〈チェサピーク〉、〈コングレス〉、〈ウォリアー〉、〈インディペンデンス〉、〈ヴィクトリー〉。現在、われわれが〈伝説の艦隊〉と呼んでいるものだ。それより前にも航宙艦はあり、これよりあとにも建造されたが、いちばん立派な艦は、この艦隊のものだった。われわれの黄金時代だった」

グレンジャーは言葉を切り、期待する聴衆にちらりと目を向けた。

「それから、スウォームが来襲した。当時われわれが持っていた、ひと握りの航宙母艦と巡航艦、フリゲート艦がなければ、われわれが人類として知っている種族は消滅していただろう」

もういちど間《ま》を置いた。

「だが、われわれは勝った。生き延びた。また戦える状態だった。だが、次の戦いの日は来なかった……」

語尾があいまいになり、消えた。自分の言葉に実感がない。むなしい言葉に聞こえる。出席した誰の耳にも心地よい、政治的な常套句を繰り返しているかのような気分だ。気を悪くする者が出ないように……全員を気持ちよくさせておくために。

くそくらえだ。グレンジャーは原稿を取り上げてはじき飛ばし、咳払いすると、あらためて聴衆を見つめた。

「だが、運がよかったというのが真相だ。恐ろしく幸運だった。われわれがあの戦争に勝ったのは、腕や根性や度胸がすぐれていたからでも、勇敢さや頭のよさのせいでもない。われわれはこてんぱんにやられ、死にたえる寸前までいった。いまでは、スウォームは消えたと言われている。自分たちの惑星を捨ててどこかへ行ったとか、二度と来襲しないなどと言われている。この結論を補強するテストや分析技術を発達させ、工夫の才を讃《たた》えて背を叩きあっている。なるほど、われわれの工夫の結果には違いない。われわれの優秀な頭脳がスウォームを追い払った。だから、もう楽にして、気を抜いていい——われわれは、危険が完全に去ったふりをしている」

グレンジャーはステージ上の座席にいる高官たちに目を走らせた。数人の役人がそわそわと腕時計をチェックしている。グレンジャーを見つめる者もいて、なかにはにらみつける者もいた。アイザクスン副大統領もその一人だ。ヤーブロー少将はグレンジャーに向かって、ゆっくりと頭を左右に動かした。

「古いからというだけで、捨てる必要があるとはかぎらない。何かが……あるいは誰かが、えらく長いあいだ存在しているというだけで無用の長物と化したなどと言っていたら、どんな社会になるだろう？　われわれの価値は、どうなる？　中身のない未熟な、唯物論者の社会になる。新しいものに飛びつき、次々と新しいものを求め、年齢や経験の積み重ねを軽視する社会だ」グレンジャーは〈コンスティテューション〉のことを話しているつもりだったが、同時に自分のことを言っていると思わずにはいられなかった。

「さて、この年寄りは何を言いたいのか？　要は、〝気をつけろ〟、〝警戒しろ〟、〝油断するな〟ということだ」グレンジャーは歯を食いしばった。わかっている——背後にいるおえらがた連中に対して、もっと礼儀正しく耳に心地よいスピーチにするべきだった。「だからこそ、統合防衛軍中央軍は〈コンスティテューション〉を単に退役させるのではなく、博物館にすることに決めた。学びの場、記憶の場だ。未来の世代が直接、〈コンスティテューション〉が伝えるものを見、〈コンスティテューション〉が目撃した用心深い平和を持続させるよう、激励する場だ」

中身のない言葉に感じられ、口にいやな後味が残った。だが、グレンジャーとしては、これ以上の倫理的妥協点は思いつかない。

「だから、われわれは〝老鳥〟を、きみたちにまかせる。恒星間航宙艦《ISS》〈コンスティテューション〉と統合防衛軍の過去と現在のクルーから、地球の人々へのプレゼントだ」

グレンジャーは目を見開いている小学生の列をちらりと見おろした。「〈コンスティテューション〉の世話をしてくれ。〈コンスティテューション〉の名をはずかしめなければ、この艦はきみたちを安全に家へ連れ帰ってくれる。ご清聴ありがとう」

喝采《かっさい》と何度かのウェーブが起こり、そのあと握手を求められ、ようやく終わった。ありがたい。成人用の飲み物のテーブルは、いったいどこだ？　ホーズがいるところだ、たぶん。聴衆席をすばやく見まわすと、やはり、シャンペンを半分ほど入れた何百ものグラスが並ぶ長いテーブルの隣に、副長が腰を落ち着けていた。グレンジャーは、周囲から握手を求めたり肩を叩こうとして差し出された六本ほどの手を無視して、ホーズのもとへ直行した。

「いったい何を……」言いかけたグレンジャーは、小さな障害物にぶつかって転びそうになった。

「前方不注意ですよ、艦長！」グレンジャーのほとんど真下から、小さな声がした。

小学生の一人だ。十歳くらいの少年だが、年齢のわりには非常に小さい。だが、少年の態度は身体の十倍も大きかった。

「失礼、いま、なんと？」と、グレンジャー。

「聞こえたでしょ、艦長。それより、すてきなスピーチでした。ここに連れてこられて聞いたスピーチの半分くらいは、居眠りしちゃったけど、艦長のはすばらしかった！　ぼくは短いスピーチが好きです。とくに、艦長が悪態をついたときは」小さな少年は片手を差し出し、グレンジャーはおずおずと握手した。なんと答えたらいいかわからないが、少年に好感を抱いた。

「それはよかった。きみは、大きくなったら統合防衛軍に入ろうと思っているのかね？　航宙艦の艦長になるつもりか？」

少年は目をグルリとまわした。

「まさか。冗談でしょ？　あんな退屈な！」

グレンジャーは含み笑いをもらした。

「そうか。では、何になりたいのかな？」

「オートバイのレーサーですよ、もちろん！」

「ちょっと危険じゃないかな？」

「航宙艦のパイロットほどじゃありません」

グレンジャーは低くうなった——この子の言うとおりだ。

「きみの名前は？」

「コーネリアス・デクスター・エイハザライアス」

グレンジャーは少年が早口でもらしたその名を、のろのろと繰り返した。

「コーネリアス・デクスター——」

「エイハザライアス。三世です。すみません、艦長、ぼく、もう行かなきゃ。先生がにらんでます。きっと、ぼくが艦長を困らせるか何かしてると思ってるんです」

教師が近くの子供たちのグループを勢いよくかき分けて近づいてくると、少年の前に立った。

「デクスター！　有名人をうるさがらせてはいけないと言っただろう！」と、教師。あらためてグレンジャーに向かって言った。「大変申しわけありません、グレンジャー艦長。このミスタ・エイハザライアスは少々手に負えないところがありまして」

グレンジャーは片眉を上げた。

「なるほど」

「さあ、一緒に来るんだ、デクスター。艦長のお邪魔をするんじゃない。もう引退した人だよ」

教師は少年を急き立てて去り、その言葉がグレンジャーの耳に刺さった――〝もう引退した人だよ〟。

グレンジャーは飲み物を見つけ、副長を捜してあたりを見まわした。ホーズはすでに講堂から撤退したらしい。くそ。グレンジャーはグラス一杯のシャンペンを飲みほし、すばやく別のグラスに手を伸ばした。

上院議員の一人と軽い会話をかわしていたとき、群衆のなかからアイザクスン副大統領がにじり寄ってきた。

「グレンジャー艦長！　すばらしいスピーチだった。天性の達人だな」

ぎごちない笑みに似た表情が、グレンジャーの顔に貼りついた。おれがスピーチに関して天性の達人なら、糞《ふん》を放り投げるサルはエチケットとマナー面での天性の達人だ。

「ありがとうございます、閣下。ご親切に」

「知ってのとおり、エイブリー大統領から代理として出席してほしいと言われたとき、わたしはまるで小さな子供のように興奮した。本当だよ。帰ってくる〝老嬢〟を自分が迎えると考えただけで、もう――」

「〝老鳥〟です」

アイザクスンは途中で言葉を切った。

「なんだって？」

「〈コンスティテューション〉は〝老鳥〟です。〝老嬢〟ではありません」と、グレンジャー。アイザクスンが浮かべた当惑の表情に、あいまいないつわりの色を見てとった。「よくある間違いですよ、閣下。ご出席ありがとうございます」アイザクスンと握手し、次の高官のもとへ進もうとしたが、アイザクスンは手を握りしめて離さない。

「きみに伝えたかった」アイザクスンはグレンジャーに上体を寄せて言った。「きみとわたしは同じ精神の持ち主だ。われわれは軟弱に……むとんちゃくになった。わたしに関するかぎり、きみは予言者だよ、グレンジャー艦長」

ゲッ。おべっかか。どこの政治家にも共通する言語があるとしたら、それはおべっかだ。グレンジャーの笑みは薄れた。

「それはまた、ご親切に」

「本気だよ、艦長。政府内には、われわれと同じように、イーグルトン委員会の出した結論に賛成しない者もいる。軍備は増強するべきだ。エイブリー大統領が望むように、軍事費を削減するのではなく」

なんと奇妙な話だ。この男はエイブリー大統領に次ぐ地位にいる。大統領の最大の熱烈な支援者であり、もっとも精力的な推進者であるとともに、大統領の代理をつとめる立場だ。こっそり大統領をおとしめて、いったい何をする気だろう？

「軍備の増強が必要かどうかは、わたしにはわかりません、副大統領閣下。ですが、少しの警戒と軍備の充実は、大いに役に立ちます」

「そうだとも」と、アイザクスン。歯をのぞかせ、政治家の笑みを見せた。「この式典が終わって、きみが新しい部署へ向かう途中、ワシントンのわたしの執務室に立ち寄ってくれないだろうか？」

副大統領の執務室へ呼ばれた？　パラレル・ワールドに踏みこんだような気分だ。

「光栄です、副大統領閣下。それで、なんのお話があるのでしょう？」

「もちろん、きみの将来についてだ」

グレンジャーの笑顔は消えた。

「わたしに将来はありません、副大統領閣下。わたしは、旅を終えた一船員にすぎません。〝老鳥〟は退役しました。まもなく、わたしも退役します」胸を、腹部を、脳をむしばむ腫瘍《しゅよう》のことが頭に浮かんだ。ドクター・ワイアットがくれた薬は痛みの緩和には効くようだが、ここまで転移が広がっては末期と考えざるをえない。

アイザクスンは、さらに身体を寄せてきた。

「頼むから、考えてみてくれ、ティム。数週間たてばわかるだろうが、政治情勢が多少、変わるかもしれない。上院には不満の声がある――重要人物たちが、イーグルトン委員会に関してナーバスになっている。その人たちがわたしの予想どおりに動いた場合、わたしには、軍で信用できる人間が必要になる。同じ精神の持ち主が」

アイザクスンの目つきは妙に執拗だ。だが、いったい、なんの話だろう？　グレンジャーがたずねようとしたとき、ふいに個人通信器が音を発して点滅した。緊急メッセージが届いたしるしだ。

同時に、大講堂じゅうで個人通信器がいくつも音を発した。しゃべったり親しげに笑ったりしていた群衆は、ぎごちない沈黙におちいり、何十人という人々が届いたメッセージを読みはじめた。

グレンジャーはポケットから通信器を取り出した。

最優先の、中央軍からの通信だ。

地球方面へ向かう正体不明の航宙艦隊が目撃された。
到着まで一時間。非常警報発令。

21

地球の月

月面基地　第二展望区画

ジェシカ・ミラー大尉は手すりに寄りかかって身を乗り出し、展望窓に顔を押しつけて、外に広がる灰色の荒れ果てた月面風景を見た。ぎらぎらする太陽光が目に痛い。合成ガラスにコーティングされた保護膜のおかげで、外の壮大な風景を見られる程度にはやわらいでいる。表層土が照り返す白光の上方に、半分だけ照らされた青と緑と白の地球が浮かんでいた。

「ここから見ると、ずいぶん小さいわね」ジェシカはつぶやいた。

「宇宙から見ただけじゃ、あそこに百億人が住んでいるなんて、まずわからないだろうな」と、夫のトム。ジェシカの隣で窓に顔を押しつけている。

「百億人。そのなかに、小さいザックもいるのね」ジェシカはぎらつく光に目を細め、雲に隠れたカリフォルニアの海岸を見わけようとした。「わたしたち、正しいことをしてると思う？」

「ん？」

「ほら――」ジェシカは指で窓ガラスをたたいて地球を指した。「わたしたちは二人とも、任務でここに来てるのよ。わたし、早期除隊を受け入れるべきね。これじゃ、ザックに悪いわ。わたしの両親にも」

トムは肩をすくめた。

「でも、きみのご両親はザックの世話が好きだよ。わかっているだろう。ザックも元気だし。この状態は、あと二年で終わるから、そのとき、きみは早期除隊して予備役にまわればいい。その数年後には、ぼくも退職するから、うまくいくさ」

トムの言うとおりだが、ジェシカは乗り気になれない。自分の息子をほかの者の手にまかせていることで、罪悪感に悩まされることがある。息子を育て、教え、夜、眠るまで寄り添うのは、自分ではない。もちろん、ジェシカの母だが、それでもつらくなる。

トムはうまく気持ちを隠しているものの、やはり苦しんでいる。

「ええ、そうだと思うわ。でも、いま退職したとしても、わたしたちはなんとかうまくやれるわ。もっと厳しくなるでしょうけど、解決できるでしょう」

返事はない。怒ったのかしら？　なぜ、何も言わず、わたしを見もしないの？

「アシュワース中佐は承知してくれたよ」

トムが何を言ったのかわからなかったが、次の瞬間、意味がわかった。

「承知してくれたの？　本当？」

「本当だ」トムは笑顔を向けた。

「それじゃ、わたし、〈クライバーン〉に転属になるのね？」

「そうだ。中佐は、この件を自分で扱うと言っていた——要請は、昨日のうちに提出したそうだ」

ジェシカの胸は喜びでいっぱいになり、顔がほてった。とうとう実現する。四年間、離ればなれで勤務した末に、ようやく一緒に仕事ができる。毎日おたがいの顔を見られる。セックスもできる。

気がついたときにはトムにつかまれて引き寄せられ、キスをされていた。三ヵ月分の鬱積《うつせき》した性的ストレスを解放するかのような、全力のキスだ。ジェシカも熱をこめて、相手を飲みこまんばかりのキスを返した。

ああ、ようやく。

いきなり頭上で警報が鳴り響き、二人は跳びあがって身体を離した。

「いったいなにごと？」と、ジェシカ。静かな通路の奥で赤いランプが光っている。みな〈コンスティテューション〉の退役セレモニーに出席していて、人けがなかったが、すぐに通路に面したドアがいくつか勢いよくひらき、数人の士官が別のドアに向かって走った。

「非常警報だ」と、トム。ジェシカに向かって言った。「〈コンスティテューション〉に戻れ」

「非常警報？　スペース・ドックで？　ここで？」理解に苦しむ。

　トムはうなずいた。

「たぶん、ただの訓練だろう。きっと、管理ビルにいるまぬけな事務員が、捨て台詞がわりにグレンジャーの余生を厳しくしてやろうと決めたんだ」

「管理部は、本当はグレンジャー艦長が嫌いなの？」と、ジェシカ。二人は通路を曲がり、自分たちの艦が浮かんでいるドックへ急いだ。

「艦隊管理部にグレンジャーを好きな者は一人もいないし、大佐と将官の半数はグレンジャーを軽蔑している。だから、グレンジャーは今まで何年も〈コンスティテューション〉に閉じこめられてきた——管理部は、グレンジャーに邪魔されたくなかったんだ」

二人は通路が分かれる場所に来た。それぞれが、違う航宙艦のエアロックにつながっている――ひとつは〈コンスティテューション〉へ、もうひとつは〈クライバーン〉へ。二人の周囲には、駆け足で艦へ向かう何十人もの士官やクルーが流れを作っていた。

「待て」トムがジェシカをつかまえ、もういちどキスをした。それから身体を引き離し、〈クライバーン〉に向かって走る群衆に加わった。「二、三日後に、また会おう」振り返り、大きな声で言った。

ジェシカは手を振った。だが、〈コンスティテューション〉へ向かって走るあいだ、胃が締めつけられるように痛んだ。

「どうしたの、肝っ玉《ボールジー》？」そばを走るフォルツ大尉に、コールサインで呼びかけた。

「聞いてないのか？」

「ええ」ジェシカは速力を上げてフォルツに追いつき、二人はエアロックを通った。

「大群《スウォーム》だ。ちびの〝おもらし野郎〟どもが、また来たんだ」

ああ、なんてこと。たちまち、ジェシカの思いはカリフォルニアに飛んだ。息子と、自分の両親に。

それから、夫が気になった。別の戦闘艦で、おそらく戦いに向かうだろう。

胃が、ますます痛くなった。

22

地球の月

月面基地　大講堂

　グレンジャーが個人通信器に届いたメッセージを読む数秒のあいだ、警報が鳴りつづけ、赤ランプが光った。講堂内の民間人たちはパニックにおちいり、小学生が何人か悲鳴を上げた。グレンジャーは通信器をポケットに戻して立ちあがり、講堂内を見まわした。ヤーブロー少将か上級将官の誰かはいないか？　室外へ突進する将官たちの姿を見つけ、急いで追った。視野の隅に、あとから駆け足でついてくるプロクター中佐の姿をとらえた。

「少将、状況は？」グレンジャーはヤーブロー少将に追いつき、背後の副官の一人に並んで、たずねた。

「数隻の艦が、Qジャンプで木星の周回軌道に現われたの。衛星と軌道上プラットホームのすべてで、通信は完全にとだえた。十分前に貨物船が一隻、信じがたいスピードで地球へ向かう艦隊の画像をとらえた」

「信じがたい？　どんなスピードです？」

ヤーブローは振り返り、一瞬、苦しげな視線を向けた。

「一時間以内に、ここに到着するくらい」

グレンジャーはあっけにとられた。

「しかし、それでは、その艦隊のスピードは、約――」

「約〇・五光速。わかっているわ」と、ヤーブロー。一行は月面基地司令センターの近くまで来ており、士官たちが自分の部署に出頭しようと通路を走っていた。

「しかし、そんなことは不可能ではありませんか？」ヤーブローの副官の一人が言った。若い大尉だ。

「若いの、ことスウォームに関しては、不可能はなく――」

「スウォームかどうかはわからないわ、グレンジャー艦長」ヤーブローが口をはさんだ。

「では、ほかの何者だか、見当がつきますか、少将？」グレンジャーは冷ややかに言った。スウォームの脅威は終わったと考えるのが、政治的に正しいのは知っている。だが、艦隊が地球に迫ってくるというときに、ヤーブローがその点に固執するとは信じられない。

「中央軍も、確信は持てません。ベラクルス星区に危険な出来事が起こったことはわかっていて、偵察艇が何隻か調査に出たけど」

「それで？」と、グレンジャー。一行は角を曲がって司令センターに入った。

ヤーブローはためらいがちに答えた。

「その……どの艇も通信がとれなくなったわ」と、ヤーブロー。月面基地の司令官タリー准将に敬礼した。「最新ニュースは、シェルドン？」

「到着予定時刻は五十五分後。貨物船は、正体不明の艦隊のほぼ全体像を、なんとか細部までとらえました。六隻から八隻の大きな航宙母艦か巡航艦が見えます」

「どこのもの？」

タリーは肩をすくめた。

「見たことのない設計です。スウォームではないことは確実です」

ヤーブローは横目でちらりとグレンジャーを見た。

「わかった？」

「われわれはスウォームの最新テクノロジーについて、ほとんど知りません」と、グレンジャー。「見た目が七十五年前のスウォーム艦隊と違うというだけの理由で、襲撃者をスウォームではないと考えるのは、無謀です」

「その艦隊は攻撃的なの？」ヤーブローはタリーに向きなおって、たずねた。

「木星からは、まだ長距離通信は届いていません。ガニメデ・ステーションは応答しません。カリスト補給廠《ほきゅうしょう》も。ちくしょう、異星の艦隊が現われたことをわれわれに知らせてくれたのは、木星の高軌道で対地同期軌道を描く古い科学衛星からの信号だけでした。艦隊が発する妨害信号の範囲からもれていたためです」

「ここの防衛は、どうなっていますか？」と、グレンジャー。

「月面基地は無防備ではない、艦長」と、タリー。「それに、外には〈コンスティテューション〉の退役に敬意を表して十二隻の戦闘艦が停泊している。〈カンタス〉、〈クライバーン〉、〈ペタン〉などだ。向かってくるのがスウォームで、前の戦争のときの艦と同じようなものなら、連中に勝ち目はない」タリーは気取った笑みを浮かべた。

　プロクター中佐が進み出た。

「前のときの艦と違うことは、すでにわかっています。スウォーム艦は進化しました。改善されたと言うべきでしょうか。とにかく、変化しています」

　ヤーブローは深呼吸をした。

「ここにいる艦を動員しなさい。わたしから全艦長に通信して、知らせます。わたしが一時的にここにいる艦隊の一部を指揮して、この司令センターから戦闘行動を指揮します——准将、あなたの同意が得られればね」と、ヤーブロー。シェルドン・タリーに向かってうなずいた。ヤーブローはタリーより階級がひとつ上だから、本当ならタリーの許可を得る必要はないが、二人は旧友だった。「民間人を全員、基地から出して、ただちに輸送船で帰らせなさい」副官に向けた指示だ。「グレンジャー艦長、〈コンスティテューション〉で民間人の船を地球まで護送しなさい——」

「えっ？」

「聞こえたでしょう。副大統領が来ています。もちろん、何十人もの上院議員や下院議員、自治体の首長たちも。それと、子供たちを忘れないように。子供たちを戦闘の場に置くことはできません」

「迫ってくる艦が月面基地を通り過ぎたら、帰るべき地球はなくなるかもしれません。〈コンスティテューション〉は艦隊と一緒にいさせてください」

「いいえ。この基地の防衛に失敗したら、文民政府の重要人物を大勢、失うはめになります。そんなことはできません。地球へ戻って、中央軍のジンガノ元帥に報告しなさい。いまのは直接指令です。実行しなさい」

ヤーブローはグレンジャーを押しやり、タリーが作戦行動を指示している司令コンソールへ進んだ。

グレンジャーが司令センターから駆け出すと、プロクターが並んで走りながら言った。

「艦長、わたしをやっかいばらいするのは、もう少しあとになりそうですね」

くそったれめ。

23

地球の月

ISS〈コンスティテューション〉ブリッジ

「ティム、いったいなにごとです？」ブリッジへ向かう通路でグレンジャーとプロクターに出会ったホーズ中佐は、すり切れた古い軍服のボタンをとめながら、たずねた。退役セレモニーを、うまく早めに抜け出したらしい。

「正体不明の艦隊が地球へ向かってくる」

「大群《スウォーム》ですか？」

「わからない」

「くそ」と、ホーズ。一行は、ブリッジの外で警備に立つ二人の宙兵隊員に近づいた。

「まったくだ」と、グレンジャー。ブリッジに入る前に足を止め、宙兵隊員たちをチラリと見た。プロクターは、厳密に言えば、まだ始まって一時間にもならなかった〈コンスティテューション〉の退役セレモニーが行なわれていたときには、この艦の運用制御権を持っていた。しかし、非常事態となると……。

「プロクター中佐、わたしは〈コンスティテューション〉の指揮権を取り戻す。きみが中央軍に異議を提出したければ――」

「その必要はありません、艦長。状況は理解しています」プロクターは短くうなずいた。

よし。この中佐はバカげたことをたくらんだりしない――どうやら、求められたときには行動の必要を理解する人間だ。ひとこと〝自分の部屋に行け〟と命じたいところだが、それはやりすぎだろう。

「よろしい。きみを副長補佐に任命する。ホーズ副長が、ふさわしいと思われる仕事をきみに委任するだろう――」と、グレンジャー。抗議しようとしたホーズを、片手を上げて制止した。「いまはだめだ、エイブ。緊急事態だ。きみも知っているはずだ――現役であるかぎり、戦時体制にあるときは、通常の当直任務とは違う。手に入る援助はすべて必要だし、わたしはプロクター中佐に、きみと一緒にいてもらいたい」

　言外の意味なんか読まないでくれよ、ホーズ。本当は、セレモニーで飲みすぎて、まだ酔いが残っているはずのきみが不注意や疲れからミスをしないよう、プロクターに見張ってほしいんだ。

「けっこう」ホーズは不満げに答えた。旧友がそれ以上、文句を言う様子がないことに満足して、グレンジャーはブリッジに入った。

「戦闘ステーション。オレンジの一般警報を発令しろ」

退役セレモニーへの出席者が多いため、クルーが少なくなっていたブリッジは、麻痺《まひ》したかのように静まり返った。司令席にすわっている大尉が、大きく目を見開いた。

「艦長？」

「聞こえただろう、ディアス。オペレーション・ステーションへ戻って、警報を鳴らせ。ブリッジ・クルーを集めるのだ。レイナ・スコット機関長に、ブリッジに出頭するよう伝えろ――エンジンの状態について、最新情報を知りたい。それと、武器担当のクルー・チーフたちを集めろ――現状を知りたい。電磁砲と迎撃用急速パルス砲――」

「艦長」プロクターが口をはさんだ。「迎撃用急速パルス砲の砲塔は昨日、全部を使用中止にしました。シミュレーション中、何かの拍子に民間人がスイッチを入れても危険のないようにしたほうがいいと思いましたので……」

グレンジャーは一瞬、凍りついた。

「全部か？」

「はい」と、プロクター。かすかにひるんだ。

「よくわかった。武器クルー・チーフたちをここに連れてこい」と、グレンジャー。ホーズとプロクターに向きなおった。「急速パルス砲を、使用できる状態に戻せ。できるだけたくさんだ。三十分で終わらせろ」

ホーズはうなるような声で了解し、補助役の数人のオペレーション士官候補生に、大声でいくつか命令を出した。グレンジャーは大股で戦闘艇指令端末に近づいた。

「戦闘艇部隊長のピアースは、もう月面基地から戻ってきたか？」ピアースに代わって席についている部隊長代理にたずねた。

「はい、艦長」

「使える戦闘艇は、何艇だ？」

「二十三艇です」

ちくしょう。八十二艇のうち、二十三艇か。すでに改造されてシミュレーターになったものをいくつか、もとにもどせなければ、戦闘艇部隊はいいカモにされるばかりだ。

グレンジャーはくるりとプロクターに向きなおった。プロクターはホーズ副長と一緒に端末の上にかがみこんで、急速パルス砲のことを話し合っている。

「プロクター、戦闘艇のことを教えてくれ。シミュレーターのことだ。どの程度、改造された？」〝どの程度だめにした？〟と言いたかったが、やめたほうがいいと判断した。

「使える兵器はすべて取りはずし、パワー・プラントはすべて使用中止にしました。ですが、それ以外はソフトウェアを更新すれば使えます」

グレンジャーは疑わしげに目を細めてプロクターを見た。

「〝使用中止〟とは、厳密にどのような状態だ？」

「燃料コアを取りはずし、起爆剤の基盤は全部、冷えています」

ちくしょう。

「わかった。急速パルス砲はホーズにまかせろ。きみは戦闘艇ベイでピアース部隊長を手伝って、改造した艇をすべて使える状態に戻せ。一時間で終わらせろ」

「全部の艇を一時間でですか？　しかし、それは――」

「頭がおかしいか？　非現実的か？　すまないが、中佐、その期限を設定したのは、わたしではない。スウォームだ」

プロクターは口をつぐみ、顔をしかめて、うなずいた。

「わかりました」プロクターはドアへ走り、ブリッジに入ろうとしていた女性士官のそばをすり抜けて駆け去った。

「艦長、なにごとですか？」と、入ってきたスコット機関長。いつもの汚れたつなぎ姿ではなく、礼装軍服を着ている。退役セレモニーから帰って、着替える暇もなかったのだろう。

「スウォームだ」と、グレンジャー。言葉を切ると、スコットが青い目を見開き、何か言いかけて口を閉じた。「レイナ、エンジンが必要だ。現在の状態は？」

「いつまでに必要ですか？」

「一時間後だ」

スコットは動かなかったが、目の前の仮想のコンピューター画面を読むかのように、視線を忙しく左右に走らせた。まもなく、スコットは目の前の現実に注意を戻した。

「了解しました」と、スコット。

「いい子だ」スコットがそれ以上は何も言わずにブリッジから走り去ると、グレンジャーはつぶやいた。

次はなんだ？　退役した巡航戦艦をもとに戻すのに、一時間。七十年以上にわたって本物の戦闘を一日たりとも目撃していない艦に、はじめて戦闘準備をさせる。グレンジャーは突き刺すような肺の痛みを無視して深呼吸をし、目を閉じた。くそ、いまはだめだ。痛みが朝よりも増している。

だが、自分の身体を心配している時間はない。ひきいなければならないクルーがいる。

守らなければならない艦がある。
救わなければならない世界がある。

24

地球の月
ISS〈ウィンチェスター〉艦長私室

「大群艦隊《スウオーム》は木星で止まって、砲撃してから立ち去ると、きみは言ったんじゃなかったか？　いったい、連中は何をしているんだ？　まっすぐ地球へ向かっているぞ！　ちくしょう、地球へ来る気だ！」と、アイザクスン副大統領。両手が汗で濡れているため、その手で額《ひたい》の汗を拭っても効果がない。

〈ウィンチェスター〉のディ艦長が賓客《ひんきゃく》に明け渡してくれた艦長私室で、ボロディン大使はコンピューター端末の前にすわり、狂ったようにキーに指を走らせてコマンドを打ちこみながら、〈ウィンチェスター〉の超空間送信機に秘かに侵入しようとしていた。

「わかりません。止まるはずでした。あそこで向きを変えるはずだったのです」ボロディンはアイザクスンを手招きした。「ここです。あなたの資格証明を入力してください。そうすれば、統合防衛軍には、われわれがシステムにアクセスしたことがわからなくなります」

アイザクスンは鋭くボロディンを見た。

「なぜ、そんなことを知っている？」

「われわれは、いろいろなことを知っているのです、副大統領閣下。急いでください」

アイザクスンが自分の資格証明を入力すると、超空間システムへのアクセス画面が現われた。

「連中をUターンさせるのは、もう遅いんじゃないか？　スウォームはいったん交戦を開始したら、標的を破壊するまで攻撃をやめないんじゃないのか？」

「わかりません」と、ボロディン。個人用データパッドを取り出し、画面をスクロールした。捜していたものが見つかると、超空間送信機にメッセージを打ちこみはじめた。

「しかし、わたしは連中と母星とのリンクを切断するパターンを知っています。現行の命令を無効にして、別のものに――〝帰還せよ〟のような基本的な命令に置き換えられたら、心配はなくなるかもしれません」

アイザクスンは室内を行ったり来たりしながら、数分ごとにボロディンを振り返った。

艦長の書棚や額に入った写真類をざっとながめると、なかに、統合防衛軍旗の前でジンガノ元帥と握手するディ艦長の写真があった。

「それで？」と、アイザクスン。

「メッセージは数分前に送りました。返事は、まだありません」

「返信してくるのか？」

「はい。十年前に、われわれがはじめてスウォームの超空間リンクを破壊したときは、あなたと同じようにびっくりしました。スウォームは、戦争中はどんな通信にも応答しませんでした。いちども。しかし、われわれがリンクを切断すると、連中は応答したばかりか、われわれから指示を受けたと認識しました。そして、指示にしたがったのです。考えられないことでしたが、われわれが試しにベータ・ケティ星系にある特大の小惑星《アステロイド》をくり抜いて中空にしろと指示すると、スウォームはしたがい、数日のうちに作業を完了しました。そして――」ボロディンは端末から顔を上げた。「――それ以後、われわれはスウォームを信用するようになり、スウォームの使い道を考えはじめたのです」

「ロシア政府はなぜ、そのことを統合防衛軍に知らせなかった？」と、アイザクスン。

「相手は、地球上から人類を一掃しようとした種族だぞ」

ボロディンはフンと鼻を鳴らして答えた。

「統合防衛軍がスマート＝スチール技術をロシア連邦に教えようとしなかったのと、同じ理由ですよ。あなたがたは、われわれを信用していない。いままで信用したことがない。異星人が怪物ではなく、説得できる相手だとわかったとき、われわれは盟友を見つけたと信じました。あるいは、少なくとも、あちこちのコロニー星区に対する統合防衛軍の影響力を相殺できるものが見つかったと」

「相殺できるもの？　説得できる相手？　きみたちは、スウォームを支配しているのだと思ったが」

「一応は、そうです。しかし、相手にも意志があり、知性もあります。最初のテストでアステロイドのなかをくり抜いたあと、スウォームは見返りとして知識の交換を要求しました。向こうはわれわれに、もっとすぐれた重力場発生装置の設計図を送り、われわれの艦を、もっと大きな慣性の変化にも耐えられるようにしてくれました」

　会話の方向が気に入らないな――アイザクスンは思った。

「で、きみたちは代わりに何を与えた？」

「ロシア科学アカデミーは、量子場テクノロジーの最前線にいます。われわれはスウォームに、核融合炉で人工の微小特異点を利用する方法を伝授しました。核融合の効率が、統合防衛軍のものの約五倍まで上がります。スウォームの慣性補正技術を考えると、公正な取引だったと思います」

「連中が裏切って、与えた技術をわれわれに対して利用したりしないと、どうしてわかる？ 連中が急におとなしくなったと、きみたちが思ったのは、なぜだ？」

「エイモン、先に申し上げたとおり、われわれは何年もスウォームをコントロールしてきました。技術の交換は十年ほど前に起こったことですが、それ以来スウォームはずっと、従順で協力的でした」

画面に二進コードが現われ、ボロディンは、コードを解読して文字にせよという指示を打ちこんだ。

ボロディンの顔から血の気《け》が引いた。

「なんと言っている？」アイザクスンはどなり、ボロディンを脇へ押しやって画面を見た。

解読されたメッセージは、ごく短い文だった。

おまえたちは死ぬ。

25

地球の月
ISS〈コンスティテューション〉ブリッジ

「ディアス大尉、月面基地に通信しろ。民間人の避難準備がどの程度まで進んでいるか……われわれは、いつ民間船を護衛して出航するのかを聞き出せ」

「了解、艦長」

グレンジャー艦長は中央の司令コンソールをまわって、横向きにホーズ副長に近づいた。

「エイブ、作業はどのくらい進んだ？」

老副長は、不機嫌に答えた。

「ティム、全部の急速パルス砲を使えるようにするのは、一時間じゃすみませんよ」

　グレンジャーはコンソール上の即応状態の要約を指さした。

「簡単に片づけられる作業に注意を集中しろ。時間切れになる前に、できるだけたくさん使えるようにするんだ。大群《スウォーム》が月面基地に到着するまでの時間が、一時間。そのときまでに、〈コンスティテューション〉は民間人を地球へ護送している。護送中でも作業はできるから、使える時間が少し増える」

「ここに集まっている艦でスウォームを阻止できますかね？」

　グレンジャーが答えるまでに、一瞬の間《ま》があった。

「知らん。中央軍は地球から新たに数隻の艦をQジャンプさせているから、月面基地はまったくの無防備というわけではない。それに、基地自体も、それなりの防衛手段を備えている。どえらい戦いになるだろう。うまくいけば、われわれは急速パルス砲や戦闘艇の一部しか使わずにすむかもしれない」

　ホーズはうなるような声で答えた。

「ええ。しかし、うまくいかなかった場合、スウォームが地球へ向かうと決めているなら、こっちに艦が一隻よぶんにあったって何ができますかね？　しかも、その一隻が〈コンスティテューション〉ときた」

「〈コンスティテューション〉は持ちこたえる」と、グレンジャー。パタパタとコンソールを叩いた。「くそ、賭けてもいいが、この艦は、統合防衛軍がこの五十年間で立てつづけに送り出した新造艦の大部分より、ずっと立派に持ちこたえるぞ。厚さ十メートルのタングステン被覆はバカにできない。新造艦の被覆はこの二十分の一だし、どれも新素材のスマート＝スチールでできている。何よりも強い素材だとされているが、それはコンピューターが働いていればの話だ」

「コンピューターがダウンしたら、どうなるんです？」ホーズは横目でちらりとグレンジャーを見あげた。

「スマート＝スチールにおける電子エネルギーの軌道は、コンピューターの中央処理装置によって調整される。とにかく、そんなような物理学的たわごとで説明されている。おかげで普通のスチールの千倍も頑丈になり、短期的には、被弾が予想される部分でそれ以上の強度を持つという。わたしが受けたブリーフィングで覚えているのは、コンピューターがダウンしたり、敵が量子調整パターンを知っていたりすれば、スマート＝スチールはこの上なく役立たずになるということだけだ」

「スマート＝スチールが安全でないなら、中央軍が航宙艦に使うことを認めるとは思えませんがね」

グレンジャーはホーズを見た。

「エイブ、中央軍は、艦隊の規模縮小が必要だとするイーグルトン委員会に同意したんだぞ。最近の中央軍の判断が全面的に信用できるかどうかは、疑わしい」

ホーズは警戒の表情を浮かべた。

「艦隊が危険にさらされていると思っているんじゃないでしょうね？」

「もちろん、危険にさらされているとも。存続の危機にさらされているかどうかは、これからわかる」

ディアス大尉が顔を上げ、グレンジャーを見た。

「艦長、月面基地からの報告では、民間の輸送船はほぼ乗客の収容を終え、避難準備ができているとのことです」

「何隻だ？」

ディアスは画面を一瞥《いちべつ》した。

「政治家の代表団は、ほとんどが〈ウィンチェスター〉で来ました。ほかに〈ロードランナー〉、小惑星《アステロイド》採掘船〈レッドアイ・ワン〉、〈レインボー〉、それに、地球へ戻るごく少数の商船と工業貨物船が、われわれの護衛を求めています。地球へ向かう船は、全部で十四隻です」

十四隻。これだけの数を、一隻で守るのか。

「十四隻のなかに、武器を備えた船はあるか？」

「ほとんどありません」と、ディアス。画面を確認した。

グレンジャーは表情を変えないよう気をつけて、痛む肺に息を吸いこんだ。

「大変けっこう。十四隻の船団とともに、われわれは護衛任務に出発する」立ちあがり、ブリッジから外へ出ようとして、ディアスに呼びかけた。

「大尉、十四隻すべての準備ができたらすぐ、わたしに知らせてくれ。わたしは戦闘艇ベイにいる」

「了解、艦長」

通路は奇妙に静かだった。例外は、クルーの誰かが艦に戦闘体制をとらせるための急ぎの用事で、せわしなく走り過ぎるときだけだ。足を止めて艦長に敬礼する者は皆無に近いが、グレンジャーは気にしなかった。一時間後には、全員が死んでいるかもしれないのだ。

いや。そんなふうに考えてはいけない。〈コンスティテューション〉なら切り抜けられる――グレンジャーは片手を通路の壁に当てて進みながら、思った。この艦は、最初のスウォーム戦争で立派な働きを見せた。何度も損傷を受けたが、いつも切り抜けた。数々の戦いや小競り合いを経て、〝老鳥〟はクルーを地球へ連れ帰った――あの戦争を乗り越えた艦は、いまでは〈コンスティテューション〉だけだ。

だが、時代は変わった。届いたセンサー表示と情報が正しければ、スウォームも変わった。まったく新しい敵か、過去七十五年でスウォームが急進的に技術や艦のデザインを革新したか、どちらかだ。

グレンジャーは戦闘艇ベイの入口に立つ二人の宙兵隊員に敬礼し、なかに入った。

「艦長、十二の戦闘艇の復元が、ほぼ終わりました――改造に手をつけたばかりだったので。しかし、まだ四十艇以上が残っています」側壁の近くの司令ステーションから、プロクター中佐が息を切らして大声で報告した。長さも幅も数百メートルあるメンテナンス区画は、全体がハチの巣のような忙しさだ。正規のメンテナンス・クルーと、プロクター中佐がメンテナンス・クルー代理に任命した者たちが、五十ちかい戦闘艇を活動できる状態に戻そうと、狂ったような勢いで働いている。グレンジャーは、プロクターがこれほど短時間で作り上げた活動の規模に感銘を受けた。

「大変けっこう、中佐。立派な仕事ぶりだ。四十五分で、何艇が手に入る？」

プロクターは眉間《みけん》にかすかなしわを寄せた。

「五十艇よりわずかに少ない――というところでしょうか」

グレンジャーは声を殺して悪態をついた。

「もっと必要になるだろう、中佐」と、グレンジャー。プロクターが、あごをこわばらせた。「そうだとしても、見事だ」そっけなく付け加えた。

「ありがとうございます。あと一時間半あれば、全部で六十の戦闘艇が完成します。不運なことに、二十艇ほどは完全に装備を取りはずしてシミュレーション用に改造してしまったので、もう少し時間がかかるでしょう」

「わかった。仕事を続けろ」

プロクター中佐が助手たちに向きなおると、戦闘艇部隊長ピアースが跳びつくように近寄ってきた。

「艦長、お気づきでしょうね？　これだけの数の戦闘艇があっても、訓練を終了したパイロットの数が足りません」

グレンジャーはぎこちない微笑を浮かべ、立ち去ろうと向きを変えた。

「〝訓練を終了した〟とは、厳密に、どういう意味だ、部隊長？」

ピアースはグレンジャーのあとについて、戦闘艇ベイから出た。

「この艦には、フルタイムのパイロットが、必要数の半分しかいません。残りは訓練生です。統合防衛軍の航宙学校《フライト・アカデミー》を出てすぐ〈コンスティテューション〉に配属されました。ここで六カ月の勤務を終了すると、正式に飛行記章を手に入れることになっています」

グレンジャーはブリッジへ向かって通路を進みつづけた。

「それで？」

ピアースはむっとした。

「それで、訓練生たちは戦闘訓練を受けていません。配属されて、まだ一カ月ですから」

グレンジャーは立ち止まって振り返り、走る二人の技術クルーをやりすごしてから、戦闘艇部隊長の目を見つめた。

「きみは、いま手もとにある軍勢で戦争に行くのだ、部隊長。未熟なパイロットは、艇で宇宙へ出て〈コンスティテューション〉と民間船団の残りを守って死ぬか、この艦内でだぶついた身体をベッドに横たえたまま死ぬか、どちらかだ。どちらがいいか、本人たちにたずねてから、あらためてわたしに報告しろ」

ピアースは、まだ事態の重大さを充分に理解していない。その事実に、グレンジャーは少しばかり当惑した。

「部隊長？」ごくわずかに声をやわらげて言った。

「艦長、まだ父から……〈ギャラント〉から連絡がないのも当然です。イギリス第三艦隊全体が……消息不明だそうです」

　ピアースの声がかすかに震えた。グレンジャーは手を伸ばして、相手の肘に触れた。

「知っている。中央軍の考えでは……まあ、第三艦隊がスウォームと交戦して生き残れた可能性は、少ないと思われる――と言っておこう」ピアースの目をのぞきこんだ。「すまない、タイラー」

「では、確認されたのですね？　中央軍は、第三艦隊がスウォームと交戦したことを知っているのですね？」

「いや。確実なことは何もわかっていない。だが、いまスウォーム艦隊がこちらへ向かっていて、半時間以内に月面基地に到着することを考えると、きみのお父上が生きておられる可能性は非常に低いと言わざるをえない。しかし、部隊長、いまは嘆くときではない。いま必要なのは、スウォーム野郎に浴びせる昔ながらの鬨《とき》の声だ。連中に、この上ないボロ負けを味わわせてやろう。連中を駆除するんだ。嘆くのはそのあと、地球が安全になってからだ。いいか？」

「はい、艦長」

　戦闘艇部隊長は歯を食いしばってうなずいた。

「よろしい」グレンジャーはブリッジへ戻ろうと、もういちど向きを変えた。「部隊長、四十五分で、使える戦闘艇すべてに射出準備をさせろ。シャトル・パイロットも動員しなければならないようなら、そうしていい」

「はい、艦長」通路の奥からピアースが答えた。

だが、赤ランプとともに警報が通路いっぱいにかんだかく鳴り響いたため、その言葉は、グレンジャーにはほとんど聞こえなかった。

26

地球の月
ISS〈コンスティテューション〉 戦闘艇ベイ

ピアース中佐は戦闘艇ベイの、パイロットたちが集まっているブリーフィング・ルームに駆けこんだ。ざっと数えたが、プロクター中佐が用意できる戦闘艇より、乗り組むパイロットのほうが少ない。航宙学校《フライト・アカデミー》を出たての訓練生を含めてもだ。正規のパイロットが二十人に、二十人の新入りの訓練生。あと四十の穴を埋《う》めなければならない。

艦内でなんらかのパイロット経験がある者は、誰でも格好の戦闘艇パイロット候補だ。

艦長は、必要な人員を自由に集めてよいと認めてくれた。

その新人たちも、すでに到着していた――ごく少数の、もと貨物船パイロット――整備工や特務曹長として統合防衛軍に加わった者たちだ。そしてもちろん、艦のシャトル

・パイロット。戦闘艇パイロットと並んで席についているジェシカ・ミラー大尉に、ピアースはすばやくうなずいてみせた。

ピアースが演壇に着くと、室内は静まり返った。ここに、戦争を予期して統合防衛軍に入った者は一人もいない。統合防衛軍のパイロットになるのは普通、いずれ大型定期旅客船やコロニー輸送船、商業用貨物船などのパイロットになる準備のためだ。

だが、準備ができていようがいまいが、戦争が降りかかってきた。

「みな、すでに、これが訓練ではないことを知っているだろう。また大群《スウォーム》がやってきた。われわれを滅ぼすつもりだ」

パイロットの一人——フォルツ大尉が口をはさんだ。

「前の戦争のときと同じスウォーム艦ですか？　われわれが対応を訓練した……？」

「わからないんだ、肝っ玉《ボールジー》。知らされたのは、ベラクルス星区全体が破壊され、敵は地球へ向かっているということだけだ」

言葉の重みが充分に伝わると、ピアースは新入りのパイロットたちに向かって言った。

「見てのとおり、状況は厳しい。手に入る戦闘艇は、すべて使わなければならない。つまり、いま新たにわれわれに加わるきみたちも、パイロットと呼ばれて——」

「隊長」パイロット候補として呼び出された整備工が発言した。直前まで戦闘艇の復元作業をしていたので、油まみれだ。「わたしは五年間、貨物船を操縦していません。わたしが戦闘艇を飛ばして、なんの役に立ちますか？」

「ここでする仕事よりも大きな貢献をしてくれる。いま問題なのは火力だ。それに、戦闘艇すべてが準備できているわけではない――三十艇あまりが、まだ復元中だ。だから、もっとも経験豊かな者たちから戦闘艇に配備され、そのあいだ残りの者はシミュレーターに入る。初心者は経験を積んだパイロットと組み、二人組ふたつで一分隊を構成する。いまは全部で十二の分隊になる。全戦闘艇が使える状態になれば、分隊は二十だ。組み合わせはすでに決まっている。きみたちのコンソールに出そう」

パイロットたちはいっせいにうつむき、肘かけにある小さなコンピューター画面を見た。

フォルツが、隣のジェシカを肘でつついた。

「見ろよ、尻振り《フィッシュテイル》、きみはおれと組むんだ。遅れずについてこいよ」

ジェシカは麻痺《まひ》したように無表情だが、つぶやくように答えた。

「もちろんよ、ボールジー」

ピアースは言葉を続けた。

「準備時間は一時間だ。初心者はシミュレーターにつけ。パイロット経験者は自分と組む訓練生と一緒に行って、必須事項を教えろ。射撃のしかた、掩護のしかた、基礎的な防御パターンと攻撃パターン。趣味的な技はいらない。頼りになる本物だけを教えろ」

ピアースの背後で赤ランプがつき、警報が響いた。もうすぐ本番だ。

「行け！　一時間で艇に乗れ！」

27

地球の月
ISS〈ウィンチェスター〉ブリッジ

アイザクスン副大統領は艦長私室を跳び出し、通路を走った。アイザクスンに割り当てられた二人の警護官《シークレット・サービス》が、椅子から跳びあがってあとを追った。そのすぐあとからボロディン大使が続き、息をはずませて追いつこうともがいている。

「どこへ行くんですか？」と、ボロディン。

「くそ、こんなところにはいられない」アイザクスンはどなった。

ボロディンは何かどなり返したが、息切れが激しくてアイザクスンには聞き取れなかった。ボロディンがそれに気づくより先に、二人の宙兵隊員が立っているブリッジの入口に近づいた。宙兵隊員たちは手を上げて、走ってくる四人を止めた。

「すみませんが、ブリッジには権限を与えられた人間しか入室できません」と、宙兵隊員。

アイザクスンはけんか腰で言った。

「それなら、おまえがなかに入って、艦長に〝アイザクスン副大統領がブリッジに入りたがっている〟と言え！」

「了解！」宙兵隊員の一人がドアからなかへ入り、まもなく現われた。「こちらへどうぞ、副大統領」

アイザクスンは残っていた宙兵隊員を突き飛ばしそうな勢いでそばを通り、ブリッジに踏みこんだ。なかは大わらわだった。〈ウィンチェスター〉は小型のシンシナティ級コルベット艦で、おもに統合防衛軍が職員や高官を太陽系周辺へ移動させるのに使うが、いまは明らかに戦闘準備をしている。

「アイザクスン副大統領、いまはちょっと立てこんでおりますので――」

アイザクスンは最後まで聞かずに口をはさんだ。

「艦長、われわれは、いますぐ地球へ帰らなければならない」

艦長は首を振った。

「申しわけありませんが、〈ウィンチェスター〉は現在、Ｑジャンプ機能を備えておりません」

信じられない。

「現在？」

「そうです。したがって、〈コンスティテューション〉の護衛を受ける船団に加わります」

「〝〈コンスティテューション〉〟だと？」アイザクスンはわめいた。「艦隊でいちばん古い艦のことを言っているのか？　今日われわれが退役セレモニーに出席した艦……エンジンの半分を取りはずした艦……艦隊の落後者どもが飛ばす艦が、地球政府の副大統領を護衛するというのか？」

ディ艦長は居心地悪そうに身じろぎした。

「はい」

「ヤーブローを呼び出せ。いますぐだ」アイザクスンはコンソールのひとつを指さした。

ディ艦長が通信ステーションの士官に向かってうなずくと、まもなくスピーカーから大音量でヤーブロー少将の声が響いた。

「ヤーブローです。なにごとですか、ミスタ・アイザクスン？」

「少将、地球へ戻るわれわれを護衛する戦闘艦が〈コンスティテューション〉一隻だけだというのは、本当か？」

「本当です。近代的な巡航艦を使うわけにはいきません。敵をこの月面基地で食い止めるチャンスがあるなら、それしか方法はありません。使える艦はすべて、こちらで——」

「非常識だぞ、少将。別の、もっと近代的な艦に、われわれを護衛させろ。あのおんぼろではなく」

ヤーブローが選択肢を考えるあいだ、スピーカーは沈黙した。やがて、ヤーブローはため息をついて言った。

「わかりました」

「〈カンタス〉を送れ」

「ですが、ミスタ・アイザクスン、〈カンタス〉は統合防衛軍の旗艦です。月面基地の防衛に必要です」

「〈カンタス〉は、地球の防衛に……選挙で選ばれた地球の指導者たちを守るのに必要だ。以上」

またしてもスピーカーが沈黙した。

「わかりました。ヤーブローより、以上」

アイザクスンはうなずいた。よろしい——提督たちも、そろそろ、わたしの言うことを聞くようになってもいいころだ。わたしの命令に慣れたほうがいい。

「さて、ディ艦長、この艦がなぜQジャンプできないのか、教えてもらおう。なぜ、現在、その機能がないのだ？」

ディ艦長は戦術ステーションをまわって、アイザクスンの前に出た。

「問題は、われわれはジャンプ・エンジンを持ってはいますが、それを使う必要性が何年もなかったことです。少なくとも、この艦は、そうでした。われわれは、おもに太陽系内で短距離輸送などの任務についております。きちんと機能する量子結合器を装着すればQジャンプが可能になりますが、この装置はどこかの棚にあるのを見つければいいというものではありません。デリケートで高価な設備ですから、艦内に放置しておけるものではなく——」

「では、見つけろ」

「は？」ディ艦長は困惑した。アイザクスンはグルリと目をまわした——艦隊士官は、みなこんなに血のめぐりが悪いのか？

「見つけろ、艦長。月面基地や、〈コンスティテューション〉や、ほかの艦に通信しろ——誰かが予備を持っているはずだ。すぐに実行しろ。これは命令だ」

ディ艦長は歯を食いしばって、うなずいた。

「はい」

よろしい。この連中も、わたしの権威を尊重するようになってきている。来週わたしの大統領就任式が終わったあとは、もっと扱いやすくなるだろう。

28

地球の月
ISS〈コンスティテューション〉ブリッジ

「報告しろ」ブリッジのドアが両側へスライドして開くと、グレンジャー艦長はどなった。

ホーズ副長は不機嫌に答えた。

「中央軍が数分前に警報を発しました。迫ってくるお友だちが、火星で少しばかり休憩したらしい。フォボス・ステーションが、破壊されるまでに、異星人艦隊の映像を記録しました」

「火星コロニーは、どうなった？」

ホーズはフンと鼻を鳴らした。

「ろくでなしどもは何もかも破壊しました。数分のうちに」

火星コロニー全体が消えた。

「不可能だ。やつらは何を使ったんだ？　核爆弾か？」

「いえ」と、ホーズ。「自分で見てください。まるで……まあ、わしは見たこともない武器です」

グレンジャーは跳びあがって司令コンソールへ向かい、中央軍から届いた優先順位の高いメッセージを画面に出した。火星のズームイン映像が現われ、ごく少数の豆粒のように見える艦が急に周回軌道に入り、恐ろしい勢いで減速した。わずかな軌道防衛巡視艦との短い戦いののち、敵艦隊の中央部にぎらぎらする白光が現われた。光が強くなると、映像が規則的に何かの干渉で乱れた。突然、強烈な閃光に、まばゆい白光がかき消された。

火星の表面から赤い火柱が上がった。コロニーが消滅したと確信させるには充分な規模だ。

「くそったれ」グレンジャーはつぶやいた。

ホーズは不満げに言った。

「火星コロニーには十万近い住人がいます、ティム。〝いました〟と言うべきですかな。

なんてこった」

映像を見ていると、異星人艦隊は加速して非常な高速になり、画素に分かれた映像が画面上で大きくなった。脈動するように、規則的に映像が乱れる。まもなく、先頭を進むいくつかの艦が緑のビームを何本か発射し、記録映像はとだえた。

「中央軍は、これを分析したのか？」と、グレンジャー。ホーズに目を走らせた。

「解析中だと言っていました。しかし、一般非常警報を発しました——異星人艦隊は数分で、ここに着くでしょう——中央軍が思っているより早く」

「あの映像の乱れは、何が原因だ？」

「はい？」ホーズが足をひきずりながら、そばに寄ってきた。

「規則的に映像に現われる乱れだ。あれはなんだ？」

「パワー・サージですかね？」

グレンジャーはあごをなでた。単なるパワー・サージ以上のものではないか？　規則的に現われた。脈動だ。

「いや、違うと思う」グレンジャーは戦術部の信号情報ステーションに近づいた。「少尉、フォボス・ステーションから届いた映像記録を分析させてもらいたい」

「何をお探しですか？」生き生きした顔つきの若い女性少尉が、たずねた。

「わからない。分析しろ。現時点で手に入る情報すべてが必要だ。異星人艦隊の、できるかぎり最高解像度の映像がほしい。そして、あの脈動の発生源を特定できるかどうか、やってみてくれ」

「了解、艦長」

グレンジャーはホーズに向きなおった。だが、口を開くより先に通信士に呼びかけられた。

「艦長、月面基地から通信が入っています。ヤーブロー少将です」

「わたしのステーションに送ってくれ」と、グレンジャー。端末に向かって、通信開始ボタンを叩いた。画面いっぱいにヤーブロー少将の疲れた顔が現われた。

「ティム、出航の時間です。船団を連れていきなさい。アイザクスン副大統領が、〈コンスティテューション〉とは別に、旗艦が地球まで護衛することを要求しました」

「つまり」グレンジャーは無表情をよそおった。「副大統領の乗った艦を攻撃する異星人を〈コンスティテューション〉が撃退するだけでは、安心できないということですね」

「そんなところね。〈カンタス〉も、地球まで同行します——新しい巡航戦艦だから、副大統領も安心してくれるはずです」

〈カンタス〉の同行には賛成できないな。艦隊の旗艦は、月面基地の戦いの場にいるべきだ――グレンジャーは思ったが、うなずいた。議論している暇はない。

「月面基地に、火力は充分に残りますか？」

「大丈夫。この基地は、けっして無防備ではありません。敵に、立ちなおれないほどの敗北を味わわせてやるわ。敵が立って歩く種族かどうか、知らないけどね」

グレンジャーは含み笑いをもらした――まったくだ。回収した大群艦《スウォーム》から、異星人の痕跡は指一本も見つからなかった。無傷に近い艦にも生命体は皆無で、いたるところに半透明の粘液がへばりついているばかりだった。

「地球へ帰ったら、ジンガノ元帥に報告して。元帥は地球の防衛軍をひきいています。地球では、ベラクルス星区のように軍勢が分散しすぎてはいません。敵は、何に撃たれたかもわからないうちに退治されるでしょう。さあ、出発して、ティム」

ヤーブロー少将の疲れた顔が消え、画面は月桂樹と地球をかたどった統合防衛軍の紋章に変わった。グレンジャーはちらりと通信士を見た。

「避難する船団の準備はできたか？」

「はい。すべての船から報告が入りました。〈カンタス〉は、われわれと一緒に隊形に入りました。それから、〈レインボー〉の船長が、艦長とお話ししたいそうです」

「わかった」グレンジャーはカウントダウンのタイマーに視線を走らせた。異星人艦隊が月面基地に現われるまで、十五分弱。「わたしのスクリーンに出してくれ」

グレンジャーの前の画面に、老齢の女性が現われた。

「どんなご用でしょうか、船長？」

「グレンジャー艦長、ご承知のとおり、本艦には大勢の子供たちが乗っています」

「気づいておりました」

「これはシンシナティ級のコルベット艦でしたが、Ｑジャンプ機能は数年前、わたしがこの船を買ったときにはずしました。維持費が高すぎるからです。しかし、Ｑジャンプ機能を復活させるために、いまは量子結合器が必要です。予備をお持ちでしたら、お渡しいただければ、三十分かからずに設置させ、この場を離れられます。〈コンスティテューション〉に護衛されて敵の標的になる船が、ひとつ減ります」

グレンジャーはうなずいた。

「探してみましょう。そのあいだも、われわれと一緒に出発する準備をしてください。いまのところ、あなたがたがいちばん希望を託せる相手は〈コンスティテューション〉です。グレンジャーより、以上」グレンジャーは、もういちど通信士のほうへ身を乗り出した。「オペレーション部の者たちに、貯蔵庫に予備の量子結合器がないかどうか調べさせてくれ。見つかったら、プロクター中佐のところへ持っていって、シャトルで〈レインボー〉へ渡すようにしろ」

「了解」

「よろしい」グレンジャーは航法ステーションへ向きを変えた。「操舵士、ここを離れるぞ。パワーの半分をメイン・エンジンに投入しろ」続いて、通信ステーションに大声で呼びかけた。「わたしの音声通信を船団につなげ」

通信士が船団と回線をつなぐあいだに、グレンジャーは咳払いをした。

「こちらは〈コンスティテューション〉のグレンジャー艦長。地球へ針路を取り、加速一Gで出航する。十五分だけスラスターを噴射させて、あとは慣性航行し、そろって減速する。〈コンスティテューション〉か〈カンタス〉のそばを離れないこと。異星人艦隊がわれわれに追いついたら、二隻の戦闘艦が、きみたちとろくでなしの卑怯者どものあいだに入る。グレンジャーより、以上」

ホーズがグレンジャーにうなずいた。

「短くて力のこもった通信でした。わしの好きなタイプです」

グレンジャーは操舵士に合図した。

「発進しろ、大尉」

遠い轟音とともにメイン・エンジンが急激に息を吹き返し、後部スラスターから超高温のプラズマが噴出した。艦内重力場が新しい加速に合わせるのに少し時間がかかり、わずかにグレンジャーの身体が揺れた。ほかには誰も揺れていない――おれは疲れているんだろうか？　しゃくにさわる腫瘍《しゅよう》が、脳にまで広がったのか？

くそ――おれに必要なのは、二、三週間だけなのに。この艦を救うための時間。

そして、地球を救う時間。

29

地球の月
—ISS〈コンスティテューション〉　ブリッジ

　時はのろのろと、しかし容赦なく進んだ。メイン・スクリーンの映像は左右ふたつに分かれている。右側は遠くから迫ってくる地球の姿だが、一分ごとに画面に入りきらないほど大きくなる。左側には月の灰色の球体が映っており、〈静かの海〉を横切って広がる月面基地の建物が、まだ見える。

　グレンジャーは指でコンソールをコツコツ叩きながら、異星人艦隊の予想到着時までの時間が減ってゆく様子を見つめた。残りは十分二十五秒。

「艦長？」コンソールの通信機能が呼出音を立て、グレンジャーはボタンを叩いて答えた。

「なんだ、プロクター中佐？」

「現在、六十二の戦闘艇が使えるようになりました。残りの二十艇を復元するには、少なくともあと一日は必要です」

六十二。ないよりましだ。それに、プロクターが復元させられるだろうとグレンジャーが予想した数より多い。そうは言っても、必要な数よりは情けないほど少ない。〈カンタス〉が九十五艇を積んでいるし、どれも技術的には〈コンスティテューション〉の戦闘艇よりはるかに進んでいるが、貫通不能のスマート＝スチール装甲というものに、グレンジャーは不信の念を抱いていた。〈コンスティテューション〉の戦闘艇と違って、実戦でテストされたことがない。〈コンスティテューション〉の艇も、七十五年以上も実戦でテストされていないが……。

「大変けっこう、中佐。その作業は終えて、迎撃用急速パルス砲の射撃管制にかかってくれ。二十門はほしいが、まだその半分しか復元できていない」

プロクターがどれだけ作業スピードを上げられるか、正確なところはわからないが、戦闘艇ベイでは実力を証明した――どうやったかは知らないが、とても無理と思われた多数の戦闘艇の、四分の三以上を活動可能にしたのだ。ほんの数時間前には、四分の一も復元できていなかったのに。はじめて会ったころはプロクターにいらだちを覚えたが、グレンジャーは、この中佐に対して敬意を抱きはじめた。

「艦長、敵の艦隊が現われるまでに、全艇を活動可能にしておきたいのですよね？」と、プロクター。声にかすかな皮肉がにじんだが、グレンジャーは聞き流した。「それと、確認しました――貯蔵庫に、予備の量子結合器があります。〈レインボー〉に渡す手配をしましょうか？」

「もちろん、そうしてくれ。あと二十分ある。グレンジャーより、以上」

ちらりとホーズに目をやると、ホーズはすばやくウィンクして、うなるように言った。

「あの中佐に試練を与えているんですね、ティム？」

「本人にふさわしい試練だ。過去二週間で何もかもはぎとった罰だ。だが、プロクターは見事にやっている。優秀だ」

「その優秀さが役に立つといいですがね」

グレンジャーのコンソールでブザー音が鳴った。見ると、〈ウィンチェスター〉に乗ったアイザクスン副大統領からの通信だ。いらいらしながら、グレンジャーはスイッチを入れた。

「はい、ミスタ・アイザクスン？」

「艦長、きみの艦に予備の量子結合器があるというのは本当か？」コンソールの画面に、アイザクスンの細い顔が現われた。

「ミスタ・アイザクスン、〈コンスティテューション〉内の通信をモニターしていらしたのですか？」くそ、老いぼれのバカ者め。ほかにすることはないのか？

「していない。ディ艦長が、〈コンスティテューション〉から〈レインボー〉へ量子結合器が運ばれると報告してくれた」

「そのとおりです。〈レインボー〉には三十人の子供たちが乗っています。戦闘宙域は、子供のいる場所ではありません」

「そのとおりだ。だが、上院議員や政府高官、内閣事務官、州知事、そして地球連合の副大統領のいる場所でもない。艦長、〈ウィンチェスター〉は〈レインボー〉と同じ設計だ。シャトルに、荷物をただちに〈ウィンチェスター〉へ運ぶよう命じてもらいたい」

まったく政治家ってやつは……。いくつか、慎重な言葉と侮辱表現の選択肢が頭に浮かんだ。いますぐ通信スイッチを切りたいという誘惑にもかられたが、もう遅い。量子結合器を〈ウィンチェスター〉へ送るか、送るまでしつこく熱弁をふるわれるか、どちらかだ。

「新しい量子結合器のおかげで、あなたがたが無事に地球まで帰れるといいですね。政府のほんの十分の一程度のメンバーがいなくなったら、われわれはどうすればいいのか想像もできません。グレンジャーより、以上」

皮肉が、あまり強く受け止められなければいいが……。ちくしょう、おれは誰をごまかしているんだ？　皮肉は強くきいたほうがいい――あのろくでなしが赤面するくらいに。この危機のさなかでも、政治家一般に関するおれの否定的な意見は変わらない。とくにアイザクスン副大統領に関しては。

「通信士、シャトルに〈ウィンチェスター〉へ向かえと伝えろ」

グレンジャーはホーズに向きなおった。

「吐き気のするようなろくでなしですね、あいつは」と、ホーズ。中指で、暗くなった自分のモニター画面を指した。「わしがシャトルで送ってもらって、あいつの鼻に一発、食らわしますか？　わしはどうせ引退するんだし……」

グレンジャーはクスクス笑った。

「政治家連中は、あんなものだ。正直に言えば、異星人がぜひとも地球へ向かうつもりなら、子供たちはわれわれと一緒に、この位置にいたほうが安全かもしれない。わたしは何も――」

「艦長！」センサー・ステーションのディアス大尉が口をはさんだ。「月面基地から、敵艦隊との交戦報告が入ります！」

グレンジャーはすばやくコンソールのタイマーを見た。予定では、異星人艦隊が現われるまで、あと五分あるはずだった。

「ちくしょう。敵の推進力は、われわれより進んでいるどころじゃない——圧倒的にまさっている」グレンジャーはホーズを見た。「戦闘ステーション、非常警報を鳴らせ。すべての改造や復元作業をただちに中止し、全クルーに、戦闘ステーションへ報告させろ。例外は、迎撃用急速パルス砲の復元クルーだ。あと二十分で、すべての砲を機能させなければならない」

ホーズ副長はさまざまな部門の主任に、大声で命令を出しはじめた。この半時間、全員が固唾をのんで静まり返っていたブリッジは、ふたたび喧噪《けんそう》に包まれた。

グレンジャーはスクリーンを見た。小さな艦隊を構成する細かい白い点が、月面上空に集まっている。〈コンスティテューション〉は、すでに交戦活動がはっきりとは見えない位置まで遠ざかっていた——解像度があまり高くない。だが、おそらく衛星のひとつが……。

「大尉」グレンジャーは通信士に呼びかけた。「月を周回する科学衛星のひとつにつないでくれ。衛星アームストロングがいいだろう。生映像を送ってもらえるよう、戦闘区域に向けなおせ」

「ええと、艦長、あれは統一科学連合が運営する民間の衛星です。われわれには手出しが——」

「手出しはできるんだ、大尉。資格の提示を求められたら、回線をわたしのコンソールへ転送してくれ。艦隊の艦長であれば誰でも、個々の航宙艦船や衛星、防衛プラットホーム、データ・ポッドに、ひそかにアクセスする方法を知っている。宇宙空間にあるものなら、わたしはアクセスできる。十年前の〈ホルスキー事件〉後に実施された、ちょっとした利点だ」グレンジャーはブリッジ内を一瞥《いちべつ》した。「ついでながら、これは最高機密事項だ」

「了解。艦長のコンソールへ転送しています」

アクセス権限を問う画面が現われ、グレンジャーは最高機密の個人セキュリティ・コードを打ちこんだ。見こみは薄いが、このコードを、統合防衛軍がまだ削除していませんように。不合理な願いだ——おれは大佐から降格されるわけじゃない。艦長でなくなるだけだ。だが、現実にはどんな違いがある？

「アクセスできたぞ。大尉、進めてくれ」

グレンジャーが側壁のモニターを見つめるうちに、ふたつに分割されて地球と月を映し出していた画面が、瞬時に悪夢のようなひとつの光景へと変わった。

統合防衛軍の最大の航宙母艦よりも大きい八隻の異星人艦が、月面基地上空の静止軌道に入りこみ、統合防衛軍艦隊の残った艦と戦っている。〝残った艦〟は、いまの防衛軍艦隊を表わす、いちばん穏やかな言葉だ。少なくとも十二隻の小さなフリゲート艦と、重巡航艦と航宙母艦のほとんどが、傾いたり壊れたり砕けたりして宇宙空間をただよっている。

月面から、防衛軍の砲火が吹きあがった——月面基地の堅固な対軌道防衛装置が、異星人艦隊に対抗している。異星人艦が一隻、下方から厳しい砲火を受けてふたつに割れると、ブリッジ内に静かな歓声がいくつか上がりかけた。だが、別の巨大な異星人艦がＩＳＳ〈クライバーン〉——これも巨大な航宙母艦だ——に迫り、宇宙空間に弧《こ》を描いて飛ぶまばゆい緑色の光を発射すると、ブリッジは静まり返った。驚くほど強力なエネルギー兵器は、〈クライバーン〉をまっぷたつに切り裂いた。

グレンジャーの耳に、背後の士官たちのうめき声が聞こえた。軍に入ってから何十年ものあいだ、ずっと現われない敵を待ちかまえ、油断なく訓練を続けた士官たちだが、本物の脅威や損失が与える感情面での衝撃に対しては無防備だ。ブリッジ士官のなかには、〈クライバーン〉に友人が乗っていた者もいるはずだ。グレンジャー自身も、アレンソン艦長を個人的に知っていた。切り裂かれた〈クライバーン〉の片割れを目で追ううちに、二度目の強烈なビームを受けて残骸が大爆発を起こすと、胃に大きな穴があいたような気がした。

30

地球の月
ISS〈コンスティテューション〉ブリッジ

「艦長、何か変わったことが起こっています」ディアス大尉が大きな声で言った。グレンジャーがスクリーンに目を凝《こ》らすと、ディアスの言うとおり、きわめて奇妙なことが起こっていた。火星のフォボス・ステーションから届いた監視映像と同じ現象だ。異星人艦隊の中央部に、強烈なまばゆい光が現われている。

そして、同じように映像が脈動しはじめた。

だが、今回、グレンジャーは別の現象にも気づいた。デッキの床が、かすかにうなりを上げている。遠くの震動のような低いゴロゴロといううなりで、かろうじて感知できるほど弱い。

グレンジャーはホーズ副長に顔を向け、たずねた。

「感じるか？」

「何をです？」

ちくしょう――おれの頭が、またいたずらしているのか？　今日、死なずにすんだら、医務室へ行ってドクター・ワイアットに脳のスキャンをしてもらおう。艦の奥から響く脈動からくるかすかな眩暈《めまい》と結びついて、頭痛が起こる。これは癌《がん》が広がっている証拠だ。

「あの震動――脈動だ。映像が揺れはじめると同時に起こったし、あの光は、異星人艦隊のすぐそばに現われた」グレンジャーはホーズをにらみつけた。「震動が感じられないというのか？」

ステーションから離れたブリッジの両開きのドアから、別の声が届いた。

「わたしは感じます」プロクター中佐だ。

グレンジャーは、誰にも聞こえないほど小さく安堵のため息をついた。

「けっこう。わたしの頭の異常ではないな。なぜ射撃管制の復元現場にいないのだ、プロクター中佐？」

「あまり意味がありませんので。あと十五分で、射撃システムの約八十パーセントが復元されます。もう、わたしにできることは、ほとんどありません。警報が聞こえたので、こちらに来ました。大群《スウォーム》に関するわたしの経験を役立てていただけると思いました。お粗末ではありますけど」プロクターはかすかに顔をしかめて付け加えた。「スウォームのことを詳しく知っている人間はいませんが、わたしの博士論文のテーマはスウォーム人類学でした」

グレンジャーは疑わしげな目を向けた。

「生きた標本もないのに、いったいどうやってスウォーム人類学を勉強した？　それを言えば、死んだ標本だって、ないが」

だが、プロクターの返事はほとんど聞こえなかった。グレンジャーの注意はスクリーンへ戻り、月面からの爆撃が激しさを増すとともに敵艦隊のまばゆい光が強くなる様子を見つめた。高収率の量子熱核弾頭のひとつが標的に命中し、一隻の異星人艦が爆発した。だが、ほかの艦は、まぶしさを増す光点の周囲で隊形を保っている。

次に何が起ころうとしているか、グレンジャーにはわかった。火星周回軌道の映像を見てから、まだ一時間もたっていない。次の瞬間、グレンジャーの恐ろしい予想が実現した。まばゆい光が消えた――非常に速く動いたので、グレンジャーの目では追えなかった。光点が動いたという確信さえ持てない。ひょっとしたら、光点が消えた瞬間に、映像が干渉とゆがみで乱れたのかもしれない。だが、一瞬後に、はるか下の月面で巨大な爆発が起こり、月面基地全体をのみこんで宇宙空間へ噴き上がった。

　ブリッジ内の反対側にある環境オペレーション・ステーションで、誰かが嘔吐した。

「で、中佐？　スウォーム人類学の博士さまは、あれをどう教えてくれる？」

　ブリッジ全体が爆発の余波を見つめ、プロクターは何も言わなかった。月面から舞い上がった岩と塵《ちり》と残骸は巨大な煙になり、月の低重力の影響で何百キロも上空へ立ちのぼった。まもなく異星人艦隊のいたあたりまで達したが、敵はすさまじい武器を発射したあと、すばやくその場を離れ、最初の虐殺をまぬかれた統合防衛軍の艦を破壊しはじめていた。

「そうですね、ひとつは、敵が周期的な進化をとげる種族だということです」と、プロクター。「この来襲は、スウォームが外界へ進出するときの一連の飛躍行動の、最新版です。周期ごとに、スウォームは中央の星系か母星から出る範囲を広げ、周囲の宙域を滅ぼしてから退却します」

　グレンジャーはプロクターを見つめた。

「どうやって、そんなことを知った？　わたしは、スウォームについて、われわれは何も知らないと思っていた。統合防衛軍の遠征隊はどれも、なんの成果も得られずに戻った。スウォームは七十五年前に、なぜか痕跡も残さずに姿を消した。それなのに、どういうわけかきみは、あの和解の余地のない敵について、統合防衛軍の情報部よりも知っていると言う――」

「いえ、情報部もわたしと同じことを全部、知っています。むしろ、知らされていると言うべきでしょう。この知識には裏づけがありません。おっしゃるとおり、スウォーム戦争後に送り出された初期の遠征隊は、どれも手ぶらで帰ってきました。ですから、わたしは……もっと間接的な方法に頼らざるをえませんでした。わたしはスウォームが通り過ぎた数々の惑星を研究し、スウォームの拡散宙図を再構築しました。技術発展を研究する人類学者たちとのネットワークを構成し、スウォーム艦の設計から探り出せるだけの事実を集めました。結局、わたしは、統合防衛軍の科学者たちが到達した以上の確固たる結論を出すことはできませんでしたが、自分なりの仮説はいくつか持っています。持っていた――と言ったほうがいいかもしれません。科学者としての履歴を十五年前に捨てて、入隊しましたから」

グレンジャーは、しばらくプロクターの言葉を検討した――軍は、プロクターの昔の研究から、何も手がかりをつかめなかったのだろうか？　だが、視野の隅に入ったスクリーン上の映像の動きに、注意を引かれた。統合防衛軍の艦が一隻、混戦から抜け出した。異星人艦の活動は掃討に近くなっている。

「あれは〈スラッシュ〉です、艦長」戦術士の一人が言った。「わたしの弟が乗って——」戦術士の言葉はとぎれた。近くの異星人艦からまばゆい緑のビームが飛び、小さな軽巡航艦〈スラッシュ〉の心臓部に突き刺さった。ビームが〈スラッシュ〉の反対側から飛び出すと、数秒で艦全体が爆発してぼやけた炎に変わり、またたくまに宇宙空間に散って消えた。

戦いは終わった。統合防衛軍の艦はすべて破壊され、異星人艦隊は躊躇《ちゅうちょ》なく一体となって次の動きに移った。

地球の方向へ直進しはじめている。

〈コンスティテューション〉と、避難する船団の方向へ。

31

地球の月付近
―ISS〈コンスティテューション〉飛行デッキ

シミュレーターでの飛行訓練は厳しいが、早すぎるほど早く終わった。ある意味で、シミュレーターでの戦闘艇操縦は、ジェシカ・ミラーにとっては、いつものシャトルを飛ばすのと同じようなものだった。違うのは、武器があることだけだ。いまジェシカは、危険きわまるスピードで飛んで、できるだけ速くあちこち曲がる練習を求められていた。

「新米にしては、なかなかいいぞ」と、フォルツ大尉。ジェシカはシミュレーターから身体を引き上げ、フォルツが差し出した手につかまって外へ出た。

「ありがとう、肝っ玉《ボールジー》」

「着地のとき、艇の尻を揺らさないようにしろよ、尻振り《フィッシュテイル》。でないと、このコールサインが定着するぞ」

シミュレーションの時間が終わり、二人は戦闘艇ベイでジョギングした。できるだけ多くの戦闘艇を人間の力でもとどおり使えるようにしようと、大勢のクルーが立ち働いている。博物館で使う会話型ディスプレイや模型、人の列を誘導するソフトロープやポールなどは、荒っぽく隅に押しやられた――〈コンスティテューション〉退役の象徴は、すべて押しのけられていた。

「よし、きみはあの艇で出撃する。おれの近くにいろ。おれたちの分隊は、三艇がくさび形の隊形で飛ぶ。残りの一艇は隊形の外で、ほかの三艇を掩護する。シミュレーターで練習したとおりだ。きみと田舎町《ドッグタウン》と熱気箱《ホットボックス》がくさび隊形を構成し、おれはきみたち全員を掩護する」

　ジェシカは自分の戦闘艇に乗りこむと、無意識のうちにエンジンを動かし、艇をデッキから浮かせた。〝配置につけ〟という命令を部隊とともに待っていた走路の端から、外の真空中へ出るとき、艇の周囲で脈動するエネルギー・フィールドがちらちら光った。

　通信器から、ほかのパイロットたちの興奮したおしゃべりが聞こえ、ジェシカはスリルを感じた。アドレナリンが全身を駆けめぐる。だが、一分の待機時間が過ぎると、ジェシカは尻ポケットから昔撮ったザックの写真を引き出した。赤ん坊のザックが、ジェシカの夫トムに抱かれている。ジェシカの配置転換直前に、ヨセミテ国立公園へハイキングしたときの写真だ。

ジェシカは写真をダッシュボードと計器のあいだの小さなスペースに押しこみ、写真が立つようにした。戦闘艇のシステムに戦闘準備をさせるあいだ、目の前に、世界じゅうでいちばん好きな人たちがいる。

ヘッドセットのなかでボールジーの声が響いた。

「よし、あばずれども、承認を得たぞ。用意！」

ジェシカはもういちど赤ん坊時代のザックと父親のトムに目をやり、エンジンを吹かした。

必ず生きて帰って、また二人に会う――心に誓った。

32

地球の月付近

ISS〈コンスティテューション〉ブリッジ

「艦長、異星人艦隊が急激に加速しています!」と、ディアス大尉。「どうやってかは知りませんが、三十Gのスピードです。このままでは、五分で追いつかれます」

ホーズ副長がグレンジャーににじり寄り、耳もとでささやいた。

「ティム、こいつは異常だ。〈コンスティテューション〉が太刀打ちできるわけがない――〈カンタス〉が掩護してくれたとしても。五分後には、われわれは死ぬ」

「だから、どうしろというのだ?」グレンジャーはつぶやいた。

「〈コンスティテューション〉にドッキングできる民間船を連れて、いますぐQジャンプで地球へ戻りましょう。地球の艦隊と合流するんです。われわれが生き残れる道は、それだけです。艦隊のほかの艦と一緒に戦えば、事態は変わるかもしれません。しかし、このままでは……自殺行為だ」

ホーズは艦長との撤退の議論をブリッジ・クルーに聞かれないよう、声をひそめていた。撤退だけでもまずい話題なのに、抵抗のすべもない無防備な民間船を置き去りにする相談だ。

「民間船はどれもQジャンプ機能を持っていないし、〈コンスティテューション〉にドッキングさせている暇もない。わたしは、民間人を放置して死なせるつもりはない」グレンジャーは小声で答えた。

「ティム、われわれが残っても、民間船がやられるのが一分かそこら遅れるだけですよ」ホーズは懇願口調になった。

「退去しても、われわれも何時間かのちにはやられる。いったい何が言いたいんだ？」グレンジャーの声が大きくなり、数人の士官がちらりと二人を見た。「艦内全体に、わたしの通信をつなげ」

「つなぎました、艦長」

「こちらはグレンジャー艦長だ。知ってのとおり、そろそろ敵艦隊と交戦する。おそらく、相手は大群《スウォーム》だ。正直に言おう——勝てる見こみは薄い。あのろくでなしどもは月面基地と統合防衛軍の六隻の艦を、十分もかからずに破壊した。本物の戦いになるぞ、みんな。われわれは長年、この瞬間のために訓練してきたのだ」

グレンジャーは言葉を切って、すばやくブリッジ内を見まわした。システムのうなりや換気装置の音しか聞こえない。全員が無言のまま、集中して艦長の言葉に耳を傾けている。ここで失敗はできない。

ああ、おれは演説が嫌いだ。

「われわれは、すでに友人たちを失った。家族を失った。〈コンスティテューション〉より新しい大型艦が、すでに最期を迎えた。だが、言っておく」グレンジャーはホーズに視線を走らせ、ホーズはグレンジャーをにらんだ。「この艦は、好敵手に出会ったことがなかった。七十五年前、〈コンスティテューション〉はすでに五十歳だったが、スウォーム相手に持ちこたえた。〈伝説の艦隊〉の、ほかの艦と一緒に。〈コングレス〉、〈ウォリアー〉、〈インディペンデンス〉、〈チェサピーク〉。みな生還した。だから、きみたちに言っておく——義務を果たせ。浮き足立つな。度を失うな。受けた訓練を思い出せ。〈コンスティテューション〉を裏切らなければ、〈コンスティテューション〉もわれわれを守ってくれる。われわれは、倒れるとしても必ず人類を守って倒れるのだ。

そうすれば、あとに続く者たちが末永《すえなが》くわれわれのことを語り伝えてくれるだろう。グレンジャーより、以上」

ホーズが不満げに言った。

「われわれのことを語り伝える者が、残っているといいんですがね」

グレンジャーはホーズを無視して、通信を続けた。

「戦闘艇を射出しろ。迎撃用急速パルス砲のクルーは位置につけ。敵艦隊が射程に入りしだい、発射解析をわたしに知らせろ。敵艦をスキャンしてパワー・プラントの位置をつきとめ、そこをねらえ。可能なかぎり早めに、敵艦のパワー・システムをダウンさせたい。〈カンタス〉に通信して、われわれを掩護してほしいと伝えろ――〈コンスティテューション〉の装甲は、ほかの艦の十倍も厚い。〈カンタス〉のアーガス艦長が大事なスマート＝スチール装甲のことで文句を言うようなら、この任務ではわたしに行動決定の権限があることを思い出させてやれ」グレンジャーの一連の命令は矢つぎばやで、周囲の者たちは最初のうち、どれが誰に向けた命令か確信が持てなかった。だが、数秒のうちにクルーは活動しはじめた。ホーズ副長は武器クルーに向かって大声で命令を出し、プロクター中佐は命令を戦闘艇ベイへ中継し、通信士はヘッドセットのマイクにしゃべりつづけた。

「残り時間は？」と、グレンジャー。

ディアスがコンソールの表示を見て答えた。

「敵が最大射程に入るまで、一分二十秒です」

「二十秒以内に射撃を開始しろ。照準が甘くなるだろうが、進んでくる敵を集中砲火で迎えたい。展開幅最大、電磁投射砲は毎秒五十キログラムを発射しろ。レーザー砲は、敵が射程に入るのを待て」

「了解」と、戦術士。「照準コンピューターが処理して、射撃準備ができました。実行まで十秒、九、八、七……」

さあ、いよいよだ。グレンジャーは司令ステーションの端を握りしめ、もっと近づけと敵艦隊をけしかけるかのように、壁のスクリーンをにらみつけた。

「二、一」と、戦術士。「全砲、発射」

スクリーン上で、電磁投射砲の弾丸が発射された閃光が、かろうじて見えた。飛んでゆく砲弾の速さは、目では追えない。運がよければ、いくつかは敵艦に当たって、敵の進行速度をゆるめるだろう。戦闘艇が二艇ずつ艦から外へ出る様子を、グレンジャーは見つめた。迅速に隊形を作り、次々と巨大な〈コンスティテューション〉の横につく。

すぐに、六十二艇すべてが出た。ブリッジ内の活動のうなりを圧して聞こえるのは、遠い電磁投射砲の発射音だけだ。

「どうだ？」グレンジャーはセンサー士官にたずねた。「何か、手ごたえは？」

「まだ、ありません。この距離からでは照準を合わせるのが難しく、敵が身をかわす時間も――」士官は画面に顔を近づけてのぞきこんだ。「やった！　一隻に当たりました。命中です」

「スクリーンに出せ。最大倍率で」

近づいてくる遠くの光点の集まりが、粒のような異星人艦の一隻に変わった。炎と残骸をまきちらしている。

「よくやった」グレンジャーは戦術ステーションに向かってうなずいた。

「レーザー砲の射程まで、あと二十秒。敵艦隊は減速を始めています。なんてこった……。艦長、敵は毎秒五百キロメートル以上で減速しています。そんなことは――」

「ありえない？」プロクター中佐が、戦術士の代わりにあとを続けた。「わたしは、そうは思わないわ、大尉。いまの時代にわれわれが出会うスウォームは、驚異に満ちているはずよ。スウォームは、そのように進化する種族です――周期ごとに、まったく新しい技術をたずさえて大群で外へ進出し、目についた敵を――」

「おしゃべりはやめろ、中佐。学術論文が必要なら、こちらから要求する」と、グレンジャー。カウントダウンのタイマーを見つめ、ゼロになった瞬間、敵が〈コンスティテューション〉のほかの兵器の射程に入る様子を確認した。「レーザー砲発射。先頭の艦をねらえ――うまくいけば、残骸の逆流がほかの艦に当たるかもしれない」

ブリッジの活動音の背景に、レーザー・システムが作動しはじめた脈動とともにゴンゴンという低い音が響いた。シミュレーションでは通常、レーザー砲は、最高でも半分の力しか出さない。それも一門か二門だけで、すべての砲が発射されることはない。レーザー砲と電磁投射砲の発射準備の轟音で、〈コンスティテューション〉は震動した。

「何か効果はあったか？」グレンジャーはたずねた。だが、スクリーンを見ればわかる。異星人艦はどれも、災難に襲われた様子を見せていない。映像の粒子の粗さが改善され、敵の急速な接近をはっきり示しはじめた。先頭の艦が緑の閃光を発した。

センサー士官がブリッジの反対側からわめいた。

「敵が砲撃しています！」

33

地球の月付近

ＩＳＳ〈コンスティテューション〉ブリッジ

「誰をねらって――」グレンジャーの言葉が終わらないうちに、答えが出た。艦が前方から荒々しく撃たれ、輝く緑のビームが脈動しながら〈コンスティテューション〉の前部に食いこんで、艦体を切りはじめた。スクリーンで、艦がぐらつくとともに、破片や残骸が宇宙空間へ噴き出す様子が見えた。

床が震え、遠くで続く爆発音にブリッジ・クルーは身をすくめた。

グレンジャーはよろめいてオペレーション・ステーションにもたれかかった。

「損害を報告しろ。どのくらい深く切られている？」

おびえた若い士官が首を振って答えた。

「タングステンの装甲が効果を発揮しているようです。しかし、あのビームは非常に強力です。攻撃された区画の装甲が、二――いえ、三――すみません、四メートルにわたって、なくなりました。敵の砲撃は、まだ続いています」

グレンジャーはくるりと身体ごと向きを変え、戦術ステーションに向かってどなった。

「すべての砲で、敵のエネルギー・ビーム発射機をねらえ。あの武器を、地獄に吹っ飛ばしてやれ」

「了解」と、戦術士。部下たちに、先頭の艦にねらいをつけるよう、身ぶりで命じた。こんな遠くからでは照準が定まりにくいが、グレンジャーは奇跡を願っていた。

「艦の向きを変えて、敵のエネルギー・ビームが右舷に当たるようにしろ。損害を分散させよう」

「スラスターを噴射しています」航法士のプリンス少尉が大きな声で答えた。床の下から、新しい爆発音が何度も響いた。

「敵の到着まで二十秒です。センサー表示では、われわれのレーザー砲はまったくダメージを与えられませんでした――敵はレーザーをそらす、ある種の電磁シールドを持っているようです。レーザーのランダム変調も効果がありません」

ふいに、低く響く爆音が止まった。グレンジャーは、いい結果を期待してスクリーンを見あげた。期待どおりだった――いまでは数ピクセルではなく、はっきり見えるほど近づいた先頭の異星人艦が、艦体のいたるところで小さな爆発を起こしはじめた。〈コンスティテューション〉の電磁投射砲が連射した砲弾が、外殻を損傷させたのだ。敵艦はどうやら、減速後のスピードとの関係で、毎秒五十キロで宇宙空間を飛んでくる金属弾の打撃はこたえるらしい。

「よろしい。〈カンタス〉に信号を送れ。協力して、あの先頭の艦に全砲火を集中する。敵艦を、ひとつずつ片づける」と、グレンジャー。ホーズ副長に向かって言った。「機動戦闘艇部隊長のピアースを呼び出せ。〈コンスティテューション〉と〈カンタス〉が敵艦をひとつずつ片づけるあいだ、戦闘艇部隊に、ほかの敵艦の邪魔をしてもらいたい」

ホーズが通信器に向かってどなり、ほかのブリッジ・クルーがホーズの命令にしたがうと、グレンジャーはようやく司令ステーションの隣の椅子に腰をおろした。被害は出たが、おれの予想よりうまくやっている。おれたちは、生きているばかりか、異星人艦の一隻に重大な損傷を与えた。

こんなうまい状態が続くはずはない。

「艦長」プロクター中佐がグレンジャーの隣ににじり寄って、話しはじめた。「敵はここに到着したら、あの武器を使うでしょう――月面基地を破壊した武器です」

「そうだろうな。だから、どうするべきだと言うのかね、中佐？」と、グレンジャー。必要以上につっけんどんな返事だったが、わかりきった事実を述べられても、ほかに反応のしようがない。

プロクターは、グレンジャーの口調に気づかなかったか、気づいても気にしなかったらしい。好ましい態度だ――感情を抑制し、個人に向けて発散させたりはしない。

「わたしに、科学ステーションのクルーと一緒に仕事をさせてください。全データを分析し、あの武器に関するものを抽出します。なんらかの解決策を見つけます」

グレンジャーがうなずくと、プロクターはブリッジ後部の科学ステーションへひっこみ、まわりに数少ないクルーを集めた。ホーズがグレンジャーを振り返った。

「ピアース部隊長に通信できます、ティム。いいタイミングだ――見てください」ホーズはスクリーンを指さした。

グレンジャーはスクリーンを見あげた。

異星人艦隊が到着したところだった。いまでは全部で六隻しかおらず、艦体外殻から小さな緑色の船梁がいくつも突き出ているところを見ると、敵も快調とは言えないようだ。

34

地球の月付近
―ISS〈ウィンチェスター〉ブリッジ

アイザクスン副大統領は神経質に、自分の椅子の端を指でコツコツと叩いた。無力感が腹立たしい。

「技術者連中は、まだ仕事をすませられないのか？」と、アイザクスン。いらだたしげにスクリーンを見つめた。ひどく近づいた異星人艦隊の映像が出ている。「量子結合器の設置に、どれだけ時間がかかるんだ？」

ディ艦長は顔をしかめた。

「あと、ほんの数分です、ミスタ・アイザクスン」

「数分もたてば、敵はここに着いてしまうぞ！」

その言葉を強調するかのように、スクリーンいっぱいに緑の光がきらめいた。アイザクスンは椅子のなかで跳びあがった。

「いったいなんだ、あれは?」

スクリーン上の映像が答えになった。遠くに集まっている点のひとつが、もういちど〈コンスティテューション〉に集中砲火を浴びせ、ビームを艦体に深く食いこませた。

「なんらかの指向性エネルギー兵器のようです。明らかに、レーザーではありません」と、センサー士官。次に視線を上げたとき、顔から血の気《け》が引いていた。「艦長、反物質特性が表示されています！　大変な高エネルギーで——高度に集束したガンマ線とX線、高流量の反ホウ素イオンもあります！」

アイザクスンには意味はわからないものの、いいニュースには聞こえなかった。いったい、技術者どもは何を手間取っているのだ?

「艦長、われわれは——」

デイ艦長がアイザクスンをさえぎった。

「Qジャンプ・エンジンがオンラインになりました、副大統領。しっかりつかまってください」

さらに数分がたち、小さな光点の集まりだった異星人艦隊は巨大な怪物に変わった。

すべての艦が〈コンスティテューション〉と〈カンタス〉めがけて邪悪なビームを発射しはじめた。なんてこった。ロシア人は大群《スウォーム》との接触を決めたとき、いったい何を考えていたんだ？

　異星人艦から吐き出される何百という戦闘艇と交戦するために、統合防衛軍の二隻の巡航艦から何十もの艇が出て、群れをなした。戦闘艇の大きさは、両者とも同じくらいだ。アイザクスンは艦長を見た。

「用意――」ディ艦長は自分のコンソールに目を据《す》えたまま、航法士を指さした。「――Qジャンプ・エンジンをかけろ」

　展開する戦闘を映し出していたスクリーンが閃光を発し、次の瞬間、見慣れた青と緑の安全な地球の姿が広がった。

　アイザクスンはため息をついた。

　ボロディン大使を振り返った。ブリッジに入ったときから、アイザクスンのすぐそばに立っている。

「われわれの仕事ができたようだな、ユーリイ」

　たしかに、仕事だ。いまの戦いが終わったら、異星人艦隊はまっすぐ地球へ襲来する。早ければそれだけ、エイブリーを大統領執務室から追い出すのに役立つ。

だが、統合防衛軍が敵を阻止できなかったら……、まあ、そのときは代替案を作ることになる。

35

地球の月付近
X-25戦闘艇のコックピット

ジェシカ・ミラー大尉は力をこめて操縦桿を引き、急激にGがかかって身体が座席に押しつけられると、うなり声をもらした。頭上で星原がくるくるまわる。一時間の短いトレーニング・セッションのあいだに肝っ玉《ボールジー》が教えてくれた技を、使わなければならない——ダッシュボードの一点に目を据《す》え、回転する星原を視野の端に追いこむ。

「尻振り《フィッシュテイル》！　艇を安定させろ！」ジェシカのヘッドセットから、肝っ玉《ボールジー》の声が聞こえた。ジェシカは操縦桿を押し下げ、警告の理由を悟った。大群《スウォーム》の戦闘艇が三艇、砲口をぎらぎら光らせて向かってくる。ジェシカは必死で操縦桿についている引き金を握りしめ、続けざまに発砲した。

「左へ曲がってから、宙返りして隊形を組みなおせ！」と、ボールジーの自信に満ちた声。少しばかり音量が大きすぎるが、励まされる。ジェシカは言われたとおりにし、ついでに先頭のスウォーム艇におまけの砲撃を浴びせた。視界の端に、ボールジー艇が急降下して、二艇の敵艇をねらい撃ちする様子が映った。機動戦闘艇部隊のもうひとりの新人熱気箱《ホットボックス》が、三艇目を爆破した。

「ナイスショット、ボールジー」通信器から田舎町《ドッグタウン》の声がした。

ジェシカは危険をおかして、窓に大きくのしかかる異星人艦にチラリと目を向けた。いくつもの巨大なベイから何十もの戦闘艇がどっと吐き出される光景に動揺し、たじろいだ。巨大な航宙母艦の外殻に開いたベイ内部は、不快な薄緑色に照らされ、なんとも不気味で恐ろしい。近くで起こった爆発が、いちばん近くの艦を照らし出した。恐ろしいことに、爆発の光は〈コンスティテューション〉から出ていた。異星人艦から飛び出したゆらめく緑の殺人ビームが〈コンスティテューション〉の外殻を直撃して深く食い入り、爆発が火花や炎を噴き出している。

「獲物に向かえ、フィッシュテイル！」ボールジーの声がした。

ジェシカがくさび隊形を維持するために急カーブを描くと、次の標的が見えた。〈コンスティテューション〉のレーザー砲塔のひとつに接近する、単独の異星人艇だ。

「あいつをやっつけろ、ホットボックス」と、ドッグタウンの声。ホットボックスは左へ曲がり、敵の戦闘艇が〈コンスティテューション〉に一発も発射しないうちに爆破した。

うまくいっている。実際、あまりにも簡単だ。相手は、月面基地と、基地を守っていた艦隊を荒廃させたばかりの異星人艦隊だというのに。

トムの艦《ふね》。

ジェシカは歯を食いしばった。まだ、トムのことを考えるわけにはいかない。目が熱くなり、肩が震えはじめた。

だめ。まだ、だめ。戦いに注意を集中しなさい。生きて帰るの。ザックのために。生きて帰る。

ヘッドセットがビーッと音を立てた。戦闘艇部隊長からのメッセージだ。

「こちらはピアース。全戦闘艇は、中身を噴き出している異星人航宙母艦に向けて発砲しろ。きみたちへの命令は、航宙母艦との交戦だ。敵艦を忙しくさせ、敵艦の注意を引きつけろ。〈コンスティテューション〉と〈カンタス〉にひと息つかせてから、敵艦を一隻ずつ片づけてもらわなければならない。部隊長より、以上」

ピアースに続いて、ボールジーの声が届いた。

「聞いたな。あの二番目の艦をよれよれにして、艦の内側も外側も大掃除をさせてやろう」

ジェシカはふたたび操縦桿を引いた。くさび隊形を保ったまま上方へ曲がって、先頭の航宙母艦の上を通り、二番目の艦へ向かった。

「あの敵艇から目を離すな！」と、ボールジー。

「交戦するか？」ホットボックスが叫んだ。

「しない。標的へ向かう針路を維持しろ。目標の位置に着いたら敵艇と交戦し、その戦闘が小やみになったら、そのつど太った母艦のけつに何発かぶちこむ」

異星人の強烈な砲火がジェシカの艇の窓を照らし、反射的にジェシカは首をすくめた。さいわい、同時に操縦桿を引き下げたので、艇は射線の下にもぐりこみ、敵艇はフォルツ大尉の発射した数発の砲弾を受けて爆発した。

「ありがとう、ボールジー」ジェシカは言って、ひと息ついた。

すでにジェシカの艇の窓いっぱいに、異星人の航宙母艦が広がっていた。奇跡的に、追ってくる戦闘艇はいない。

「いいか、みんな」フォルツの声がした。「あの母艦を思いきりぶちのめせ。向こうが蚊《か》を叩きつぶす前に、どれだけ向こうを怒らせられるか、見てみよう」

三艇はくさび隊形を崩さず、敵艦の外殻めがけて全力で砲を連射した。敵艦のどこに影響を受けやすいシステムがあるかは知らない。それを言えば、敵の武器がどこに設置されているかもわからない。だが、敵の戦闘艇の第二陣が現われるまでに、母艦の外殻は戦闘艇のあらゆる武器を浴びせられた。

敵戦闘艇の第二陣が現われた。

「くそ。ドッグタウン、こいつを攻撃するから、手伝ってくれ。新米ども、ドッグタウンのために、敵艦の兵器周辺に砲火を浴びせろ。行くぞ」

ボールジーの荒々しい息づかいが聞こえる。無理もない。少なくとも十二艇のスウォーム戦闘艇が、砲口を赤熱させて疾走してくる。ボールジー艇は向きを変えて稲妻のように急降下し、敵艇を次々と破壊した。ボールジーが破壊できなかった敵艇は、ドッグタウンが片づけた。ジェシカとホットボックスはボールジーの決死の突撃から逃れようと乱暴に向きを変えた敵艇をねらった。

強烈な緑の光が艇の窓を満たし、ジェシカはぎゅっと目を閉じて小さな叫び声を上げた。こわごわ目を開《あ》けると、窓が異星人のエネルギー兵器の強烈なまぶしさを緩和していた。ビームの跡を目で追うと、先端が〈コンスティテューション〉の艦体に深く食いこみ、外殻に巨大な火球が噴き上がっている。

〝老鳥〟の右舷側面に開《あ》いた穴から、炎と残骸が噴き出し、ジェシカの胸に恐怖が湧き上がった。

ここからじゃ、まに合わない。

ザックはひとりぼっちになる。

たとえ地球が生き延びても。

何をバカな――ジェシカは指にキスすると、その指でダッシュボードに立てた写真をなであげ、航宙コンピューターに一連の指示を打ちこんだ。小さなX‐25戦闘艇の敏捷性や兵器には不慣れかもしれないけど、わたしは何年も複雑な航宙ベクトルをプログラムしてきたのよ。

「フィッシュテイル、いったい何をしてる？」

「艦を救うだけよ、ボールジー。つまらないことでガタガタ騒がないで」

ジェシカは数日前の出来事を思い出して、顔をゆるめた――長距離通信ステーションを使っていて、ボールジーに〝まだ終わらないのか〟とうるさく言われたときも、同じ言葉を返した。

だが、考えている時間はない。さあ、ものを言うのは、わたしの反射神経だけだわ。

それと、信念と。

ジェシカは操縦桿を引き、〈コンスティテューション〉に食い入る巨大な緑のビームに向かって艇を急降下させると、ビームを包むようにまわりをぐるぐるまわりながら、ビームの出どころに向かって進んだ。

閃光とともに遠ざかる砲火を激流のように連射し、異星人艦のビームの発生源を強打した。

「フィッシュテイル！」

ジェシカはニヤッと笑って発砲を続けた。爆発で飛んできた破片がコックピットをかすめて通り過ぎたり、窓にぶつかったりしたが、ジェシカは親指をしっかり発射ボタンに当てたまま、ゆらめく緑のビームのまわりにらせんを描きつづけ、敵艦に近づいた。

胃が痛み、ビームから離れる準備をした。あと三秒……。

そのとき、まばゆい閃光とともに、ビーム発生源が恐ろしい爆発を起こして艦体から噴き上がった。ジェシカが限界まで押そうとしていた操縦桿が抵抗し、強烈なGがジェシカを後方へ放り上げた。ハーネスで引き止められたジェシカは、頭部に血が集中して意識を失いそうになった。

だが、ジェシカは戦闘艇の姿勢を制御し、くさび隊形に戻ろうと艇を下方へ向けながら、ちらりと振り返って自分の仕事の結果を確かめた。

緑のエネルギー・ビームは消え、発射していた敵航宙母艦の外殻には電弧《アーク》や火、染み出た粘液などが広がって揺れている。まるで艦そのものが血を流しているかのようだ。

「フィッシュテイル……」ボールジーが言葉を探して言いよどんだ。「とてつもなくバカな真似だったな」

「ありがとう」と、ジェシカ。フォルツの声に畏怖の色があった。

またしても敵戦闘艇の群れが向かってきた。ジェシカたちは、ふたたび連射しながら砲撃戦のまっただなかに入ると、艇体をひるがえし、敵の攻撃を縫って虐殺を切り抜けた。

ジェシカは、信じられないほど無分別な作戦行動で敵のエネルギー兵器を破壊したあと、まだ血管内で大量のアドレナリンが脈動していた。だが、統合防衛軍の戦闘艇が三艇、敵の砲火に撃たれて爆発し、急速に冷えた煙と残骸に変わる様子を見ると、また胃が痛くなった。

「このなかを通り抜けるの？」ジェシカはつぶやいた。なかば自問、なかば分隊仲間に向けた問いだ。

「血まみれの奇跡が必要だな」と、ボールジー。

36

地球の月付近
ＩＳＳ〈コンスティテューション〉ブリッジ

異星人のエネルギー・ビームの集中攻撃で艦が揺さぶられ、震動した。その前に、突然の衝撃でブリッジ内のほとんど全員が足をすくわれ、転倒していた。グレンジャーは椅子の肘かけにしがみつき、ホーズは目の前のコンソールに頭から突っこんで、鼻と顔を血だらけにした。

悲鳴と爆発と破片が空中を舞った。

グレンジャーは戦術ステーションを指さし、一人だけ席から転がり落ちずにいた士官にどなった。

「電磁投射砲発射、展開幅最大！　迎撃兵器の活動を開始しろ。急速パルス砲すべてを発射！　防御活動の様子を見せてくれ！」

戦術ステーションに士官が一人しかいなかったにもかかわらず、なぜか命令は的確に実行された。グレンジャーがスクリーンを見ると、迎撃用急速パルス砲が発する白と赤の筋が躍動していた。火花の嵐のように飛びかい、異星人艦のエネルギー・ビームの衝撃をやわらげているようだ。

ひと息つけるようになったあいだに、ブリッジ・クルーの大半は自分たちの席に戻った。

「戦術士、状況を報告しろ！」と、グレンジャー。

「機動戦闘艇部隊が、異星人艦隊と交戦中です——異星人艦も、自分たちの戦闘艇を送り出しました」と、戦術士。

「艦長、〈カンタス〉のアーガス艦長から通信が入っています」通信士が言い、グレンジャーのコンソールに音声通信を転送する処置をした。

グレンジャーが受信ボタンを叩くと、スピーカーから大音量でアーガス艦長の声が響いた。

「ティム、本艦の機動戦闘艇が激しい攻撃を受けている。われわれも、敵艦隊のほかの艦と交戦して、戦闘艇にかかる圧力を軽減したほうがいい」

「だめだ。〈カンタス〉は先頭の敵艦を攻撃することに専念してくれ。敵の母艦をひとつずつ片づけて――」

「この人でなし！　戦闘艇が次々とやられているんだぞ！　われわれの掩護が必要だ！」

　クルーにはグレンジャーの表情など見えないが、グレンジャーは顔をコンソールに向けて冷笑した。

「アーガス、この任務の責任者が誰か、忘れてはいないだろうな。わたしの命令は有効だ。〈カンタス〉は先頭の敵艦に攻撃を集中しろ。あの艦が爆発したら、次の艦に移る」

　スピーカーは沈黙した。〈コンスティテューション〉は敵の発するエネルギー・ビームの打撃を受け、あいかわらずゴロゴロと低い音を立てて揺れている。ありがたいことに、急速パルス砲が艦を防御しはじめてから、敵の攻撃は前ほど強烈には感じられない。

「艦長！　先頭の敵艦が！」

　グレンジャーはすばやくスクリーンに視線を戻し、微笑した。

　電磁投射砲の集中攻撃を受けて、異星人艦の表面では何十……何百という小さな爆発が起こっていたが、ついに右舷側の半分が大爆発を起こした。残った左半分は傾いてただよい、近くの艦に激突した。それは航宙母艦より小さい艦で、襲いかかる統合防衛軍の戦闘艇群を撃退するのに忙しかった。

衝突された艦の砲撃がやんだ。

「見えるか？　中身がもれているぞ」と、グレンジャー。「アーガス？　次の艦をねらえ。〈カンタス〉を五マーク二の位置へ移動させて、砲撃を開始しろ。グレンジャーより以上」

グレンジャーは激しく咳きこみ、胸を押さえた。ホーズが横目で見て片手を差し出したが、グレンジャーは手を振って追い払った。

「艦長、〈カンタス〉は全戦闘艇のおよそ半数を失いました。もう五十艇くらいしか残っていません」と、戦闘艇部隊長の連絡係。

「外で〈カンタス〉の戦闘艇が引き裂かれています、ティム」と、ホーズ。持ち前のうなるような声だ。

「わかっている。だが、われわれが直接、交戦すれば、われわれの艦もそうなる」

戦術士が席から跳びあがりそうになった。

「艦長！　〈カンタス〉が針路を変更しています。戦闘艇の掩護をするようです！」

「あのバカ野郎」と、グレンジャー。

「〈カンタス〉が連打を受けています」

「〈カンタス〉の装甲の状態は？」

戦術士は首を振った。

「装甲は役に立たないようです。あまり長くは――」

スクリーン上のまばゆいばかりの爆発が、戦術士の言葉をさえぎった。

〈カンタス〉がやられていた。

37

地球の月付近
ISS〈コンスティテューション〉 ブリッジ

〈カンタス〉が破壊される様子をクルーが見つめ、ブリッジはしばらく沈黙した。目のくらむ緑のビームがまだ〈カンタス〉を裂いていて、艦体の反対側から突き出ている。ビームの通り道に迷いこんだ戦闘艇が火を噴いた。

だが、嘆いている暇はない。グレンジャーは跳びあがった。

「敵艦一隻は破壊した。二隻目は部分的に壊した。あと四隻が残っている。三隻目を砲撃しろ。戦闘艇は、〈コンスティテューション〉のも、〈カンタス〉のも、われわれが攻撃しない残りの三隻に集中して、敵を忙しくさせてやれ。核魚雷の準備は、まだできないか?」グレンジャーは大声で、科学ステーションでクルーと頭を寄せて相談しているプロクターに呼びかけた。

「砲術長からの報告はまだありません」と、プロクター。

「至急、最新の報告を送らせろ」

「了解」プロクターは副長のステーションに駆け戻り、不満げにぶつぶつ言うホーズ副長を押しのけんばかりの勢いでコンソールに向かった。

スクリーンに緑の光が満ちた。新たな爆発が数階上のデッキを揺さぶり、油断していたブリッジ・クルーの半数が席から投げ出された。グレンジャーもその一人で、身体の横を強く床に打ちつけた。胸がひどく痛み、激しい咳が出て、片手で口をおおった。

口から離した手は、血で濡れていた。

激痛に悪態をつきながら、グレンジャーは手をついて立ちあがり、あたりを見まわした。オペレーション・クルーの一人は、天井を破って落ちてきた大梁《おおばり》に頭を砕かれて死んでいる。ほかの者たちの負傷の度合はさまざまだが、みな自分の席へはい戻ろうとしていた。

だが、グレンジャーの足もとの身体は動かない。

「エイブ？」

グレンジャーはかがみこんで、旧友ホーズを揺すった。

「エイブ？」もういちど呼んだ。ホーズを仰向けにすると、額《ひたい》が割れて血が流れ出ていた。胴体や腹部の傷からも出血している。大梁の端が落ちる途中で頭に当たり、爆発で落ちてきたほかの破片を身体に受けたに違いない。

グレンジャーはホーズの脈を診た。かすかだが、脈はある。

ホーズの身体の下に血がたまっていた。

おれには手当てのしようがない。

グレンジャーはあごをこわばらせて立ちあがり、大声でプロクターを呼んだ。

「核魚雷はどうした、中佐？」

「砲術長は、あとふたつあると言っています！　ふたつだけです。秒読みを始めたほうがいいでしょう。装塡《そうてん》は終わり、発射準備ができています！」

「二発とも、三隻目の敵艦に向けて発射しろ！」

戦術ステーションの核兵器担当士官が発射手続きを開始し、確認した。全員がスクリーンを注視した。

二本の排気の筋を引いて〈コンスティテューション〉を離れた核魚雷が、いちばん近い損傷した異星人艦へ向かった。またしても敵艦が緑のビームを発射し、魚雷のひとつをとらえる様子が見えた。ビームは魚雷の起爆装置を焼き、魚雷は爆発して小さな火球になった。

だが、二発目は標的をとらえ、敵艦の側面に開《あ》いていた穴に食いこんだ。次の瞬間、敵艦の爆発で映像センサーに負荷がかかりすぎ、スクリーンは真っ白になった。映像が復活すると、敵艦は五つか六つに割れて、それぞれがただよいながら離れてゆくところだった。

「もっと核魚雷が必要だ、中佐！」グレンジャーはどなった。

「すみません、艦長。あとひとつは一時間以内に用意できますが、ほかは完全に分解されています。いまある弾頭からつぎはぎして用意するには、数日かかります」

グレンジャーは口をつぐみ、選択肢を検討した。異星人艦は二隻を完全に破壊した。こちらは〈カンタス〉を失ったが、〈カンタス〉の戦闘艇の半数は残っている。核魚雷は、もうない。急速パルス砲による迎撃で、異星人の破壊的な指向性エネルギーの力はやわらげられているようだ。こちらのレーザーはまったく役に立たないが、電磁投射砲の弾丸は敵の防御シールドを通過した。

それなら、電磁投射砲を撃ちつづけるしかない。

「艦長、電磁投射砲のクルーが、そろそろ弾丸が尽きると報告してきました」と、戦術士。

「尽きる？」

「保管庫にはありますが、再装塡に数時間かかります」

ちくしょう。もう打つ手はないのか？

深い低音の響きが始まり、艦全体を脈動が走った。クルーを揺さぶる艦体破壊の騒音に、新たなとどろきが加わった。たずねなくても、これが何かはわかっている。

「それから、残っている敵艦四隻の中央に、エネルギーの発生源が現われました。大きくなっています」

38

地球の月付近
ISS〈コンスティテューション〉ブリッジ

「プロクター！　答えを出せ！　あれにどう対処する？」グレンジャーは上体をひねって、ブリッジ後部の科学ステーションを見た。低くとどろく脈動は強さを増した。次の一、二分で何が起こるか、グレンジャーは知っている。

「あれは急速に成長する人工の量子特異点です。手もとのデータに適合する説明は、それしかありません」

グレンジャーはプロクターをにらんだ。

「そんなことが可能なのか？」

「可能であろうとなかろうと、あそこに存在して、しだいに大きくなっています。ミニチュアのブラックホールで——事象の地平面は直径数ミクロン、なぜか、ある質量に達したときに、内部にとらえた物質を遠く離れた別の位置につなげて、実質的にテレポートさせます。月面基地が噴き上がった光景が、それです——月面の地下一キロのところに、突然ブラックホールが現われたのです。周囲の何十億トンもの物質が同時に崩壊すると、特異点の中心で撥《は》ね返ってブラックホールを破壊し、引きつけた物質をすべて上方へ噴き出します。一種のミニチュア超新星で——」

「**それで、どうやって止める?**」グレンジャーはわめいた。クルーにどう思われようが、知ったことか。方法を考え出すまでに一分もないんだ。

「止められません」

グレンジャーは唇を嚙《か》み、悪態をついた。コンソールを叩き、そばで死にかけているホーズを見おろした。

「ヴァルハラ宇宙ステーションに向けて、Qジャンプの準備をしろ。民間船に連絡しろ——各自、それぞれ違う方向へ向かえと」

プロクターが無表情にグレンジャーを見た。命令に逆らう気はないが、グレンジャーが言わずにすませた真実を、口に出してほしいらしい。

グレンジャーは言った。

「民間船を、ここに置いてジャンプする」と、グレンジャー。ブリッジ・クルーを見まわした。何人かが、恐ろしげな軽蔑のまなざしを向けた。グレンジャーは、〈コンスティテューション〉の退役セレモニーのあとで出会った少年のことを思い出した。コーネリアス・デクスター・エイハザライアス。三世。あの子とクラスメートたちは、〈コンスティテューション〉が逃げたと先生から聞かされて、どう思うだろう？ 無防備な民間船に大群艦《スウォーム》が近づくのを目にした子供たちの悲鳴が、聞こえるような気がした。ちくしょう、考えている余裕はない。今は。「ここで数隻の民間船を守って死ぬか、地球の上空で人類を守って死ぬか、どちらかだ」

プリンス少尉が首をかしげて言った。

「艦長、計算が完了しました」

「戦闘艇を呼び戻せ。われわれの艇と〈カンタス〉の艇で残っているものを、艦内に収容しろ」

「艦長」通信士が言いはじめた。「〈レインボー〉から通信が入っています。民間船の一隻――学童たちを乗せた船です。本艦とのドッキングを要求――」

「だめだ」グレンジャーはすばやく答えた。

「ですが、艦長、向こうは――」

「だめだと言ったんだ、大尉」グレンジャーは大声を上げた。チラリとプロクターを見た。「あれにやられるまで、どのくらい時間がある？」

　プロクターは頭を振った。

「さっき見た光景から考えると、三十秒です。最長で」

　グレンジャーは椅子の肘かけを握り、またも悪態をついた。

「外に残っている戦闘艇は、何艇だ？」

　戦闘艇部隊長の連絡係がコンソールをチェックした。

「十五艇です」

「わたしの合図で、Qジャンプを開始しろ」と、グレンジャー。時計を一瞥《いちべつ》し、頭のなかで、プロクターの計算結果をもとに十からカウントダウンした。

　あと二、三秒あれば……。

「艦長！　見てください！」戦術ステーションからディアス大尉が叫び、グレンジャーはすばやくスクリーンを見た。

　特異点が脈動し、スクリーンの処理能力を超えるまばゆい閃光を発した。

39

X-25戦闘艇のコックピット
地球の月付近

「尻振り《フィッシュテイル》、左へ離れすぎだ。くさび隊形に戻れ。心配するな。田舎町《ドッグタウン》にぶつかりはしない。仲間を信用しろ」と、分隊長肝っ玉《ボールジー》。

「了解」ジェシカはモゴモゴと答えた。実際は、ドッグタウンの艇が一分前にジェシカ艇と衝突しかけ、ジェシカが艇をわずかに左へ進めて回避したのだ。

戦いはみじめな結果に終わりそうだ。最初の数発はうまくいったものの、あとは異星人の主力艦をねらい撃ちするより、防御に忙しくなった。ジェシカは僚艇が火を噴き、爆発して飛び散る光景を何十回も目にした。

その後、戦闘宙域のまんなかに、どこからともなくチラチラ光る不思議な白光が現われた。同時に、ジェシカの身体のまわりで戦闘艇が脈動しはじめ、通信器も脈動に合わせて雑音が入った。

「異常なものには近づくなという命令だ」と、ボールジー。「おそらく、武器だ。〝老鳥〟の武器クルーが打ち負かそうとしてる」

「敵戦闘艇接近。三時の方向」ドッグタウンが口をはさみ、ジェシカはあわてて頭を起こした。新たに十二の敵艇が迫ってきて、荒れ狂う炎を発射した。

「分かれろ。フィッシュテイルはおれの左につけ。熱気箱《ホットボックス》はドッグタウンの右後方。一点に集まってから、転身して反対側へ向かう」

ボールジーの艇がジェシカ艇の前方へ飛び出した。ジェシカは、迫ってくる敵艇の群れのなかを発砲しながら突破するボールジー艇のあとに続き、砲火を集中させた。流れ弾がジェシカ艇の右翼に当たり、一瞬エンジンが止まりかけたが、艇の姿勢と針路は揺るがなかった。

「敵が多すぎて――」ホットボックスが言いかけた。

「ドッグタウンのあとについて、掩護射撃を浴びせろ」ボールジーがヘッドセットにわめいた。

「し――姿勢を維持できな――」

バリバリという大きな音に続いて、ジェシカのヘッドセットに雑音が満ちた。ダッシュボードの表示器が赤く光った。ジェシカは、すばやく首を伸ばして外を見た。ホットボックス艇が撃たれ、コントロールを失って横転を繰り返していた。噴き出す煙と炎が筋を引いている。

「なんてこと」くるくるとまわる戦闘艇が向かう先を見て、ジェシカは声をもらした。ホットボックス艇は、ゆらゆらと光を発する不思議な白い球へ、まっすぐに進んでゆく。

「ドッグタウン、おれにつけ」と、ボールジー。「フィッシュテイル、もっと近づけ。おれの動きについてこい」

だが、ジェシカにはほとんど聞こえなかった。回転しながら白光へ向かってゆく戦闘艇に目を釘《くぎ》づけにしたまま、自動操縦を使っているかのように、ボールジー艇の飛行パターンをなぞってゆく……。

ホットボックス艇が白光の渦に入ると、ゆらめく光球が目もくらむ閃光を発した。とっさに顔を伏せたジェシカが、もとどおり視線を上げたとき、ホットボックス艇も白光も消えていた。

一瞬、ヘッドセットが沈黙した。気がつくと、ヘッドセットから、さまざまなどなり声が聞こえてきた。ジェシカはショックのあまり、それを言葉として認識できなかった。

「全艇、〝老鳥〟に緊急着艦しろ！　**いますぐだ！**」

緊急着艦？　わかった。わたしはシャトル・パイロットだけど、その言葉は知ってる。戦闘艇ベイへ急行し、着陸のための減速はしない。〈コンスティテューション〉は全戦闘艇を収容したら、すぐにQジャンプできるよう、準備しているに違いない。

「聞こえたな、フィッシュテイル。すぐ、この場を離れろ！」

ボールジー艇は二艇の敵艇のまわりに輪を描き、一艇を砲撃して燃える破片に変えると、最大加速で〈コンスティテューション〉へ向かった。ジェシカは、そのあとを追った。

だが、白光のあったところに目を向けても、ホットボックス艇は見えない。

ああ、なんてこと。お願いだから、生きていて、ホットボックス――ジェシカは思った。最大加速で艇を進め、大きなGに負けずに呼吸しようともがいた。

どうか、生きていて。

コックピットが大群《スウォーム》の砲火に照らされ、ジェシカはハッと息をのんだ。ボールジー艇の砲撃をかわした一艇が追ってくる。

「ボールジー――」と、ジェシカ。

「わかってる。しっかりついてこいよ、フィッシュテイル！」前をゆくボールジー艇は、いまにも〈コンスティテューション〉の戦闘艇ベイに着陸しようというところで鋭く上方へ向きを変え、後方のジェシカ艇と敵艇を包むように輪を描いた。ボールジーは、恐ろしく正確な数発の射撃で敵戦闘艇のコントロールを奪い、回転させた。

敵艇は、戦闘艇ベイのドアの上に張り出したタングステンの装甲に衝突し、撥《は》ね返ってデッキの端に墜落した。巨大な戦闘艇ベイ内部の空気を保つエネルギー・フィールドの、すぐ内側だ。ジェシカは敵艇が墜落する最後の瞬間に、艇を正しく上方へ向け、力いっぱい制動をかけてむりやり着艦した。金属がこすれ合う音が響き、ようやく艇がベイ内で止まった。

わたしは生きてる。まず命はないだろうと思ったけど、まだ生きてる。

ジェシカのヘッドセットのスピーカーに、大きな警報が響いた。

「宙兵隊員は戦闘艇ベイへ行け！　保安警報！　飛行デッキにスウォームがいる可能性がある！」

40

地球の月付近
ISS〈コンスティテューション〉ブリッジ

「いったい、あれはなんだったんだ？」グレンジャーの目には、特異点がゆらめいて消え失せたように見えた。

だが、〈コンスティテューション〉はまだ存在している。

「艦長、特異点が消えました」と、ディアス大尉。

「どうやって？」

「損傷したわれわれの戦闘艇が、特異点と衝突したようです。戦闘艇はコントロールを失って宇宙空間を転がり、まっすぐ特異点につっこんでいきました」

プロクター中佐が科学ステーションから大きな声で叫んだ。

「戦闘艇の質量が、特異点の形成を中断させたに違いありません。普通の電磁投射砲の弾丸でも、同じことができるかもしれません」

ブリッジは静かになっていた。人工特異点がどんなエネルギーを発生させていたにせよ、壁や床板の震えはおさまっている。艦体外殻を叩いていた異星人のエネルギーの脈動は消え、一同はようやくひと息つけるようになった。

だが、長く続くはずはない。

できるだけ早く、この場を離れなければならない。

「戦闘艇は収容したか？」

「はい。残っていた戦闘艇はすべて帰投し、説明を受けています」

「では、早くここを離れよう」と、グレンジャー。航法ステーションのプリンス少尉を指さした。

「Qジャンプを――」言いかけたプリンス少尉は、ほかの声に割りこまれた。

「艦長、〈レインボー〉から通信が入っています。本艦の戦闘艇ベイに着陸させてほしいと言っています」と、通信士。チラリとグレンジャーに目を向けた。「実は、残っている民間船すべてから同じ要求が入っています」

グレンジャーは歯を食いしばった。小学生たちをここに残していくわけにはいかない。

そんなことはできない。

「よろしい」と、グレンジャー。「〈レインボー〉を収容しろ。まだ収容できれば、ほかの民間船も。少尉」航法ステーションに向きなおった。「いつでもＱジャンプを始められるよう、スイッチに指をかけておけ。わたしが合図したら、すぐにジャンプする。わかったか？」

「はい、艦長」

グレンジャーは向きを変えてスクリーンを見つめた。〈レインボー〉の後ろに三隻の小型貨物船が列を作り、〈コンスティテューション〉に乗りこんで逃げるチャンスを待っている。遠くの異星人艦隊は、まだ民間船への砲撃を開始してはいないが、宇宙空間に、また前と同じ突き刺すようなまばゆい光が現われた。

「艦長、敵はもういちど特異点を造りはじめています！」プロクターがどなった。

「わたしにも見える。電磁投射砲で何発か砲弾を撃ちこめ。また形成を止められるかどうか、見てみよう」

戦術長が砲術員の一人に信号を送ると、白い筋が数本、〈コンスティテューション〉から飛び出して特異点へ向かった。特異点はゆらめき、やや明るさを増したが、安定している。

「もういちどだ。装填《そうてん》してある砲弾を、すべてぶちこめ」

　戦術長がまた信号を送り、〈コンスティテューション〉の艦首から前よりもたくさんの筋が発射された。またしても特異点はゆらめき、今度は明らかに前よりも強い光を放った。

「砲弾は、特異点を太らせているようです」と、プロクター。スクリーンから目を離さない。

　グレンジャーは悪態をついた。

「それなら、できあがるまでの時間は前より短いな」スクリーンに目をやると、まだ二隻の貨物船が〈コンスティテューション〉に接近して進んでいる。「〈レインボー〉は収容したか？」

「はい、艦長」

「残りの民間船に通信して、散らばれと言え。全速力でだ。地球から離れるほうがいい――異星人が民間船を追うとは、まず考えられない」

「了解」と、通信士。

　グレンジャーは通信ステーションが民間船団の残りに警告するまで待ち、それからプリンス少尉を指さした。

「Qジャンプ。〈コンスティテューション〉を、ここから脱出させろ」

プリンス少尉がQジャンプの開始ボタンを叩くと、空中にゆがみが発生した。Qジャンプの前兆だ。艦のまわりに量子場が形成され、周囲の空気がチラチラ光った。一瞬後にスクリーンの映像が変わり、異星人艦隊は消えた。

何もない宇宙空間が映っている。

「ヴァルハラ・ステーションはどこだ?」グレンジャーはつぶやいた。

41

地球付近

ISS〈コンスティテューション〉飛行デッキ

　ジェシカ・ミラーはハッチが開くと同時にコックピットから跳び出し、技術クルーが戦闘艇に寄せてくれた踏み台を、転がるように降りた。降りるあいだに、装甲をまとった宙兵隊の一小隊がアサルトライフルをかまえて、そばを駆け抜けた。

「**全員、離れろ！**」先頭の男が叫んだ。ハンラハン大佐だ。宙兵隊は煙を上げる大群《スウォーム》戦闘艇の残骸に駆け寄った。ジェシカたちを追ってきて〈コンスティテューション〉の外殻に衝突し、デッキに墜落した艇だ。入りこんだスウォーム艇は、あまり恐ろしくは見えなかった。半分はめちゃめちゃに砕かれた金属の固まりで、残り半分は肝っ玉艇《ボールジー》の連射を受けて穴だらけになっている。だが、飛行デッキに異星人がいると思うと恐ろしく、ジェシカは走って任務報告室へ向かった。〈カンタス〉の動転したパイロットたちに囲まれた戦闘艇部隊長ピアースが、〈コンスティテューション〉のパイロットたちに、ロッカー・ルームへ戻るよう、手で合図した。

ジェシカの頭はすっきりしていたが、足取りは重かった。自分が生きていることを、大声を上げて祝うべきか、戦死した仲間を悼《いた》むべきか、わからない。祝うのは早すぎる……それに、考えてみれば、喜べることなんて皆無に近い。混雑した戦闘艇ベイをチラリと振り返ると、〈カンタス〉の無事だった戦闘艇すべてを収容したらしく、艇の数が増えている。だが、〈コンスティテューション〉の戦闘艇パイロットの半数以上が命を落とした。

熱気箱《ホットボックス》も、その一人だ。航宙学校《フライト・アカデミー》を出たばかりの若者だった。活気と熱意と強い魅力にあふれていた。ホットボックスが死ぬなんて、間違ってる。不公平だわ。

そこまで考えたとき、ジェシカの心はいままで押し殺してきた事実に引き戻された。考えないようにしてきた――意識したら、この飛行デッキで虚脱感に襲われるかもしれない。それに、捜索クルーが〈クライバーン〉の残骸を調べて、生存者を捜してるはずよ。

もちろん、そんな暇などあるはずがない。だが、ジェシカは夫の死について考えられなかった。いまはまだ、だめ。まだ何度も戦わなければならない。わたしは無事に、ザックの待つ家に帰らなければならない。

「尻振り《フィッシュテイル》！」ボールジーが跳ねるように近づいてきた。

「あら」

田舎町《ドッグタウン》も加わり、三人は呼び戻されるまですわって休もうと、ロッカー・ルームに退避した。ジェシカはドッグタウンを見た。年長のパイロットで、四十代なかばだろうか——二十代前半のジェシカやボールジーとは、いかにも対照的だ。

ロッカー・ルームは静かだった。以前の半分しか人がいない。数人のパイロットがベンチにすわり、両手で頭を抱えている。

ドッグタウンが自分のロッカーをなぐりつけ、悪態をついた。何度も続けてなぐり、指の関節から血が出た。

「やめろ」と、ボールジー。「手を傷つけたって、あいつは戻ってこない」

ドッグタウンは崩れるようにベンチに腰をおろした。

「あいつは二十歳だった。くそ、おれの息子と同じくらいだ。ほんの子供だったのに」

ボールジーはうなずいた。ボールジー自身、ホットボックスより大して年上でもない。ボールジーは自分のロッカーから小さな瓶《びん》を取り出し、ドッグタウンとジェシカのあいだにすわった。

「ホットボックスに」と、ボールジー。小瓶のふたをまわして開《あ》け、瓶を高く上げた。中身をひとくち飲んで、瓶を二人にまわした。中身は酒で、ジェシカは喉を焼く刺激にひるんだ。

つかのま、三人は黙りこみ、入ってくるほかのパイロットたちを見つめた。放心状態の者もいれば、アドレナリンが出たまま興奮がおさまらない者もいる。だが、みな目の奥に暗い苦悩の色をたたえていた——死を目《ま》の当たりにした者の顔だ。

「あの人は、なぜホットボックスと呼ばれたの？」ジェシカはボールジーに顔を向けて、たずねた。「なぜ、そういうコールサインになったの？」

ボールジーは微笑した。

「笑える話だ」と答えて、まわりのパイロットたちを見まわした。笑える話をしていい雰囲気かどうか、見きわめたかったのだろう。「本人がみんなに聞いてほしかった表向きの話と、それとは違う本当の話がある。表向きは、こうだ——あいつが乗艦して一カ月たったころ、ある夜、遅く、最先任上等兵曹がシャワー室に入ったら、あいつがマリファナを吸ってた。シャワー室は煙でいっぱいだった。踏みこんだだけでハイになるほどだったとさ。それで、ホットボックスだ」ボールジーは肩をすくめた。

「いまのは、本人がまわりに、そう思ってほしかった話でしょ？　麻薬なんか使ったら、除隊になるはずよ」ジェシカは、信じられないとばかりに頭を振った。

「まあ、本当の話は、もう少し……エヘン、困った内容だからな。実際は、あいつは一晩じゅうシャワー室に入ってたが、携帯用長距離通信器を持ちこんでたんだ。ほら、小さい箱で、艦の通信装置を経由しなくても、数十万キロ先の相手と映像入りで通信できるやつ」ボールジーは両手で十数センチ四方の四角を作り、箱の大きさを示した。

「あら、そんな……」ジェシカは言いかけた。

「そうなんだ」ボールジーは笑顔で答えた。「サンディエゴにガールフレンドがいて、まあ、その夜はシャワー室で会話しながら、盛り上がった――と言っておこう。最先任上等兵曹がそのシャワー室に入ったとき……そういうわけで、ホットボックスだった」

ボールジーはクスクス笑った。ジェシカはグルリと目をまわした。

「で、最先任上等兵曹は？　どうしたの？」

ボールジーは声を立てて笑った。

「そのままシャワーを浴びにいった。ホットボックスに声をかけようとはしなかった。

ホットボックスは行為を続けた——最先任上等兵曹が入ってきた音が、聞こえなかったんだ。ことが終わってから、自分が一人じゃなかったことに気づいて、黙っててくれと最先任上等兵曹に泣きついた。そして、代わりに他人に話せるおもしろい話として、マリファナがどうとかという話を作り上げたんだ。それで……結局、明らかに両方の話が出まわった。そのほうが、ずっとおもしろくなるからな」

ジェシカはフンと鼻を鳴らした。

ボールジーは笑い、手の甲で目を拭った。

「よし。シャワーを使え、フィッシュテイル。またすぐ呼ばれるし、自分の体臭がしみこんだコックピットに入って飛ぶのは、最悪だからな」

「あなたのは、どうして決まったの、ボールジー？ コールサインのことだけど」

ボールジーはきどった笑みを浮かべた。

「〝肝っ玉《ボールジー》〟があるからさ、もちろん」

ドッグタウンがボールジーを指さして言った。

「こいつは、〈コンスティテューション〉がＱジャンプしようとしているまさにそのときに、Ｑジャンプ・フィールドに押し入った、史上初で唯一のパイロットだ」

「そんなこと、不可能でしょ？」

ドッグタウンは首を振った。

「不可能じゃない。信じられないくらい危険で、ばかげたことだけどな。量子場は、いつ実体化するかわからないから、戦闘艇が前半分だけフィールド内に入っているときに実体化すれば、艇はふたつに切断されて、半分は一緒にジャンプし、残りの半分は置いてきぼりにされる。このボールジーは——」親指でボールジーを指し、言葉を続けた。「——何年か前、ヴァルハラ宇宙ステーションで、頻繁にガールフレンドと逢いびきしてたんだ。で、ことが少しばかり長引いて——」

「まあ、言ってみれば——だ」ボールジーが口をはさみ、ニヤッといたずらっぽい笑顔を見せた。

「——〈コンスティテューション〉がQジャンプで離れようとしてることに、気づかなかった。そこでボールジーは、ズボンを上げると艇に跳び乗り、〝老鳥〟めざしてつっぱしり、間一髪で量子場を通り抜けた。〈コンスティテューション〉がエウロパ・ステーションに現われたとき、戦闘艇ベイの閉じたドアに向かって飛んできたこの小さなX‐25戦闘艇も、ほかの艇と一緒にいた」ここで、ドッグタウンは含み笑いをした。「で、ホーズ中佐——あの老いぼれの酔っぱらいに、こっぴどくどやされた」

「ボールジー」ジェシカはフォルツに向かって片眉を上げた。

「ああ、そのとおりだよ」ボールジーは頭をドッグタウンのほうへ傾けながら、ジェシカを指さした。「だが、おれは、ここにいるわれらがフィッシュテイルの半分も、度胸はない。敵艦の武器の発射口に向かって離れ業《わざ》を演じただろ？　敵のビームのまわりに、らせんを描いて。頭がおかしくなったかと思った。おれの肝っ玉をちょん切るくらい、めちゃくちゃな芸当だったぞ」

ジェシカは肩をすくめた。

「ええ、まあね。連中には当然の報いよ」

ボールジーはニヤッと笑うと、身をくねらせて汗まみれのシャツを脱ぎ、シャワーの個室に入りながら言った。

「フィッシュテイル、あんな芸当を続けられたら、おれとコールサインを交換しなきゃならなくなるぞ」

ドアからピアース中佐が入ってきて、ロッカー・ルームに沈黙が降りた。

「戦闘艇部隊長が入室されたぞ！」ピアースの近くのパイロットが叫んだ。

「ありがとう」と、ピアース。「今日のきみたちの外での活躍は、まるでロックスターのようだった。最高にまばゆかったぞ。みな、誇りに思うべきだ」いったん言葉を切り、唇を噛《か》んだ。「戦死者たちのために、黙禱《もくとう》しよう」

ロッカー・ルームに完全な沈黙が降り、みな頭を垂れたり、涙を見せまいと顔をそむけたりした。

　まもなく、ピアースがあらためて口を開いた。

「すまないが、いまはこれしか時間がない。あとで、ちゃんとした式典を行なおう。いまは戦わなければならない。異星人は地球へ向かって進んでいる。一時間以内に、また敵と交戦することになりそうだ。〈カンタス〉の戦闘艇パイロットも収容したから、われわれの各分隊に加えて、交代で出撃させることになる。チーム・リーダーは全員、十五分後にわたしのところへ来るように。残りの新米パイロットたちは、訓練担当者についてシミュレーターで訓練しろ。次の交戦まで、シミュレーターから離れないでほしい」

　ピアースはロッカー・ルームを出ようとドアに近づいたが、振り返った。

「あの〝おもらし野郎〟どもを打ち負かすぞ。今日のきみたちの活躍から見ると、敵に望みはない」

　ピアースは出ていった。ジェシカは身体にタオルを巻いて、シャワー室に入った。部隊長は、わたしたちをいい気分にさせるために……死ぬ前に安心させるために、檄《げき》を飛ばしたのかしら？　それとも、本気？　本当に、敵に望みはないの？

艇のダッシュボードに立てた写真を思い出し、ジェシカは決心した――わたしたちには望みがある。わたしたちは生き延びる。なんとかして生き残る。

42

地球の月付近

ISS〈コンスティテューション〉ブリッジ

「われわれは地球を通り過ぎました、艦長」航法ステーションでクルーと話し合った士官が、報告した。

「どうしてだ？　きみが計算したんだろう」これは受け入れがたい。グレンジャーの頭に血がのぼった。

「特異点に重力がゆがめられて、距離の数値が大きくなったに違いありません。計算に使った空間計量と実際の数値がわずかにずれただけですが、真空波動関数との結合が解けて量子場の状態が確定したときは、予定の位置から数十万キロずれてしまったようです」

グレンジャーは息を吸いこみ、胸の痛みを無視した。われわれは無事だ。とにかく、いまのところは。

だが、地球は違う。

〈カンタス〉に起こったことを考えれば、異星人艦隊の侵入後に統合防衛軍がかき集めた防衛軍など、敵はあっというまに片づけてしまうはずだ。

そして、異星人はすぐ地球に着く。

グレンジャーは通信ボタンを叩いた。

「スコット中佐、コンデンサーの状態はどうだ？　次のQジャンプは、いつできる？」

通信機のスピーカーからレイナ・スコット機関長の声がとどろいた。

「いまは、へたばっています、艦長。ジャンプできるほど蓄電するには、少なくとも数時間かかるでしょう」

「短距離ジャンプでも？」

「そうです、艦長。少なくとも五十ペタジュールは必要ですし、パワー・プラントは乱闘中に被弾しました」

グレンジャーは航法ステーションを振り返った。

「よし、地球へ向かえ。全力推進だ。最初の半分は全力燃焼、残り半分は完全に燃焼停止」

グレンジャーの司令コンソールにある通信パネルに、各部署から通信が入った表示が次々と並んだ。責任者たちが、なんとかグレンジャーと話そうとしている。グレンジャーは飛行デッキのピアース戦闘艇部隊長の通信を選んだ。

「なんだ、ピアース？」

「艦長」ピアースの声が、近くの何十人というパイロットのどよめきにまじって聞こえた。「報告します――ハンラハン大佐と宙兵隊員を飛行デッキへ呼びました。大群《スウォーム》の戦闘艇が、飛行デッキに墜落しましたので」

グレンジャーは座席から跳びあがった。

「艦内にか？　状況は？」

「われわれは無事です、艦長。敵の艇は何発も撃たれていて、墜落で半分は砕けています。なかの者が生きている見こみは、ありません。しかし一応、ハンラハンを呼びました。安全第一ですから」

「見事だ、部隊長。わたしも、すぐそちらへ行く。わたしが行くまで、スウォーム艇には誰も入るな。グレンジャーより、以上」グレンジャーは通信ボタンを叩いた。「ドクター・ワイアット、こちらブリッジ」

「ワイアットです」

「ドクター、五分後に飛行デッキへ来てくれ。わたしも行く。スウォーム艇が飛行デッキに墜落した。きみにも見てほしい」

「了解」

グレンジャーは通信を受ける別のボタンを叩き、機関部からの悪いニュースに備えて気を引きしめた。

「艦長」スピーカーからスコットの声が響いた。「第三エンジンは、まだ問題があります。数時間前に始動させたばかりですが、戦闘中に打撃を受けました」

グレンジャーはうなずいた。

「パワーはどのくらいだ、レイナ？」

「四十パーセントです。五十までは出せるかもしれません」

「わかった。フル・パワーを復元できるよう、作業を続けてくれ。まもなく、地球上空でわれわれが必要とされそうだ」控えめな言いかただ。破壊の跡を抱えたこんな深刻な状況なのに、軽い冗談で運命に挑むなんて、われながら不謹慎だぞ。厚さ十メートルの堅固なタングステン装甲があっても、異星人の指向性エネルギー兵器は艦に大混乱をもたらした。ビームは装甲を切り裂き、つらぬいて前部区画へ直進し、数多くの命を奪った。

あまりにもたくさんの命が失われた――司令ステーションの画面で損害報告をスクロールしながら、グレンジャーは思った――ホーズ。

グレンジャーは鋭く、友人が倒れた場所を振り返った。

ホーズの姿はなかった。

「ホーズ中佐はどこだ？」グレンジャーは、落ちた大梁《おおばり》の下から技術士を引き出すのに忙しい当直士官にたずねた。

「医務室へ運びました。息はあります……かろうじて」

ホーズを見舞わなければ……。長年、一緒にいてくれた、ただ一人の友だ。おれに忠実な、ただ一人の士官……おれの行くところなら、その先はない任務であっても、ついてきてくれた。

「プロクター中佐、ブリッジをまかせる」と、グレンジャー。ブリッジを出ようと、向きを変えた。「十五分で戻る。戻ったら、電磁投射砲の再装塡《そうてん》に関する最新情報を報告してもらうぞ。残りの戦闘艇も、使えるように準備しておくこと。それと、エンジンをフル・パワーで使えるように戻せ、ちくしょう」厳しい表情でプロクターを振り返ったが、気さくにうなずいてみせた。「全部のみこめたか？」

「十五分でですか？　十分で実行します」と、プロクター。最小限度の笑みを見せた。

グレンジャーはブリッジを出て、気をつけの姿勢で立つ二人の宙兵隊員に敬礼し、通路を進みはじめた。命令を伝えるプロクターのどなり声が、ブリッジの外にまで聞こえていた。

くそ、よくできた中佐だ。エアロックから外へ放り出さなくて、よかった。

43

地球付近
ISS〈コンスティテューション〉飛行デッキ

グレンジャーはドアを突き破らんばかりの勢いで、戦闘艇ベイに入った。なかに人は、ほとんどいない。空気が外の宇宙空間へもれるのを防ぐ、ゆがんでぼやけたフォース・フィールドの近くに異星人艇の残骸があり、装甲に身を固めた十二人の宙兵隊員が半円形に並んで、それを囲んでいる。戦闘艇の一部がフォース・フィールドの外へ出ていて、戦闘艇ベイの巨大なドアが閉まらなくなっていた。

「艦長、艇内に生命体の反応はまったくありません」と、ハンラハン大佐。どら声で口ひげを生やした、古い大群《スウォーム》戦争のホロビデオから出てきたような男だ。装甲は、なめらかでつやのある素朴な造りだ。握っているアサルトライフルは、自分で改造したものらしい。

「こいつをドアから離して、なかへ入れる必要がある。技術長？」ハンラハンは、ブリーフィング・ルームから戦闘艇部隊長ピアースと一緒に入ってきた技術長を振り返った。

「こいつを、この位置から移動させてほしい」

「了解。液圧応用機械のクルーを呼んで、作業させます」と、技術長。ベイ後部の、ごく少数の技術クルーが戦闘艇を準備しているところへ向かった。

ピアース中佐は腕組みして言った。

「艦長、あの残骸を戦闘艇ベイに置いておくのは気が進みません。なかのスウォームが本当に死んでいると、どうしてわかります？ 外へ押し出して、忘れてしまうことはできませんか？」

グレンジャーは首を振った。

「だめだ。手に入る情報すべてが必要だ。次の戦闘をうまく切り抜けて、地球へ向から敵艦隊を撃退したら、統合防衛軍情報部は手つかずの標本をほしがるだろう。これは、入ってきたときと同じ、ほぼ手つかずの状態だ」

「しかし、配備されている次の戦闘艇のどまんなかに、やつが飛び出して、この戦闘艇ベイで地上戦を始めたら、どうなります？」

ハンラハンがうなり声をもらし、ライフルをなでた。

「われわれが、その事態に備えています、部隊長」

グレンジャーはうなずいた。

「いや、きみの言うとおりだ。確認しなければ」グレンジャーは監視コンピューターを見あげ、通信回線を開くよう指示した。「ドクター・ワイアット、まだ来られないか？」

ホーズの治療に忙しいはずのワイアットを呼び寄せるのは、なんとも気が進まないが、ほかにどうしようもない――スウォーム艇のなかの生き物が間違いなく死んでいることを、確認しなければならない。

「一分で着きます、艦長」と、ワイアット。

まもなく、戦闘艇ベイ後方のエレベーターからワイアットが出てきた。

「なにごとですか、ティム？　わたしは大勢の患者を置いてきたんですよ」

グレンジャーはスウォーム艇を指さした。

「あれを開《あ》けなきゃならん。なかの者が死んでいるかどうか、きみに確かめてほしい」

ワイアットは青ざめ、はっと息をのんで、うなずいた。グレンジャーは身ぶりで宙兵隊員たちに、スウォーム艇の側面の小さなハッチを開けるよう指示した。ハッチは円形で、人間がかろうじて通れる程度の大きさだ。スウォームの個体は、どのくらいの大きさだろう？

ハッチが開くと、すぐさま濁った緑色の物体が流れ出しはじめ、ハッチを開《あ》けた宙兵隊員が跳びのいた。ネバネバした、油よりも濃い粘液が、艇の側面から床へ流れ落ちた。

「ドクター？」グレンジャーは一歩、踏み出し、よく見ようとかがんだ。

ワイアットがスウォーム艇にちかづき、スキャナーを側面の開口部に向けてあちこち動かした。頭を振り、今度はハッチから流れ出た粘液にスキャナーを向けた。

「生命反応は見られません。熱も発していません。電気的な刺激もありません。化学反応も、ここの大気による酸化以外は見られません。なかに何がいたにせよ、いまは死んでいます」

ワイアットは床にかがみこみ、粘液をスキャンした。

「連中は、最悪の場合に死体を破壊する自動システムを、持っているに違いありません。死体を液化させるんです。たぶん、捕虜になるのを防ぐためでしょうね。わかりませんが」ワイアットはさらに深くかがみ、身を乗り出して、一本の指を粘液のなかに走らせた。

ワイアットはふらついた。背後へ倒れかかって尻もちをつくと、頭を振った。

グレンジャーが進み出た。

「ドクター、大丈夫か？」

ワイアットはうなずいた。

「はい。一日じゅう立ちっぱなしだったので、急に深くかがむと、血流がさまたげられて脳まで届かなくなったんでしょう——一瞬、ブラックアウトを起こしかけましたが、大丈夫です」さらに何度か頭を振ってから、床に手をついて立ちあがり、指先で粘液をこすり合わせながら、じっと見た。「これが何かは知りませんが、危険ではありません、艦長。この艇内には、生命体と言えるほどのものはいません」指先の粘液を艇体表面にこすりつけ、グレンジャーにまぎれもない当惑の表情を向けた。「さて、患者たちを救うために、医務室へ戻ってもよろしいですか？」

グレンジャーはうなずいた。

「わたしも一緒に行こう」ワイアットと一緒にドアを出るとき、グレンジャーは戦闘艇部隊長ピアースと技術長を振り返った。「あれを、どこかにしまっておいてくれ。何もさわるな——もっと詳しいことがわかるまで、生物学的有害物質のように扱え。ハンラハン大佐、常時、二人の宙兵隊員を見張りにつけろ——誰もいじらないようにな。わかったか？」

残っていた三人の男たちが、異口同音に「了解」と答え、グレンジャーは戦闘艇ベイを出た。ドクター・ワイアットがすぐ後ろに続き、二人は医務室へ向かった。

副長の様子を見なければならない。

ちくしょう、ホーズ、いま、おれを一人にするなよ。

44

地球の低軌道

ISS〈ウィンチェスター〉ブリッジ

ディ艦長は座席の背にもたれてすわり、安堵の息をついた。正直に言えば、艦長自身は戦闘のまっただなかに戻りたかった。仲間と一緒に戦いたい。そもそも、そのために統合防衛軍に入ったのだ――人類を守る人々のあいだにまじるために。

それなのに、いまここで、泣き言を並べる官僚や外交官、政治家、記者たちの一団を護送している。なかでも最悪なのがあの男だ。アイザクスン副大統領。この艦が〈カンタス〉や〈コンスティテューション〉のところへ戻って役割を果たせない理由を作った、張本人だ。

「副大統領閣下」ディは声に感情を表わさずに敬意を感じさせようと、力のかぎり苦闘しながら言いはじめた。「われわれはヴァルハラ宇宙ステーションに向かっております。ステーションに着けば、副大統領専用艇《エア・フォース・ツー》が地球に降ろしてくれると思いますが」

アイザクスンはブリッジ後部でロシアの大使と声をひそめて話しこんでおり、顔を上げもしない。

「副大統領閣下？」ディ艦長は、大幅に声のボリュームを上げた。ようやくアイザクスンが会話を中断し、ディに冷たい視線を投げた。

「ああ、わかっている、艦長、それはすばらしい」と、アイザクスン。横柄に手を振ってから、付け加えた。「いや、待て。ヴァルハラ・ステーションは、連中がここに来たとき、標的になるはずだ。乗艦している上院議員や閣僚たちの安全を、守らなければならない」

それと、あんたの安全をだろう——ディは思い、軽蔑した。

「直接、地球上に降ろしてくれ。ワシントンDCに。ニューヨークでもいい」アイザクスンはいったん言葉を切った。「いや、待て……そこも標的になりかねない……」アイザクスンは言葉を濁した。

「では、マイアミがいいでしょう」と、ディ。「統合防衛軍本部があり、防衛は堅固です。シャトルが出ていますから、乗客の皆さんは行きたい場所へ——」ディは思わず口をつぐんだ。ロシア大使がアイザクスンの耳もとへ身を乗り出し、猛烈な勢いで何かささやいている。なんと奇妙な光景だ。

「いや、マイアミはだめだ」と、アイザクスン。未練がましくロシア大使に目を向けたままだ。「どこか別の場所がいい。そうだな、オマハかな。あそこの宙港なら〈ウィンチェスター〉も降りられるし、地域外への移動設備がたくさんあって、要求があった場合に対応できる」ボロディン大使から目を離さない。ボロディンはうなずいた。なんとも奇妙だ。

デイ艦長はため息をついた。

「少尉、オマハへ向かえ。全力推進。再突入補助翼を開き、ブレーキ・スラスターを作動させろ」

スクリーン上で地球が迫ってきた——巨大な緑と淡褐色の北アメリカ大陸内部が、大きく四方に広がっている。何百キロも遠く離れた眼下の行く手に、オマハ宙港の外に点在する数十隻の航宙艦が、灰色の点になって見える——退役した艦や、さまざまな段階の建造中の艦だ。あと数週間……数ヵ月先には、航宙艦の建造数は二倍になる。三倍になる。よみがえった大群《スウォーム》の脅威に対抗するために、ひょっとしたら四倍になるかもしれない。

われわれが、あと数日、生き延びられればの話だが。

　ロシア大使が、またしてもアイザクスンの耳に何かささやいた。アイザクスンはうなずき、二人は後部のドアから出ていった。アイザクスンづきの二人の警護官《シークレット・サービス》が、すぐあとを追った。ディ艦長は、あらためて安堵の息をついた。

「フラム大尉」ディは通信セクションに目を向けた。「マイアミの中央軍にメッセージを送って、われわれの状態と方向に関する最新情報を報告しろ。何か不平を言うようなら、本艦の著名な客の、じきじきの命令だと言ってやれ」

　大尉はあざけるようにフンと鼻を鳴らした。ディは微笑した——あの客に腹を立てているのは、わたしだけではない。仲間がいる。

「どういうことだ、ユーリイ？」アイザクスンのひそめた声に怒りがあふれた。すぐ後ろについてくる大使にしか聞こえない、抑えた声だ。向かう先は艦長私室——なかに入って早くドアを閉じるに越したことはない。ボロディンは人前にいると、やけに言葉が無遠慮になるようだ。

「その点ですが、謹んで申し上げれば、副大統領閣下、あなたはサンクトペテルブルクにいらしたほうが安全かもしれません」

　二人は私室に入り、背後でスライド・ドアが閉まった。アイザクスンは向きを変え、ボロディンと向かい合った。

「だが、きみたちはスウォームをコントロールできなくなった！　スウォームからきみに届いたメッセージを忘れたのか？　〝おまえたちは死ぬ〟だぞ。あれはスウォームの外交上の言いまわしで、〝夕食のご招待に応じて、そちらへ向かう〟という意味だとでも？　いったい、なぜ、サンクトペテルブルクにいたほうが安全なのだ？」

　ボロディンは肩をすくめた。

「あの連中が地球に到達したとき、わたしの政府とあの連中との過去十年にわたる関係がものを言うでしょう。それに、ロシアの大都市はどれも、厳重に防衛されています——マイアミや、ワシントンや、ニューヨークよりも」

　アイザクスンは疑わしげに、じっとボロディンを見た。この男は、いったいどうやって、マイアミやほかの北アメリカの大都市の防衛状態を知ったのだ？　ロシアのスパイ活動は、どれほど大規模に広がっているのだろう？

「いいかね、ユーリィ、われわれは血と肉を備えた生身の異星人を見たことはないのだぞ。スウォームと対面したこともない。連中が地球を攻撃するなら、ロシアの都市であろうとなかろうと、大都市を全滅させるだろう。あんな爆撃を見たあとで、なぜそんなに自信を持って、連中がロシアだけ目こぼしをしてくれるなどと言える？」

　ボロディンは机に腰かけて両腕をかきむしった。

「われわれが生身のスウォームを見たことがないと、誰が言っているのです？」

　アイザクスンはボロディンの向かいに腰をおろした。

「きみたちは、スウォームを見たと言うのか？　現実の、生きたスウォームを？　統合防衛軍の者は一人も、スウォームを見ていないぞ。いちども」

「もちろん、あなたがただって見ていますよ。何十億というスウォームを」

「なに、あの艦隊か？　あの艦そのものが知的生命体だというのか？　あれがスウォームの身体なのか？」

　ボロディンはグルリと目をまわした。

「スウォーム戦争で捕獲した何隻もの敵艦のなかに、何がありました？」

「何もない！　粘液だけだ。連中が死ぬか、自爆するか、逃げたあとに……とにかく、消えたあとに残した粘液だ」

「そのとおりです。その粘液がスウォームだったのです。われわれが超空間信号を通して連中を制御できることを発見したあと、二度目の大発見がそれでした」ボロディンは言葉を切り、アイザクスンに笑いかけた。「スウォームは液体ベースの生命体なのです、副大統領閣下。七十五年前にあなたがたが破壊した戦闘艇のひとつひとつに、何百ものスウォームが乗っていました。十億の何百倍……何千倍ものスウォームがいます。あの粘液は無数の兵《レギオン》なのです」

アイザクスンの背筋を震えが走った。レギオン。その言葉で、古代の民間伝承に現われる怪力の悪鬼（新約聖書にレギオンという悪霊が記載されている。ローマ兵を表わすレギオンから転じたもの）のイメージが喚起された。その恐ろしさは、現実の、人類を殺しにくる最悪の異星人にも劣らない。

「きみたちは目で見て、それを確認したのか？　実物に出会ったのか？」

「もちろんです。スウォームは驚くべき存在です、副大統領閣下。知性があり、優雅で、太刀打ちできない。実際にスウォームと肉体的に接触した最初の兵士たちは、もう、前と同じ人間ではありませんでした」

「どういう意味だ？」

ボロディンは腕組みをした。危険な状況に置かれながら、驚くほど冷静な様子だ。

「敵をコントロールできることがわかった小惑星事件のあと、われわれは会合を設定しました。一隻のスウォーム艇に、ヤルタ星区の奥にあるわれわれのステーションのひとつとドッキングするよう、指示しました」

「ヤルタ星区にコロニーを設立したのか？　いつからだ？」

ボロディンは、この質問を無視した。

「スウォームは来ました。われわれは、連中とドッキングしました。われわれは数人の衛生下士官を連中の艇に送りこんで調査させ、コンタクトを開始させました。すべて、うまくいきました。われわれはスウォームと話しました。もっとも、たがいにドッキングしていたとはいえ、つねに超空間通信を使っての会話でした。兵士たちをスウォーム艇に送りこんでも、会話の助けにもさまたげにもならないと思われました。しかし、兵士たちは、戻ってきたとき……変わっていました」

「どんなふうに？」

ボロディンはすぐには答えず、考えこんだ。

「前より賢明に、前より頭がよくなっていたのです。兵士たちのうちで戻った者は、その後めざましい速さで昇格しました。いまでは中佐になっている者も、何人かいます。一人は将官になりました」

「〝兵士たちのうちで戻った者〟とは、どういう意味だ？」

「何人かは、スウォームの要求で、向こうの艇にとどまりました」

アイザクスンは、かすかに気分が悪くなった。

「それで？　とどまった者たちは、どうなった？」

「……消費されました。スウォームが要求したのです。理由は示されませんでしたが、おそらく人類をよく知りたかったのだろうと、われわれは考えました。解剖学的事実や、脳の構造を。ロシア最高司令部は、われわれの業績を見て——スウォームからわれわれに分け与えられた知識を見て、公正な取引だと判断しました」

「それで？」アイザクスンは身を乗り出した。「犠牲に見あうものが手に入ったか？」

ボロディンは、またも微笑した。

「それは、これからわかります」

45

地球付近
ＩＳＳ〈コンスティテューション〉　医務室

「ドクター、エイブはよくなるか？」と、グレンジャー。ホーズ中佐の身体の上にかがみこんだ。エイブラハム・ホーズは重傷を負っていた。額《ひたい》が陥没している——頭蓋骨は砕けているに違いない。大梁《おおばり》を支えていた建材の一部が壊れて、ホーズの胸を刺しつらぬいている。かろうじて心臓ははずれたが、右肺は裂けていた。

「わかりません、ティム」と、ドクター・ワイアット。ホーズの命を支えている機械のひとつで、設定を調整した。「いま昏睡状態にして、脳内にたっぷりメタ皮質成分を注入しました。昏睡状態のうちに損傷を治し、腫《は》れを引かさなければなりません。それと、大量に失血したので……ちょっと、ティム、大丈夫ですか？」

グレンジャーは咳の発作に襲われて身体を折り曲げ、口の端から流れた血を拭った。肺が悲鳴を上げ、目がまわってよろめいた。

「大丈夫だ。わたしのことは心配するな」

「心配しますよ。あたりまえでしょう。もう、頑固なんだから！　仕事を続けられないようなら――」

「だめだ」グレンジャーはワイアットをさえぎった。相手の目を見つめ、思いきって言葉を続けた。「ドクター、いまはだめだ。地球が人工のブラックホールで引き裂かれるまで、数時間しかない。われわれ全員の命があやうくなっているときに、わたしの健康のことで長々と説教するのはやめてくれ！」

「それがわたしの仕事ですよ、ティム。そして、健康状態が悪化すれば判断力に影響を与えかねないことを知っておくのは、あなたの仕事です。実際にそうなったときに、あなたを解任するのも、わたしの仕事です。わかっているでしょう？」

「くそくらえだ」と、グレンジャー。新たな咳の発作に襲われ、ホーズのベッドの端につかまって身体を支えた。息を吸え――グレンジャーは自分に言い聞かせた。ゆっくりと上下する痛む胸に注意を集中し、気を静めて付け加えた。「一日だけ、くれ。わたしの精神は無傷だ。身体は傷だらけだがね。以上」

ワイアットは頭を振った。

「ティム……」

「アーマンド、頼む」グレンジャーはワイアットの目をのぞきこんで懇願した。「わたしを解任したら、プロクターが艦長になるぞ。あいつは非常に有能だが、わたしの艦を指揮させたくない。いまはだめだ。まだ。地球を救わなければならない。救えるとしたら、あと六時間が勝負だ。失敗したら、どっちみち、われわれはみな死ぬ」

ワイアットは、つかのまグレンジャーを見つめた。艦内でのグレンジャーの数少ない親友のひとりであるドクターが、グレンジャーには、妙によそよそしく形式ばって見えた。ちくしょう、おれの知っているドクターは、どうしてみんな、こう目先のことにばかり気を取られるんだろう？　いつだって、将来よりも現状に目を向ける。長期的でなく、短期的なものの見かたをする。だが、感心なことに、ワイアットはうなずいた。

「いいでしょう、艦長。われわれが明日も生きていたら、わたしはあなたに傷病休暇を取らせます」

「わかった」グレンジャーは重傷のホーズを見おろした。「いまは、副長を復帰させてくれ。そうしたら、きみを昇格させよう」重々しい笑顔を見せた。

「ホーズ副長は、たとえ明日まで生き延びても、今後一カ月はどこへも行けませんよ。

定期的に、容態をお知らせします。しかし、いまは、あなたにできることは何もありません」遠いとどろきがデッキを揺るがし、グレンジャーはもういちどベッドにつかまった。ワイアットはチラリと壁を見あげた。新たな戦死者が出ることを予想して、気をもんでいるのだろう。ワイアットが頭を振り、目をこすった——まだ眩暈《めまい》がするのだろうか？　グレンジャーがワイアットのほうへ手を伸ばしたとき、ワイアットが言った。

「ブリッジへ戻ってください、ティム。〈コンスティテューション〉が艦長を必要としています」

46

地球付近
ISS〈コンスティテューション〉ブリッジ

ブリッジの外にいる二人の宙兵隊員は、ブリッジ内から運び出された残骸を脇に押しのけたり、通信部の重要なシステムやパワー配分パネルの保安を担当する技術クルーを手伝ったりするのに忙しく、誰も艦長の到着を知らせなかった。グレンジャーは、そっとプロクター中佐の背後に近づいた。プロクターは死傷者のリストをスクロールしている。死者が二十六人。行方不明者が五人。三十人が重傷、すくなくとも八十人が軽傷。〈カンタス〉に乗っていた千人あまりの死者はもちろん、月面基地や火星コロニーの死者は十万人あまりに達する。ベラクルス星区の死者を合わせれば、何十億という数になるだろう。

プロクターが身体を震わせ、手の甲で頬をこすった。

「だんだん楽になるさ」グレンジャーが言うと、プロクターは驚いて跳びあがりそうになった。

プロクターは向きを変えてグレンジャーを見た。目が赤い。プロクターはこれまでの短い軍人生活を、本部で書類を相手に過ごし、その前は十年近く科学者として暮らしてきた。死を目《ま》の当たりにしたことがなかった。このような死は、はじめての経験だ。艦隊の者は、みなそうだ。数えきれないほどの教練や演習を行なってきたし、事故も何度となく起こった。

だが、このような大量死は、七十五年以上にわたって誰も見ていない。

「どういう意味ですか？　友人たちを葬るのが楽になるのですか？」と、プロクター。声にかすかな軽蔑の色があるが、グレンジャーはそこを無視した。

「楽になるとは言っていない。だが、友人たちの葬送は……そうだな、やりかたを学んで、先へ進みつづけるものだ。わたしは、一人の人間としては充分すぎるほどの人数を見送った」

プロクターは何も言わずに画面に向きなおり、死傷者リストを消して修理計画を出した。

「お友だちを大勢、失われたのですか？」

「うん。病死や空中サーフィンの事故ばかりではない。仕事中に命を落とした仲間たちを葬った経験のある者は、艦隊で、ほぼわたし一人と言っていい」

プロクターは身体をこわばらせ、ぎょっとした表情でグレンジャーを振り返った。

「でも、〈ホルスキー事件〉では……」

意見を述べようとしたというより、質問に近い。グレンジャーは冷静にうなずいた。

「現場にいらしたのでしょう？　責任者はみな、死亡したり、服役したり、降格されたりしたと思っていました」

グレンジャーは肩をすくめて答えた。

「とにかく、公式には、そうなっている。現実には、その後まもなくわたしは大佐に昇格し、〈コンスティテューション〉の指揮権を与えられた。わたしの戦隊はバカなことをしたかもしれないが、統合防衛軍の反応に比べれば、バカさかげんも色あせて見える。秘密裏にどんなことが進行したか、半分でも知っていたら、きみは……いや、わたしが大きなやっかいの種になりうることを、上層部は知っていた――と言うにとどめよう。誰でも知っているとおり、敵は身近に置いたほうが見張りやすいんだ」

プロクターの顔を見れば、この言葉をほとんど信じていないことは明らかだ。プロクターはグレンジャーに疑いの目を向けた。

「では、あなたを黙らせるために、上層部は、あなたを投獄せずに昇格させたというのですか？　ロシア人は、なんと言いましたか？」

「本質的には、そのとおり――わたしを黙らせるためだ。これはエイブラハム・ホーズのせいだ。秘密の軍法会議のあいだに、ホーズはドーソン元帥の執務室に跳びこんで、われわれが統合防衛軍について知っていることすべてを並べたてた。告訴を取り下げて、われわれに艦を与えなければ、これを公表すると脅《おど》した。で、上層部はその要求をのんだ。ロシア人の意見についてだが、統合防衛軍は、〝ロシア人がなんと言うか〟以上に〝グレンジャーがその気になれば何を言えるか〟を恐れているのだろう」

「あなたのご意見は？　ロシア人は、どう考えているでしょう？」

グレンジャーは、すばやく戦術ステーションに注意を向けた。新たにバリバリとアーク放電の音がして、技術士が悪態をついている。

「いまは時間がない」と、グレンジャー。「統合防衛軍のおえらがたのまぬけぶりを考えれば、新たな大群《スウォーム》の来襲がもっと早く起こらなかったことが不思議だ――と言っておこうか」

　プロクターは頭を振り、ギュッと目を閉じた。

「なぜ、わたしに、こんなことを教えてくださるのですか？」

「理由は、いくつかある。ひとつは、きみに、ホーズがわたしにとってどんな意味を持つかを、そして、大きな役割を果たした人物の後釜にすわるのがどんなものかを、知ってほしいからだ」

「ホーズ副長は亡くなったのですか？」

「いや。だが、まもなく死ぬだろう」と、グレンジャー。痛みをこらえて息を吸った。奇妙なことに、口に出してしまうと解放された気がした――いいことだ。いまいましい身体のほうは、よくないが。「ふたつめは、きみがわたしの副長になるなら、われわれは信頼しあわなければならないからだ。きみには、すべて話しておくつもりだ。あの〈ホルスキー事件〉関係は、わたしのいちばん重大な秘密だ。だが、隠さなければならないことは何もないし、きみにも同じことを期待する。だから、わたしはきみをだますつもりも、手加減するつもりもない。きみが仕事をきちんとこなせば、きみにそう言う。士官学校《アカデミー》出たての一年生少尉のような真似をすれば、その件できみを責める。わかったか？」

「わかりました」と、プロクター。一瞬ためらってから、質問した。「艦長のお考えでは、わたしの仕事ぶりは、いかがでしょう？　つまり、危機が訪れてから――ですが」

　グレンジャーは十秒ほど沈黙を続け、相手をやきもきさせた。プロクターがもじもじしはじめると、グレンジャーは言った。

「見事だ」

　艦の設備を引きはがしたことで、まだプロクターを許してはいないが、数時間でほぼもとに戻したことを考えると、もういちどチャンスを与えてもいい。

「艦長、わたしがあなたのことを上に報告しようとしていたことは、ご存じだと思いますが」

　今度はグレンジャーが、疑いの目を向けた。

「どういう意味だ？」

「わたしが任務を果たせないよう、あなたが次々と障害を置いたときのことです。わたしの邪魔をし、わたしの権威をくつがえそうとしました。わたしはヤーブロー少将から明確な任務遂行権を与えられており、艦長がそれを邪魔したら知らせろと言われていました。わたしは、艦長の行為を並べた不愉快な報告書を書きあげ、〈コンスティテューション〉の退役セレモニーのあとで少将に送れるよう、準備しました」

「で、いまは？」

　プロクターは笑顔を見せた。

「どさくさにまぎれて、どこかに置き忘れたようです」

「なんと幸運な」

ぎごちない沈黙があった。背景の狂乱に似た活動のさまざまな音が聞こえ、二人の注意はいっきに目の前の緊急事態に引き戻された。

「電磁投射砲の状態は、中佐？」

プロクターは咳払いして椅子ごとコンソールに向きなおった。そのときになって、グレンジャーは気づいた——ここは科学ステーションではなく、副長のステーションだ。

「戦闘艇やエンジンの復元、あるいはほかの重要な修理を行なっている者以外は全員、電磁投射砲の移動のため、砲術長のもとへ出頭させました」と、プロクター。「宙兵隊員のほとんども、これに含まれます。ハンラハン大佐は不本意だったようですが、部下の大半がいなくても、なんとかするでしょう。電磁投射砲は、一時間以内に再装塡《そうてん》されるはずです。二倍の数の砲弾を用意しておくよう、指示しました。そうすれば、もういちど砲を移動させる必要が出てくる前に、最初の交戦の二倍近い時間を持ちこたえることができます。砲弾は、砲の外側の通路に置いておけます。理想的でも、安全でもありませんが、われわれが心配しなければならないのは、艦隊の労働安全部に嚙《か》みつかれることより、もっと大きな問題だと思います」

「すばらしい計画だ」グレンジャーはうなずいた。プロクターはホーズより優秀だ。はるかに。ちくしょう。「戦闘艇は？」

「三十二艇を失いました。〈カンタス〉は五十九艇を失っています。現在、ふたつの部隊から、合わせて八十五艇が待機しています。最初に準備したときより多い数です。あと十五艇が使用可能になります。次の交戦までには、ほぼ百艇が準備できるでしょう」

プロクターはいったん言葉を切り、明らかにグレンジャーの次の質問を予期して、言いはじめた。「エンジンについてですが、すみません、直接スコット機関長におたずねいただくしかないようです――わたしが機関室を呼んでも、返事をしてくれませんので」

グレンジャーは立ちあがり、痛みを隠して背筋を伸ばした。

「立派な仕事ぶりだ、中佐。あと、ひとつ。スウォームについて、きみはどう考えている？　いま来ている敵は、スウォームだろうか？　連中のテクノロジーは本当に、七十五年でこんなに変化したのか？　やつらの艦は、昔の艦とは少しも似ていないし、前は人工特異点など使わなかった。敵艦の外殻はレーザーに弱かったから、統合防衛軍は何十年も、ペタワット級ビームの開発に資金を注《つ》ぎこんできた。われわれの航宙母艦のほとんどが敵のいいカモにされているのは、そのせいだ――いまでも主として電磁誘導カタパルト方式の武器に頼っているのは、われわれだけだからな」

プロクターは肩をすくめた。

「ほかに誰が、やりますか？」

「宇宙は広いんだ、中佐」

「そうですね。でも、この場合、ほかにいるとすれば、やつらでしょう」

プロクターは端末のボタンをいくつか押して、次々と現われるメニューから目当ての項目を選び、最終的に太陽系からおよそ五百光年の位置の宙図らしきものを出した。

「ここです。これをごらんください」

「なんだ？」

「わたしの博士論文です」

「論文を見ている時間など、あるか？」と、グレンジャー。慎重にタイマーを確認した。地球に着くまでの残り時間を刻んでいる。減速開始まで一時間以上あるが、修理しなければならないものも多い。

「艦長がおたずねになったんですよ。それに、この話は長くはかかりません」プロクターは宙図上の一点を指さした。「わたしの研究の一部は、スウォームの母星のおおまかな位置を特定できるかどうか、確かめるというものでした。もちろん、この問題は半世紀以上も、スウォーム研究で注目の話題でしたし、わたしは成功しませんでした」ふたたび宙図の一部に手を伸ばし、数パーセクの宇宙空間を円で囲んだ。「でも、わたしは、スウォームの母星の存在する範囲をせばめたと思います」

プロクターは最初の円のまわりに、同心円をひとつ描いた。

「この範囲にある星系は、どれも何千年も前に襲撃されたように見えます。ここにはあまりデータ点はありませんが、ほかの文明が存在した証拠を見つけました。別の異星人です。種類はごくわずかで、どれも非常に原始的です。しかし、ほとんど何も残っていません——わたしたちが発見した人工遺物はすべて、ある時点で急に消えています。どの異星人のものも、ほぼ同じ時期に見られなくなります」プロクターは、ふたつの円のまわりに、もうひとつの円を描いた。「この宙域の星系も、同じような文明崩壊の徴候を見せています。ただ、内側の円内と同時期ではなく、何百年もあとでですが」

プロクターは指で、三つ目の同心円を……続いて四つ目を……五つ目を描いた。

「これらの各宙域で、破壊はどれも同じ時期に起こっています。スウォームはあちこちの星系を征服しながら、時間とともに単純に外側へ移動する——という理論が成立します」

グレンジャーは肩をすくめた。

「たしかに、そう見えるな」

「はい。しかし、これは体系的に起こります。スウォームは広がり、前に滅ぼした宙域より遠くの星系を滅ぼし、あらかじめ設定された距離に到達すると進行をやめ、退却して再編成し、次の進軍開始まで原則として冬眠に入ります」

「それに、どんな意味があるというのだ？」と、グレンジャー。おもしろい理論だが、いまこの状況でなんの役に立つのか、わからない。

「まず、スウォームがひたすら体系的に近隣の住民を征服しているという点では、わたしもほかの異星生物学者や人類学者たちと同意見です。ゆっくりと、しかし容赦なく自分たちのテリトリーを広げる。でも、スウォームは征服した場所に移住を始めているでしょうか？　惑星を支配するでしょうか？　資源を探求するでしょうか？　ノーです。どれも実行していません。スウォームは攻撃し、退却し、冬眠する。まあ、冬眠というのは考察にすぎませんが――ある種の無反応期か、再生産周期に入るのかもしれません。眠らずに意識を保っている可能性も、充分にあります。実際、現在のスウォームの襲撃は、休眠期間中に新しい攻撃技術を開発していたことを証明するものだと、わたしは思います」

「要点を、中佐」グレンジャーはしびれを切らしはじめた。敵が地球に到達する前にすませておかなければならない作業が、まだ山のようにある。

「要は、これが進化の戦略だということです。スウォームは、どこかの星系のある惑星で、一定の周期で生息地から外へ群れをなして広がる動物から進化しました。周囲から競争相手になる生物を排除するのは、自分たちの子孫が外へ出ていくときに、資源をめぐる競争が起こらないようにするためです。進化の特徴は、この種族が宇宙へ出てゆくようになっても消えませんでした。わたしは、この種族の活動周期を計算しました。二百八十九年です。二百八十九年ごとに、スウォームは攻撃範囲を距離係数にして約五十パーセント増大させ、その範囲内に住む競争相手を除去します。攻撃していない期間は、次の周期のために新しい技術を開発して過ごします」

グレンジャーはプロクターを見つめた。おれは要点を聞き落としたのか？

「聞こえていますか？」と、プロクター。

グレンジャーは、ようやく思い当たった。

「スウォームの攻撃は、二百八十九年ごとに起こると言ったか？」

プロクターはうなずき、肩をすくめた。

「プラスマイナス二十年の誤差がありますが、そうです。わたしは、そう言いました」

その返事が、パンチのようにグレンジャーの腹に衝撃を与えた。

「では、連中はいったいなぜ、この前の襲撃から七十五年しかたっていないのに、また来たんだ?」

「艦長、大変いいご質問です」

47

地球付近
ISS〈コンスティテューション〉ブリッジ

グレンジャーの頭のなかで警報が鳴りだした。意味がない——なぜ、大群《スウォーム》は今回、二百年早く冬眠から覚めたのか？

「前に平均的な周期から逸脱したことは、あったのか？」

「いちどもありません。最大の変動は六周期前に二十年ほどありましたが、これは、ただのデータの乱れです」

グレンジャーはあごをなで、艦長のコンソールの椅子のほうへ戻った。

「それが、連中の、この前の地球侵攻と何か関係があるのか？ 連中は、侵略の途中で襲撃をやめて去った。理由は誰にもわからないままだ」

「それはたぶん、侵略の途中で活動周期が終わったせいでしょう。時間切れになると、スウォームはやっていたことを放り出して、戻ってゆきます」

グレンジャーは、地球に到着するまでの時間を表示しているタイマーを見つめた。長距離スキャナー画面を見ると、異星人艦隊はまだ地球に到達していない。だが、こんなに遠くから見えるものだろうか？

「すまん、だめだ」と、グレンジャー。「その説明は安易すぎる。簡単すぎる。偶然の一致に頼りすぎだ。七十五年前のスウォームの退却と、今回、休眠期を短く切りあげて現われたことを、両方とも説明できる理論はないのか？」

プロクターは肩をすくめた。

「陰謀論者なら、そもそも統合防衛軍がスウォームを地球へおびき寄せたのだと言うでしょう。軍の存在を正当化し、財政支援を増やし、関連産業を支えるために、おびき寄せた――と」

グレンジャーはプロクターを見つめた。

「きみは、それを信じているのか？」

「もちろん、信じてなんかいません。ですが、地球は統一されたとはいえ、古い国家のいくつかは、過去の栄光と思っているものを取り戻したがっています」

グレンジャーは悪態をついた。

「ロシア人か」

「あら、それ、わたしが言ったことになんかしないでくださいよ、艦長。わたしが言っているのは、この前のスウォームの侵略で、ロシア連邦があまり大きな被害を出さなかったということだけです。地球上のほとんど全部の大陸と、コロニー惑星の半数が、激しい攻撃を受けたのに」

ありえない。

「それはロシア恐怖症的なたわごとだ、中佐。きみはもっと、ましだと思っていたぞ。われわれは何十年も、その種の陰謀論を耳にしてきた。きみがスウォームの休眠が早く終わったことを発見したからといって、変人どもの説の信憑性が増すわけではない」

「その点に、異議はありません」と、プロクター。「ですが、もうひとつ。ロシア科学連邦が数年前に量子テレポーテーション技術を発表し、いままたスウォームが現われて、促成量子特異点で攻撃してきました。ちょっと変だと思われませんか？　われわれの持っている昔のデータすべてから見ると、スウォームはどんな種類の量子技術も持っていませんでした――当時は、われわれと同じように重力場ベースの技術でした。とにかく、航法面での技術はそうでした。スウォームがこの分野で進歩したため、敵艦は新しく強烈な加速能力を備えたのでしょう。しかし、特異点は？　これは不意打ちでした。量子技術を使うことが知られているのは、統合防衛軍応用科学部の小さな研究グループいくつかと、ロシア科学連邦だけです。考えてみてください」

「艦長」ディアス大尉の声がした。グレンジャーが振り向くと、悪いニュースがあるらしく、ディアスは顔をこわばらせている。「ヴァルハラ宇宙ステーションが、スウォームとの戦闘を開始しました」

「スクリーンに出してくれ。最大倍率で」この距離からでは、あまりよく見えない。わかっている。モザイクのようなぼやけた光点の群れが、巨大なステーションを囲んでいる程度にしかならないだろう。

「了解」

ブリッジ・クルー全員が顔を上げ、スクリーンを見た。

異星人艦隊は宇宙ステーションから数百キロの位置で停止し、統合防衛軍の大艦隊らしきものと交戦していた。中央軍が召集をかけたに違いない——少なくとも二十四隻の重巡航艦や軽巡航艦、一隻のスーパー航宙母艦と見えるものが集まっている。スーパー航宙母艦はＩＳＳ〈ジャスティス〉だろう。本拠地が地球だから。

緑の閃光が走った。もういちど。先頭の異星人艦から、次々と長い発砲が続いた。

そして、スーパー航宙母艦〈ジャスティス〉は消えた。三千人以上の砲術員や機関員……十二ある飛行デッキの半数……すべてが、粒子の粗い、まばゆい閃光のなかに消えた。巨大な艦はふたつに割れた。異星人はそれだけでは満足せず、割れた艦体の大きい残骸を攻撃した。残骸は爆発して何十もの破片になった。

「なんてこと」プロクターが息をのんだ。いつのまにか、司令コンソールのそばでグレンジャーの隣に立っている。「〈ジャスティス〉は艦隊最大の艦なのに、あの怪物に対抗すると、一分もたたないうちに破壊されてしまったわ」

グレンジャーはスクリーンを見つめた。異星人艦隊のビームが、分裂した航宙母艦の残骸を貫通し、残っている一群の巡航艦へ向かった。巡航艦群は猛烈な防衛射撃を開始した。

「この戦いを生き延びたら、統合防衛軍上層部の面々は大変な目にあうだろうな。つまらんスマート＝スチールの艦体装甲を了承した責任者は、エアロックに閉じこめられそうだ」重巡航艦がまた一隻、巨大な火球と化して真空中に消えるのが見え、グレンジャーはひるんだ。通信ボタンを叩いて、どなった。「レイナ、まだエンジンをフル・パワーで使えないのか？」

機関室内のまごついた悪態を背景音に入れながら、機関長レイナ・スコット中佐のいらだたしげな声が答えた。

「はい。八十パーセントです。ドック入りしなければ、それ以上は出せません、艦長」

「よし」グレンジャーは航法クルーに顔を向けた。「減速を中止しろ。あらためて全力推進を行なえ。三Gだ。その推力を二十分維持してから、減速しろ。どのくらいで戦闘現場に着く？」

一人の技術士が試算した。

「二十五分です。しかし、この速度では、勢いよく現場を通り過ぎてしまいます。減速に、少なくとも四十分かかります」

「それでいい。三Gだ。**実行しろ！**」グレンジャーは、ふたたび通信ボタンを叩いた。「総員、三Gでの全力推進に備えて、艦を保守しろ。そのあとは戦闘ステーションに戻れ。非常警報」

とたんに航法クルーは動きだし、まもなく全員が席につくころ、艦が前へ飛び出した。人工重力場が、艦となかの人や物に働く巨大な慣性力に追いつこうと苦闘している。

「艦長、いったい、これはなんの役に立つんですか？」プロクターが言いはじめた。「予定より早く戦闘現場に着きますが、わずか数秒ほど――」グレンジャーは片手を上げて新副長を黙らせた。ある点で、プロクターはホーズにそっくりだ――ホーズは、自分が理解できない命令には大声で不賛成を表明した。規律に反する行為ではあるが、グレンジャーの気持ちを落ち着かせてくれた。

「通過攻撃を行なう。一時間もかけて現場に向かっていたら、着いたころには死者を葬るくらいしか、やることは残っていないだろう、中佐。この方法なら、少なくとも一隻は敵艦を破壊できる。残っている者のために、敵の力を弱めるんだ。われわれが最終的に減速して転針するときには、心配しなければならない敵艦はひとつ減っている」

グレンジャーは戦術ステーションに歩み寄り、戦術長に向かってうなずいた。これが成功するという自信はないが、ほかに手はない。心のなかでいくつか試算し、苦痛をこらえて息を吸うと、話しはじめた。

「よく聞いてくれ。通過攻撃では一撃しか与えられないから、注意を集中しろ」

48

地球付近
ISS〈コンスティテューション〉飛行デッキ

四人のパイロットは自分の戦闘艇に近いベンチにすわり、避けられない瞬間に備えていた。すぐに機動戦闘艇部隊長ピアースが、自分の艇に乗って発進しろと合図する。ジェシカ・ミラーは新しいパイロットを見た。熱気箱《ホットボックス》の代わりにチームに加わった若い男で、もとは〈カンタス〉の戦闘艇部隊にいた。名前を聞きもらしたが、本人が〝勇気《ブラック》〟というコールサインを名乗った。

肝っ玉《ボールジー》ことフォルツ大尉は小声でブラックに指示を与え、田舎町《ドッグタウン》はしわのある顔を両手で抱えて何かひとりごとをつぶやいている。戦闘艇ベイじゅうで……最後の十二艇あまりの射出準備を進める技術士やクルーの狂ったような熱気のなかで、ジェシカは何度も繰り返される場面を目にした――パイロットたちの個人的な儀式だ。一人の女性は首にかけたものに何度もキスしている。戦闘艇ベイを横切った向かい側にいるので、何かはわからない。十字架？　ウサギの足（幸運のお守り）？　その女性の隣にいる若者は、ゴルフボールを何度も投げあげては受け止めている。みな、自分だけの準備をしているところだ。自分たちの生命力の見せ場に――あるいは死の見せ場に備えて、意味のない儀式を繰り返しては自分の気持ちを落ち着かせ、集中させている。

わたしは何も持ってない――ジェシカは思った。いえ、持ってるかしら？　X-25のダッシュボードに立てた写真を思い出した。小さなザックと、トム。夫のものでわたしが持ってるのは、あの写真だけ。

わたしが帰らなかったら、どうなるだろう？　誰がザックを育てる？　わたしの父母？　もちろん、やってくれるわ――わたしを育ててくれた人たちだもの。ね？　でも、二人とも、わたしを育てたときより歳をとってる。わたしの仕事を代わりにやらせるより、引退生活を楽しませてあげるべきだ。

わたしは帰れないかもしれない――その可能性が目の前をふさぎ、ジェシカをあざけった。腹に思わぬ打撃を受けたかのように、こたえた。

ザックに、母親が生涯の終わりに息子のことを考えていたことを知らせなければならない。いまはなんとも思わなくても、成長してから感謝してくれるだろう。

「ボールジー、ちょっと」ジェシカはフォルツを手招きした。結婚指輪をひねってはずし、差し出した。

ボールジーは片眉を上げた。

「いま、くれるのか、尻振り《フィッシュテイル》？　おれたち、まだキスもしてないのに」

ジェシカは相手の冗談を無視した。

「これを、わたしの息子に渡して。わたしが帰らなかったら」

ボールジーは指輪を見つめてから、ジェシカに返した。

「きみは帰ってくるさ。おれたちは、みんな帰ってくる」

「ええ。でも、万一に備えて。わたしが息子のことを考えてたと、息子に知っておいてほしいの。わたしが戦うのは――この戦いに参加するのは――息子のためだと知らせたいの」ジェシカは、もういちど指輪を差し出した。

ボールジーは悪態をついたが、指輪を受け取った。

「わかった。だが、帰投後に返すぞ」ボールジーは指輪を、小指にすべりこませた――小指にしか、はまりそうもない。

「ありがとう」ジェシカは大声で言った。スピーカーから出るピアース部隊長の声に、負けないように。

「パイロットは全員、戦闘艇に乗り、射出に備えて待機しろ」ピアースが命じた。

それで、すべてが終わった。全員がゴルフボールやウサギの足、十字架、指輪、愛する人の写真など――気持ちを集中させるために、いじっていたもの――を片づけ、自分の戦闘艇へ走った。ジェシカは自分の艇の梯子《はしご》を登り、コックピットに跳びこもうとした。

「フィッシュテイル！」声のした右側へ目を向けると、ボールジーが自分の艇のコックピットにすわっていた。

「おれがついてる。心配するな――また坊やに会えるさ。約束する」

ジェシカはうなずき、わかったというしるしに、唇を閉じたまま笑顔を見せた。

でも、ボールジーは神様じゃない。自尊心の強すぎる一戦闘艇パイロットにすぎない。

キャノピーが降りてロックされると、ジェシカはヘッドセットをつけた。とにかく、よかれと思って言ってくれたのだ。感謝しなくちゃ。ジェシカは通信器のスイッチを入れ、ボールジーを呼び出した。

「ありがとう」

「どういたしまして、フィッシュテイル。さあ、やっつけに行くぞ」

ジェシカは指の、指輪をはずした部分に残る白い溝をこすった。

「命中させるわよ。いますぐ行くわ」

49

地球付近
ISS〈コンスティテューション〉ブリッジ

「いつ、射撃可能範囲に入る？」グレンジャーは砲術長にたずねた。

「およそ二十分後です。しかし、射撃可能範囲内にいられるのは約一分です。一分が過ぎれば、われわれは発砲しながら秒速五キロで通り過ぎます」

「それではだめだ。二分間、射撃可能範囲にいるようにしろ」

主任はちょっと考えて言った。

「艦を回頭させるのですか？」

「戦闘現場に到着次第、すぐ回頭する。百八十度回頭して電磁投射砲での砲撃を再開し、そのまま敵艦集団から飛び去る。理想を言えば、九十度だけ転針して右舷のクルーに直接の照準線を与えたいところだが、減速する必要もあるから、百八十度でなければならないだろう。後部砲は少ないから、当然、回頭前にいつでも発砲できる状態にしておく」

「了解しました」

「それだけじゃない。砲撃は、先頭の敵艦のある一点に集中させる。そして、通常の射程距離の二倍の位置から、砲撃を開始する――離れているから命中率は下がるが、いくつかは当たるだろう。われわれの艦隊を粉砕しようとする相手の注意を、そらせるかもしれない」

　グレンジャーは戦術クルーの一人がスクリーンに出した異星人艦の構造図を指さした。「ここだ」ある一点を叩いた。「砲撃は、この点に集中させる。それから、いちばん近づいたときに、砲撃で作った穴に、一発だけ残っている核魚雷をぶちこむ。離れるときの標的は、核爆弾がどんな効果を上げたかによる。先頭の敵艦がまだ無傷なら、攻撃を続ける。先頭の艦が動かなくなるか、砕けるかしたら、新しい標的を選ぶ。同じパターンの動きだ――ほかの艦の一点に砲撃を集中する。わかったか？」

「はい、艦長」主任は答え、戦術クルー全員が敬礼した。

「艦長」プロクターがグレンジャーの横ににじり寄った。「飛び去るときに、敵が促成特異点を生成させていたら、どうします？　何か手を打ちますか？」

グレンジャーはプロクターを見て、微笑した。

「提案があるんだろう？」

プロクターは同じ微笑で応じた。

「あります」

50

地球付近
ISS〈コンスティテューション〉戦闘艇ベイ

「うまくいきそうにないな」と、グレンジャー。小型輸送船〈レインボー〉に目を向けた。〈コンスティテューション〉の退役セレモニーに出席する学童たちを乗せてきた船で、いまは空《から》のまま、メイン戦闘艇デッキの後方に押しやられている。子供たちは、どこにいるのだろう?――グレンジャーは首をかしげた。急いで艦の中心部へ連れていかれたに違いない。傷だらけの戦闘艇や、整備士、潤滑油、砲やミサイル、燃料シリンダーを載せた台車、命令とともに艇で飛び出して戦闘に戻る準備をしているパイロットたちなどでごった返す広大なベイより、ずっと安全な場所にいるはずだ。

グレンジャーの言葉に、プロクター中佐はむっとして、〈レインボー〉の輝く船体を見あげた。

「うまくいきますとも。〈レインボー〉のオートパイロットを〈コンスティテューション〉の航宙コンピューターと接続すれば、ブリッジから〈レインボー〉を操作できます。あとは、戦闘現場を通り過ぎるときに、船体をベイのドアから押し出すだけです。単独のX‐25戦闘艇が衝突して、促成特異点が破壊されたんですよ。コルベット艦の大きさの船なら、問題なく消滅するでしょう」

「船体を押し出す？　それで、〈レインボー〉がわれわれの艦隊の艦にぶつかったら、どうなる？　コンピューターがうまく接続されず、われわれが〈レインボー〉をコントロールできなかったら？　われわれの艦隊の艦に突っこんで――」声があいまいになり、グレンジャーは歯を食いしばった。正直に言えば、これはすばらしいアイデアだ。だが、おれのアイデアじゃない、ちくしょう。

　胸が焼けるように痛んだ。息を吸うたびに痛む。戦闘艇ベイまで歩いて降りただけで、大した距離でもないのに息が切れ、恐ろしく遠く感じられた。

「いいだろう」グレンジャーはデッキの責任者に合図し、〈レインボー〉を指さした。

「甲板長、〈レインボー〉の航宙システムを〈コンスティテューション〉に接続して、命令権をブリッジにまわしてくれ。それから、あの船をベイのドアのすぐそばに置いて、液圧リフトで外へ押し出せるよう準備し、わたしの命令で――」

言い終わらないうちに、グレンジャーの喉から激しい咳が飛び出した。口から離した手が血で濡れている。

プロクターが目を見開いた。

「艦長！　大丈夫ですか？　負傷を隠していらしたんですね」と、プロクター。グレンジャーがまたもや咳の発作にかられ、プロクターはぐいとその腕をつかんだ。

グレンジャーは手を振ってプロクターを退《しりぞ》けた。

「大丈夫だ」と、グレンジャー。咳のあいまに、なんとか声を絞《しぼ》り出した。努めて長く、ゆっくり呼吸すると、発作がおさまった。体調は悪化している。地球にいれば、いまごろはホスピスで手当てを受けているだろう。それとも、痛み止めの麻薬を打たれてフロリダの海岸でくつろぎ、生涯最後の数週間を暖かい日光と砂のなかで過ごしているだろうか。

だが、おれはここにいる。地球は攻撃を受け、おれの艦は死の危険にさらされていて、クルーにはおれが必要だ。健康を取り戻したり、弱さを認めたりしている暇はない。グレンジャーは背筋を伸ばして立ち、まっすぐプロクターを見て、暗い笑みを浮かべた。

「わたしは大丈夫だ」もういちど言った。「以前の不調が再発しただけだ。だが、ドクターは、任務についてよいと言っている」プロクターの目からは、疑いの色が消えない。

「一時間前に、ドクターに相談した。わたしが任務につくことを許可してくれた。これがわたしの最後の仕事になるなら、なんとしても、この状況からわれわれを脱出させる」

最後でどなるつもりはなかったが、声が大きくなった。近くを通る数人の技術クルーが足を止め、わずかに目を見開いてグレンジャーを見つめた。顔に恐怖の色がある。不安と混乱の色も――ブリッジから離れ、砲術クルーもいないこの場所では、何が起こっているのか知る者はほとんどいない。

グレンジャーが技術クルーをなだめようとするより早く、プロクターがまたもやがっしりと腕を捕らえ、耳もとでささやいた。

「無理をしてスーパーヒーローみたいな真似を続ければ、間違いなく、あなたの最後の仕事になりますよ。艦長、健康状態に気をつけてください。きわどい作戦の最中に倒れられたら――」

「大丈夫だと言ったはずだ」グレンジャーは厳しい声でさえぎり、その話題を打ち切った。「さあ、ブリッジへ戻るぞ」腕時計を見た。「そろそろ戦場に着く」

51

地球付近

ISS〈コンスティテューション〉ブリッジ

ブリッジに戻ると、グレンジャーは戦術長にうなずいてみせた。戦術長はグレンジャーの心を読んだらしく、うなずき返して言った。

「照準の計算をすませました。二分で、射程に入ります」

「よろしい。航法ステーション」グレンジャーは航法クルーのほうへ、向きを変えた。「〈レインボー〉の遠隔操作は、このブリッジからできるようになっているか？」

「はい、艦長」

「よろしい。敵が促成特異点兵器を使おうとしはじめたら、わたしが合図するから、〈レインボー〉をまっすぐその小さい特異点に突っこませろ。直撃だ。わかったか？」

「はい、艦長」と、航法長。

グレンジャーは艦長席に腰をおろした。両足がうずき、背中は止まっている航宙艦にぶち当たったように激しく痛む。体内は燃えているかのように苦しい。痛みは無視しろ。艦が先だ——グレンジャーは自分に言い聞かせ、プロクターを振り返った。

「中佐、射撃クルーに指示を出せ」

「はい、艦長」

全員が、スクリーン上の戦闘映像の隣に浮かんでいるカウントダウン・タイマーを見つめていた。映像は前よりくっきりして粒子が細かい。戦闘は、巨大なヴァルハラ宇宙ステーションの近くで激烈に展開されている。戦火がじりじりと近づいてくると、ヴァルハラ・ステーションはようやく強力な武器を使用した。大半は高性能レーザー砲で、異星人艦の艦体に対してはさして効果がない。だが、数十門の電磁投射砲もある。

奇跡的に、統合防衛軍の巡航艦は少なくともまだ半数が残っていた。

だが、恐ろしいことに、ほかの半数は宇宙空間をただよったり転がったりしていた。壊れて炎を上げ、残骸や人々を虚空に噴き出しながら。

「十秒」プロクター中佐がカウントを始めた。「五。四。三。二。一。先頭の敵艦へ、電磁投射砲の一斉射撃開始」

スクリーン上で、白熱した数個の砲弾が筋を引いて艦を離れた。艦前部のハイフレームレートのカメラがかろうじてとらえた映像で、瞬間的な何本かの筋として見えた。

さらに三十秒たつと、砲弾が異星人艦に衝撃を与えはじめ、戦術長は頭を振った。

「予想どおり、この距離からでは命中とはいきません。当たったのは、およそ三分の一です、艦長」

「続けろ。標的に発砲しつづけろ。重力による空間の異常は出ているか？」と、グレンジャー。

「出ていません」と、科学士。

よかった。促成特異点はまだ現われていない。敵があのスーパー兵器を使うとしたら、最初の標的はなんだろう？　ヴァルハラ・ステーションか？　無傷で残っている重巡航艦のうち、いちばん大きな艦か？

カウントダウン・タイマーがリセットされ、回頭までの時間を示した。二分。グレンジャーは座席の端にすわっていた。いまは、電磁投射砲の砲弾が命中する様子を見守り、うまくいくよう期待するしかない。

「艦長、ヴァルハラ・ステーションから通信が入っています」と、通信士。

グレンジャーは自分のコンソールを指さした。

「転送してくれ」

グレンジャーの目の前の画面に、ジンガノ元帥のとほうに暮れた顔が現われた。戦闘オペレーション・センターにいるので、背景は混じりけのない騒乱状態だ。グレンジャーに話しかける前に、ジンガノは横を向いて、スクリーンからはずれた場所にいる誰かに話しかけた。

「左舷の防御スクリーンを強化しろ。通り抜けてくる異星人の戦闘艇が多すぎる。左の砲が十門、やられたぞ」ジンガノは画面に向きなおった。「ティム、来てくれてよかった。だが、そんな高速接近ベクトルで、いったい何をする気だ？　一分以内に戦闘に加われ！」

怒りが伝わってきたが、ジンガノは画面に集中していられないようだ。戦闘クルーに、さらにいくつか命令を出すと、また画面に向きなおった。グレンジャーは咳払いして言った。

「効果を上げるタイミングでこの場に戻ってくるというのが、われわれの唯一の選択肢でした、元帥。通常の接近速度までスピードを落としていたら、ここに着いたときは手遅れだったでしょう」

ジンガノは当惑して唇を引き結び、頭を振った。

「われわれは、予想よりはうまくやっているが、〈ジャスティス〉、〈ヴァリアント〉、〈エクリプス〉、〈ヘミングウェイ〉、ほかの巡航艦十二隻を失った。戦闘艇やフリゲート艦は、いくつ失われたか見当もつかない」ジンガノの目が一瞬、厳しくなった。「それに、ティム、別の問題もある。エウロパに設置してある長距離スキャナーが、別の異星人艦隊の信号をとらえた。急速に近づいてくる――いま、ここにいる艦隊よりも、ずっと速い。一時間でここに着くだろう」

グレンジャーは悪態をついた。

「何隻の艦隊ですか？」

「少なくとも三隻以上だ」

異星人艦に対して、もっと効果的に武器を使う方法を見つけなければ……あるいは、敵の強力な火力に対してもっと有効に反撃できなければ、終わりだ。地球を攻撃する目の前の七隻に対抗して、持ちこたえるすべもない。

「われわれはもうすぐ、そちらに着きます。先頭の異星人艦に対する攻撃は、何か効果がありましたか？」

ジンガノはちらりと表示を見た。

「穴ができたぞ。何をするつもりだ？　核魚雷でもぶちこむのか？」

「まさしく、それです」

ジンガノは肩をすくめた。

「われわれの砲撃は、ことごとく妨害された。敵の照準アルゴリズムは、七十五年前より大きく進んでいる。わたしは――」

ジンガノはふいに言葉を切り、すばやく頭を片側へ向けて、グレンジャーには聞こえない報告に耳を傾けた。

「艦長！」ディアス大尉が顔を上げた。「前方に、巨大な重力による空間のゆがみを探知しました。敵が促成特異点を生成しはじめています」

52

地球付近
ＩＳＳ〈コンスティテューション〉ブリッジ

グレンジャーは通信ボタンを押した。

「航法長、〈レインボー〉を射出する準備をしろ。わたしが射出の合図をする」航法ステーションに目を向けた。「みな、準備はいいか？」

プリンス少尉がうなずいた。

正面のスクリーン上で、カウントダウン・タイマーが数字を刻んだ。

あと二十秒。

スクリーンが映し出す白熱した戦闘現場のまんなかに、促成特異点の予兆である光の明滅が見え、たちまち明るさが増した。特異点が大きくなったせいか、〈コンスティテューション〉が急速に近づいたせいか、グレンジャーにはわからない。

あと十五秒。

「中佐、センサー群をすべて、あの特異点と異星人艦隊に集中させてくれ。あの特異点のすべてを知りたい。何もかも」

あと五秒。

プロクター中佐が指示を出した。

「核魚雷発射!」

グレンジャーは航法ステーションを指さした。

「いまだ。〈レインボー〉を射出しろ。そして、艦の百八十度回頭に備えろ」

スクリーン上で、同時にいくつものことが起こった。

〈コンスティテューション〉の右舷から核魚雷が発射され、信じがたいスピードで先頭の異星人艦へ向かった。標的の艦は迎撃砲を発射したが、核魚雷は敵艦に当たり、まばゆい光を発して爆発した。

スクリーンが核爆発風景の彩度を落としたとき、息をつめて見守っていた一同に、ちらちら光る特異点にまっすぐ突っこむ〈レインボー〉が見えた。またたくまに、特異点と〈レインボー〉が消えた。ブリッジ・クルーの数人がこぶしを空中に突きあげ、歓声を上げた。

だが、先頭の異星人艦の残骸のあいだから、残った三隻のうち一隻が出てきて、ヴァルハラ宇宙ステーションに猛烈な緑のビームを何本も浴びせた。

「あの艦をねらえ！」グレンジャーはどなった。

「了解」と、戦術長。

だが、〈コンスティテューション〉の攻撃は弱すぎ、遅すぎた。これまで異星人艦隊はヴァルハラ・ステーションではなく妨害する統合防衛軍の艦隊に攻撃を集中しているようだったが、この敵艦はおもにステーションに攻撃を加えていた。ステーションの巨大なドッキング・アームのひとつが、継ぎ目から火と破片をひらめかせて根もとからちぎれ、〈コンスティテューション〉の一同は愕然《がくぜん》とした。

「装塡《そうてん》してあるものをすべて発射しろ、大尉！　あの敵艦を撃て！」

「すみません」戦術長が言いはじめた。「砲弾が少なくなっています。再装塡しなければなりません」

グレンジャーは急いでスクリーンに向きなおった。敵の激しい弾幕を受けて、二本目のドッキング・アームがはずれた。

「**ちくしょう！**」ヴァルハラ・ステーションのメイン区画のひとつが大きく割れ、グレンジャーは椅子の肘かけを叩いた。割れた区画の酸素供給ラインは中身を噴出させて火球に変わり、区画は砕けて、炎を上げる数十個の破片になった。

グレンジャーはジンガノ元帥と話そうと、司令ステーションの画面に向きなおった。だが、画面には煙と火花が舞い、どなり声や悲鳴が入り乱れている。ジンガノは画面上には見えず、まもなく画面は砂嵐状態に変わった。

「航法ステーション、われわれの減速率は？」と、ささやくような小声でグレンジャー。

「三Gです、艦長」

「五Gに上げろ」

「ですが、それでは重力補正フィールドが耐えられないと――」

「聞こえただろう。五Gだ」と、グレンジャー。親指で通信回線を開いた。「こちらは艦長だ。重力と慣性の激しい乱れに備えろ。これから五Gに達する。何かにつかまって身体を支えろ」

プロクターが科学ステーションの空席へ走った。

「全員、身体を固定しなさい！」

まもなく、回頭する艦が揺れはじめた。敵の促成特異点が起こす脈動よりも、はるかに激しい。数秒後に、艦が横に傾いたような感覚に襲われ、全員が座席のハーネスに引きとめられた。身体が大きく振りまわされ、前のめりになったり、後ろに戻ったりした。艦体にかかる巨大なGを緩和しようと、重力安定装置が忙しく自動調整している。

「オペレーション・ステーション、重力場を安定させる方法がないか、調べろ」グレンジャーがどなった。

プロクターが首を伸ばしてオペレーション・ステーションをうかがい、声をかけた。

「メイン重力プログラムの調和振動子中核の減衰時間を増大させなさい。中核を重力センサー・アレイの出力に直接、結びつけて」

数秒で、揺れと傾きが弱まったが、まだ椅子やコンソールにしがみつかなければならない。

「いま、射程から離れます」戦術長が大声で報告した。「二番目の異星人艦にはあまり攻撃できませんでしたが、敵艦の表面は損傷しています」

一秒ごとにヴァルハラ・ステーションと艦隊が突き崩されると思うと、腹立たしい。何百何千もの命が失われてゆく。

だが、グレンジャーには、どうすることもできない。

「プロクター中佐。〈コンスティテューション〉の回頭のあいだに、センサーは何をとらえた?」

「科学チームと話すチャンスはありませんでした」と、プロクター。チームを振り返って、たずねた。「何かとらえた？」

科学士の一人が咳払いした。

「データを分析中です、艦長。明確なことは何も言えません」

グレンジャーはグルリと目をまわした。まったく科学者ってやつは……。

「では、推論を述べろ」

「そうですね、もっとも妥当と思われるのは……。特異点と、その生成にかかわる各異星人艦とのあいだに、量子結合があることは明らかです。いわゆるテレポーテーションは、そのようにして起こります——本来、量子テレポーテーションを使って、質量を事象の地平面の向こうへ移動させ——」

「待った」グレンジャーが口をはさんだ。「あれはブラックホールだ。それなのに、なぜ、われわれに見えるのだ？」

「われわれはブラックホールそのものを見ているのではありません。実際、あのブラックホールは顕微鏡的な大きさです。あれの事象の地平面は、直径が一ミリの百分の一以下です。われわれが見ているのは、ブラックホールを周回しながら落ちこんでゆく質量のシンクロトロン放射にすぎません」

「ああ。先を続けろ」

艦のゴロゴロという音が強くなったが、どうすることもできない。科学士は言葉を続けた。

「つながりは双方向に働くようです。明らかに、量子結合です――特異点に起こったことが、異星人艦のパワー・コアにも影響を及ぼします。敵は特異点とつながるために量子信号を送り、その送信エネルギーをパワー・コアから得ているのでしょう」

「で、〈レインボー〉が特異点にぶつかったとき、何かの変化を探知したか？」

「それを突きとめようとしているところです。たしかに、特異点と異星人艦とのつながりがゆらぎました。しかし、衝撃の瞬間に、特異点から出る重力波にスパイクが現われたため、データがすべて洗い流されました。〈レインボー〉がぶつかったとき、その全質量がいっきに吸収され、結果として、本質的には微細な超新星になりました。事実、敵が特異点を標的に向けて発射したりテレポートさせたりするときに起こるのは、この現象です。落ちこむ質量の大きさがブラックホールを圧倒し、中心で特異点に当たって撥《は》ね返り、爆発して異常なエネルギーを放出します」

月面基地に起こったことは、それだったのか。あの基地は極小超新星爆発にとらえれた。なんてこった。

「まあ、分析を続けてくれ。なんらかの答えが必要だ」

「了解」科学士は答え、自分の画面上のデータに視線を戻した。

遠いゴロゴロという音に続いて、艦が荒々しく傾いた。ハーネスで身体を固定していなければ、全員が座席から放り出されただろう。とどろく音が強くなるにつれ、単調で物悲しい大きな音が艦内を流れた。

「艦長、重力安定装置の機能が追いつけません。艦内の重力が失われようとしています。このままでは、Ｑジャンプ能力も失いかねません――」

グレンジャーは肘かけをドンと叩き、口のなかで悪態をついた。

「当然だ」グレンジャーはつぶやいた。コンソールを見ると、一回だけＱジャンプできるくらいのエネルギーは蓄積されている。一秒でもジャンプしたら、あと一時間ほどチャージしなければならない。

「スラスターを三Ｇに抑えろ」グレンジャーは航法クルーに命じ、付け加えた。「それから、Ｑジャンプの準備をしろ」

「艦長？」プリンス少尉が驚いて顔を上げた。「どこへジャンプするのですか？」

「どこだと思う？」

53

地球付近
ＩＳＳ〈コンスティテューション〉ブリッジ

「お見事です」プロクター中佐が自分のコンソールを叩いて言い、グレンジャーを驚かせた。とくに見事な戦術ではない。地球の重力井戸に近すぎる位置でのＱジャンプは、そうたびたびは実行しないというだけだし、減速中は絶対にやらない。〈コンスティテューション〉は大きくひずむだろうが、艦体が耐えられないほどではない。プロクターは言葉を続けた。「メイン・エンジンのパワーを切れば、二度目のジャンプにまわすエネルギーもたまりますし――」

「メイン・エンジンのパワーは切らない、中佐。Ｑジャンプして戦闘のどまんなかに出るまで、減速を続ける。敵の砲火を〈コンスティテューション〉に向けさせ、われわれの艦隊の残りから引き離す。〈コンスティテューション〉の装甲は、打撃を受けても生きて戦場を出られる唯一の手段らしいからな」

プロクターはグレンジャーに目を向けた。

「しかし、艦長、砲術クルーは、装塡《そうてん》してある砲弾をほぼ使い果たしたと報告してきました。充分に再装塡するには、半時間はかかります」

「電磁投射砲には一個も砲弾が残っていないのか？」

プロクターは自分の画面で確認した。

「ほとんど残っていません。四十五門の砲のうち、第五門、第二十門、第四十三門は、弾倉に半分ほど残っているそうですが、ほかは、すでに再装塡作業に入りました」

グレンジャーは肩をすくめた。

「上等だ。手もとにある軍勢をひきいて戦闘に向かえ、中佐。仲間が、われわれを必要としている」

数分後に計算が終わり、グレンジャーはジャンプを命じる準備をした。

「総員、戦闘に備えろ。いままでの二回は、みな非常によくやった。今度は、われわれが何でできているかを敵に見せてやろう。激しい攻撃を受けるから、覚悟しろ。損害処理クルーは警戒して、メイン・パワーと電磁投射砲の損害を最優先で処理しろ。全戦闘艇、射出に備えろ」

Qジャンプの合図をする前に、グレンジャーは通信ボタンを叩いた。

「機動戦闘艇部隊長ピアース中佐、こちらはグレンジャー。パイロットたちは準備ができたか？」

「出撃準備は完了しています、艦長。敵の尻が腫《は》れあがるくらい、手痛いお仕置きをしてやりますよ」若い部隊長が答えた。あの若者は父親の死が確定して、まだ動揺しているはずだが、見事に指揮をとっている。プロらしく、動じない――訓練どおりだ。

「よろしい。収容した〈カンタス〉の戦闘艇も、中隊に組みこんだか？」

「できるだけうまく処理しました。通信器とコンピューター・システムの統合が、まだ少し残っていますが、最善を尽くします」

「ありがたい。大群《スウォーム》の戦闘艇に注意を集中しろ。われわれは敵の主力艦を始末する。だが、情報の更新に備えて待機しろ。グレンジャーより、以上」

通信を終えると、グレンジャーはプリンス少尉にQジャンプを開始するよう、合図した。数秒のうちに、Qジャンプにつきものの覚えのある吐き気と、どこか不安定な感覚が全身を流れ、グレンジャーは椅子につかまって身体を支えた。

「射程に入るまでの時間は？」続いている激しい戦闘風景を見ながら、グレンジャーはたずねた。〈コンスティテューション〉の位置が変化したので、近くのヴァルハラ宇宙ステーションの残骸が、微妙に角度を変えている。

「三十秒です」

「われわれが戦闘のどまんなかに入るまで、発砲は控えろ。入ったら、前にねらいをつけた二番目の艦を攻撃しろ。戦闘艇部隊、射出に備えろ――」表示をチラリと見て、到着予定時刻を確認した。「――あと二分で射出だ」

スクリーンに映し出された戦闘は、十分前に〈コンスティテューション〉が通過攻撃をしたときよりも、はるかに不気味な様相を呈していた。統合防衛軍の主力艦がさらに数隻、砕けて小さな破片になっている。見ているうちに、小さな巡航艦がもう一隻、恐ろしい緑の光を放つ指向性エネルギー兵器の直撃を受けて、パワー・コアが不安定になり、目もくらむ光を発して爆発した。あとに続く何十もの戦闘艇が爆発の影響を受け、傾いたまま別の艦に衝突したり、隊列を離れて深宇宙へ流れていったりしている。猛烈な勢いで飛んできた残骸が、戦場を通り抜けた。残った統合防衛軍の艦は、〈コンスティテューション〉が通過攻撃で損傷させた異星人艦を引き続き攻撃するために、集結しているようだ。

「通信での会話は、どんな具合だ？」グレンジャーは通信士にたずねた。

〈トライデント〉座乗のジョーンズ少将が、艦隊の指揮を引き継ぎました——ヴァルハラ・ステーションの通信は、すべて沈黙しています。ジョーンズ少将はすべての艦に、われわれが損傷を与えた異星人艦に接近して砲撃を集中するよう、命じています」

「偉大な頭脳は同じことを考えるものだな」と、グレンジャー。皮肉な口調だ。「現場に着いたら、異星人艦と統合防衛軍の艦隊のあいだに〈コンスティテューション〉を割りこませろ。できるだけ多くの艦を守れるようにしろ」戦術ステーションに顔を向けた。「それと、あの特異点が現われないかどうか、見張りを続けろ。敵があれを作りはじめたら、すぐに知りたい」

「了解。交戦まで、あと十秒です」

「速度は？」

「時速千キロまで落ちました。減速が続いています」

プロクターが顔をしかめた。

「接近速度が、まだ速すぎます」

プリンス少尉がうなずいた。

「〈コンスティテューション〉は、標的から約五十キロ離れた位置を飛び去ります。数分で、回頭して戻ってこられます」

「攻撃開始」と、グレンジャー。「戦闘艇射出。ピアース部隊長、異星人の戦闘艇と交戦しろ。連中の攻撃を引きつけ、巡航艦から引き離せ。敵の戦闘艇を、ほかの二隻の異星人艦のほうへおびき寄せて、防御スクリーン役をさせろ。連中がわれわれの艦をねらうとき、自分たちの戦闘艇に邪魔されながら発砲しなければならないようにする。やってみろ」

「了解」同時に数人の声が答えた。

それとともに、〈コンスティテューション〉はこの日、二度目となる戦闘現場に近づいた。月面基地付近の戦闘がもう何十年も前のことで、自分たちがみな戦闘で鍛《きた》えられた古参兵のような気がする。ばかばかしい――グレンジャーはひそかに含み笑いをした。昨日、おれは艦隊最古の〈コンスティテューション〉の退役とともに艦長を辞して、統合防衛軍のデスクワークにまわることになっていた。統合防衛軍では、これまで七十年以上も国境紛争など起こったことがなかった。それなのに、いまでは全員が、生きている戦友より死んだ戦友を多く知っている古参兵だ。

艦が重々しい低い音を立てた。異星人のビームが艦の前部区画に当たり、スクリーンに緑の光が満ちた。

「回避行動。右舷スラスター〇・五で交戦しなさい」プロクターがどなった。「緊急対処クルー、右舷の電磁投射砲へ。四十門のうち二十門の砲を、すぐ再装塡しなさい！」

グレンジャーはうなずいた。新副長は戦闘をきちんと把握しつつある。くそ、それを言えば、全員がそうだ。

またしても衝撃が続き、艦が震えた。

「前部区画の右舷に大きな損害！　艦体外殻が切られました！」

ちくしょう。厚さ十メートルのタングステンの装甲が、魚の切り身みたいに切り裂かれた。残っている統合防衛軍の艦は、この艦ほどの装甲を持たないのに、どうやって持ちこたえてきたのだろう？

グレンジャーの疑問に答えるかのように、いちばん近くにいる重巡航艦が、まばゆい閃光とともに炎を発した。裂け目から残骸や死体を流出させながら、艦はふたつに割れた。

「あれは〈トライデント〉です、艦長」と、通信士。

ジョーンズ少将は死んだ。グレンジャーは、司令コンソールに表示された統合防衛軍航宙艦の名簿を見た。もう将官は残ってない。准将さえいない。残っている艦長の中で在任期間がいちばん長い最先任士官は、おれだ。ジョーンズが指揮権委譲の命令を出さなかった以上、指揮官はおれになる。

「艦隊あての通信回線を開け」グレンジャーは通信ステーションに命じた。

「開きました」

「こちらはグレンジャー艦長。わたしが戦闘中の艦隊の指揮をとる。核攻撃が可能な巡航艦は、ただちにわたしに連絡しろ。全主力艦、先頭の敵艦に砲撃を集中しろ。コルベット艦とフリゲート艦は、ほかの二隻の敵艦に群がって、武器をねらえ。壊滅的な損失が出た場合の二次損害を出さないよう、各艦のあいだを最低でも五百メートル空《あ》けろ。戦闘艇部隊は異星人戦闘艇と交戦し、われわれの巡航艦から引き離せ……」

　スクリーン上で一隻の軽巡航艦が、悪夢のような緑のエネルギー・ビームを受けて爆発し、白い球になった。グレンジャーは厳しい口調で付け加えた。

「自分の艦に損失の危険が迫ったら、その時点でオメガ・プロトコルを実行しろ」

　プロクターが厳しい表情で、チラリとグレンジャーを振り返った。

「もう、その段階ですか？」

　グレンジャーは返事をせずに、ただうなずいた。オメガ・プロトコル――艦長たちに、決死の突撃を命じたのだ。

「艦長、新しい四隻の異星人艦が近づいています。射程に入るまで、あと二分です」

54

地球付近

ＩＳＳ〈コンスティテューション〉ブリッジ

二分か。目の前の三隻の異星人艦を相手に持ちこたえられる、ぎりぎりの時間のようだ――少なくとも統合防衛軍の艦は、数を三分の一まで減らしながらも、まだ発砲しているし、やられていない。だが、新手の四隻の敵艦が現われれば、たちまち確実に死を迎える。

「〈フュリアス〉と〈ミネソタ〉がやられました。核魚雷を備えた現役の重巡航艦は、あの二隻だけでした」と、戦術士。冷ややかな厳しい声だ。グレンジャーはブリッジ・クルーを見まわした――みな、死人のように見える。確実に死が迫っていることを知って、あきらめたかのようだ。

もういちど異星人の強烈なエネルギー・ビームの直撃を受け、艦が震えた。

「艦長！　前部区画の第二十デッキで艦体が破損しました！」

「隔壁を封鎖しなさい！」プロクター中佐がどなった。「緊急対処クルーを向かわせなさい！」

新たな爆発が艦内に低い音を響かせ、またすぐに爆発音が聞こえた。前より近くだ。ブリッジが傾き、天井と右舷側の壁にできたギザギザの裂け目から、いろいろなものが降ってきた。

そして、いやおうなく、例の脈動とリズミカルな震動が始まった。エネルギー・ビームの衝撃による爆発ではなく、もっと恐ろしい事態の前兆だ。

「艦長、敵が特異点の生成を始めています！」

スクリーンでは、三隻の異星人艦の中央に、見慣れた明滅する白光が現われている。三隻が特異点生成に注意とエネルギーを集中すると、これまで激しかった緑のビームによる攻撃は止まった。

標的は、ひとつしか考えられない。ヴァルハラ宇宙ステーションは崩壊し、破片になって宇宙空間を転がってゆく。〈フュリアス〉と〈ミネソタ〉は破壊され、残っている重巡航艦は炎と瓦《が》礫《れき》を噴出している。数少ない軽巡航艦は異星人艦のまわりを高速で飛びまわり、残っているが、大したことはできそうもない。周囲で最大の標的は〈コンスティテューション〉だ。

「何か本当に大きなものを、あいつにぶつける必要があります」と、プロクター。

「よく言った、中佐」グレンジャーはプロクターのほうを見て、片眉を上げながら言った。司令コンソールを調べて、いちばん損傷の激しい巡航艦を捜した。一隻が、そろそろ崩壊しそうだ。画面を指ですばやくつつき、親指で通信回線を開いた。

「ブライアン艦長、きみの艦のエンジンが危険な状態になっているぞ。状況は？」

グレンジャーは、制御不能になって転がる軽巡航艦を見つめた。両舷側から瓦礫が流れ出ている。あの状態で生きている者がいたら、むしろ不思議だ。通信装置から、かすかな荒れた声が出た。

「ティム？　きみか？」

グレンジャーはたじろいだ。

「わたしだ、ゴードン」ゴードン・ブライアンは、グレンジャーが最初にＩＳＳ〈ウォリアー〉に配属されたとき以来の親友と言っていい。古い艦――これも〈伝説の艦隊〉の一隻で、基本的には〈コンスティテューション〉とそっくり同じ造りだ。いまでは木星の衛星エウロパのステーションで乾ドックに入っている。だが、グレンジャーは〈ウォリアー〉時代の旧友の多くと、いまでも連絡を取り合っていた。

「うまくいかないもんだな」と、ブライアン。

「まったくだ」グレンジャーは、画面上のタイマーに目を向けた。特異点が発射されるまでの残り時間を、おおまかに示す数字だ。あと二分もない。「なあ、ゴードン、われわれの表示では、きみの艦はエンジンの封じこめに失敗しかけている」

「ああ、ひどい戦闘だ。こんなふうになるなんて、誰も思わなかったな」ブライアン艦長はクスクス笑ったが、すぐにまじめな声で言った。「なあ、ティム、きみがおれに何を頼むつもりか、わかっている。だが、航法ステーションがやられた。もう動けない」

スピーカーから爆発音と叫び声が聞こえた。

「ゴードン？」「ゴードン？　まだ、そこにいるか？」グレンジャーは身を乗り出した。返事はない。グレンジャーはため息をついた。

咳の音に続いて、荒れた声が答えた。

「ああ、まだいる」

グレンジャーは画面で戦術配置を調べた。ブライアン艦長が指揮する〈ミズーリ〉は〈コンスティテューション〉に非常に近い位置にあり、成長する特異点と〈コンスティテューション〉のあいだにいる。

「ゴードン、われわれは〈ミズーリ〉を特異点に押しこむつもりだ。そうすれば特異点が破壊され、ろくでなしどもを片づける時間ができる。〈ミズーリ〉を犠牲にしなければ、〈コンスティテューション〉はおしまいだ。ここで敵に対抗できるのは〈コンスティテューション〉の装甲だけらしいし――」

「ああ、わかっている。われわれに、きみたちの弾丸になってほしいんだな」短い沈黙ののち、スピーカーから咳の発作が聞こえた。ちくしょう、ゴードンはおれより体調が悪そうだ――グレンジャーは思い、自分も咳を押し殺した。「名案だと思う。〈ミズーリ〉をあそこに押しこんでくれ。どっちみち、おれたちはもう、あと数分しか持たない」

グレンジャーは航法ステーションに合図し、小声で言った。

「〈ミズーリ〉に接近して艦体を接触させ、〈ミズーリ〉に、特異点の方向へ移動させるモーメントを与えろ」

「了解」

グレンジャーは通信スピーカーを見て、向こう側にいる旧友の様子を想像した。火傷しているか、出血している可能性が高い。

「ゴードン、いま、そちらに接近している」言葉を切り、ふさわしい言葉を探した。雄弁に語れるようなことは思い浮かばない。「ありがとう、艦長。きみと知り合えたのは名誉だ」

「こちらこそ、ティム。おれに代わってジュリーにさよならと伝えてくれ。この修羅場を無事に乗り越えられたらな」〈コンスティテューション〉がそっと〈ミズーリ〉に接触し、そのまま〈ミズーリ〉を押しはじめると、艦体が傾いた。〈ミズーリ〉はゆっくりと、しかし確実に転がって離れ、特異点へ向かって動きだした。「ジュリーに、愛してると伝えてくれ。すまないと言ってくれ。無事に戻って、一緒に問題を解決したかったが――」

グレンジャーはうなずいた。ゴードンはとりとめもないことを話している。たぶん、失血か戦闘のストレスで意識が混濁し、おれがよく知らないことを話しているのだろう。だが、それはどうでもいい。

「伝えるよ、ゴードン。神のお恵みを」

「ジュリーに、うまくやりとげたかったと伝えてくれ。おれは――」

雑音とともにスピーカーが沈黙した。スクリーンに映る緑の閃光に気づき、グレンジャーは胃がよじれそうな気がした。

「やめろ」一隻の異星人艦が〈ミズーリ〉に緑のビームを突き刺すのを見て、グレンジャーはあえいだ。軽巡航艦〈ミズーリ〉は、白い炎を噴き出して爆発した。すぐ近くだったので、後続の〈コンスティテューション〉も爆発の影響を受けた。勢いよく瓦礫が降り注ぎ、〈コンスティテューション〉は揺れて傾いた。

プロクターが、背後からグレンジャーに近づいた。

「艦長、もっと高速の物体が必要です。でないと、特異点に到達する前にやられてしまいます」

グレンジャーはうなずいた。呆然としたまま、スローモーションのように通信ボタンに手を伸ばした。

「ピアース部隊長、こちらはブリッジ」

「艦長？」と、ピアース。

「戦闘艇のうち、われわれの一艇に、特異点に飛びこむよう命じろ」

「は？」

「聞こえただろう」

「しかし、艦長、わたしにはそんな――」

「やるんだ、部隊長。いますぐ。これは命令だ。グレンジャーより、以上」

グレンジャーは頭を振りながら、プロクターを振り返った。シェルビー・プロクターのショックを受けた表情を見れば、何も言われなくても充分だ。

「情けないな、シェルビー」

55

地球付近
X-25戦闘艇のコックピット

「肝っ玉《ボールジー》！ わたし――あの――」ジェシカ・ミラーはふいに言葉を切り、群がる異星人戦闘艇を縫って飛びながら、コントロールを維持しようともがいた。今回の異星人艇は、前より桁《けた》ちがいに多い。何百もいる。ひょっとすると千単位かもしれない。この敵が何年も前から〝大群《スウォーム》〟と呼ばれてきた理由が、ジェシカにもわかりはじめた。「多すぎる！ わたしには――」

「我慢しろ！ おれの合図で急激に左に曲がり、らせんを描いてZ軸のマイナス二へ向かえ。用意……**行け！**」

ジェシカはボールジーの戦術を信用して、艇を鋭く左へ曲げた。ハーネスにとめられたまま激しく右側へ押しつけられ、必死でGに逆らいながら、らせん状の航行を入力した。突進して攻撃面を通り抜け、艇体に当たる数発にひるんだが、自分の艇が描くらせんの中心からボールジー艇が上方へ飛び出して六艇ほどの敵を撃つと、ジェシカは安堵の息をついた。敵艇は火球に変わり、たちまち消えた。

「ヤッホー!」ボールジーが通信器にわめき、ジェシカは顔をほころばせた。ダッシュボードに立ててある写真に手を伸ばして触れると、戦闘艇の向きを変え、田舎町《ドッグタウン》と勇気《ブラック》の背後について上方へ向かいながら、追ってくる数艇の敵をとらえた。数回すばやく発射スイッチを押し、各敵艇に砲弾を撃ちこんだ。敵艇は炎を上げて縦に転がり、数百メートル離れた異星人艦にぶつかって砕け散った。

「今度は見せびらかしにかかったな、尻振り《フィッシュテイル》」

ジェシカはつかのま、戦闘の様子を見わたした。ボールジーの分隊は成功をおさめているが、戦況はぞっとするほど絶望的に見える。見ているあいだにも、統合防衛軍の重巡航艦がまた一隻、近くの異星人艦から飛び出た恐ろしい緑のエネルギー・ビームに中心部を切り裂かれ、ふたつに割れた。破片のいくつかが、間違いようもなく、もつれた死体や手足だとわかって、ジェシカは気分が悪くなった。爆発する巡航艦の前方を疾走するジェシカ艇の窓のそばを、破片のひとつが飛び去った。死体がでんぐり返しをしながら、死の宇宙空間を遠ざかってゆく。

「フィッシュテイル！　ぼんやりするな！」ボールジーの声で、ジェシカは死体から目を離し、現実の活動に注意を戻した。

　ほんの少し、遅すぎた。

　二艇の敵が、のしかかるように接近している。両方の翼に被弾して艇が揺れ、ジェシカは縮みあがった。

「フィッシュテイル！」

　ジェシカはコースをはずれて突進し、右に大きく傾いた——連打してくる二艇を負かすためなら、なんでもやる。

　驚いたことに、二艇は爆発した。残骸の雲のなかから、一艇のX‐25が飛び出した。

「ボールジー？」ジェシカはたずねた。

「今回はブラックだよ。あの若いくそったれだ」

　胃がむかついて喉もとまでせりあがっていなければ、ジェシカは、ボールジーの言葉に笑いをもらしただろう。だが、いまは余裕がない。

　ジェシカを囲むコックピットが脈動し、定期的に激しくうなりを上げた。覚えのある微候だ。

通信器を通して、雑音まじりの声が聞こえた。

「こちらは機動戦闘艇部隊長」と、ピアース。何を言うか決まっていないかのように、短い間《ま》を置いた。「プラック。いまからきみに、オメガ・プロトコルによる特異点への突入を命じる。全速力で激突しろ。これが命令だ」

ヘッドセットに、沈黙と雑音が満ちた。ジェシカは自分の耳が信じられなかった。まもなくプラックの若い声が、自信たっぷりに答えた。

「了解」

ピアースの声は、割れて痛々しかった。

「ありがとう、大尉。きみは偉大な男だ。敬意とともに記憶されるだろう」

ジェシカは窓からプラックの艇を見つめた。ちらちら光る白光のほうへ向きを変え、発砲しながら迫ってくる敵艇をいくつかかわした。

ジェシカは悲鳴を上げた。

プラックの戦闘艇が、近くの異星人艦から飛び出した恐ろしい緑のビームに、ふたつに切り裂かれて爆発した。

ジェシカは涙をこらえて新たな異星人艇に照準を合わせ、発砲して粉砕した。必要以上の武器を使って連打し、敵艇の破片も残らなくなるまで撃った。

「フィッシュテイル、今度はきみだ」もういちどピアースの声が聞こえた。

ジェシカは一瞬、目を閉じた。来た。

なぜか、その瞬間、ジェシカの頭にあった思いは〝ピアース部隊長の立場は少しもうらやましくない〟ということだった。いまのピアースのような決断を自分がくだすことなど、想像もできない――そう考えながら、同時に自分が驚くほど冷静なことにも気づいていた。

本番が来た。わたしの見せ場が。

「はい、部隊長」

「ありがとう、ジェシカ」

わたしの見せ場だ。

許してね、ザック――心のなかで言い、ダッシュボードの写真に触れた。いま、何よりもザックのそばにいたい。でも、まず、ザックが生きていなければ……ザックが生きてゆける惑星がなければならない。ザックの住む惑星を救わなければならない。

ジェシカは歯を食いしばり、操縦桿を前に押した。艇は最高速度で前へ飛び出した。

「フィッシュテイル」と、ボールジー。いつになく静かな声だ。「おれが後ろにつく。突入まで護衛する」

「まに合うように離れてね。約束して」ジェシカは答え、近くの異星人艦から放たれた緑のビームをかわした。

「承知した」ボールジー艇がジェシカ艇の後ろに急降下し、ジェシカ艇をねらう二艇を撃破した。「さあ、やっつけよう」

56

地球付近
―ISS〈コンスティテューション〉ブリッジ

ブリッジに暗い沈黙が降り、全員がスクリーンに顔を向けた。戦闘艇が一艇だけ混戦から離れ、かんだかい音を立てながら、明滅する特異点へ向かった。特異点は、いまでは月面基地を襲う寸前のものと同じくらいの大きさになっている。

グレンジャーは立ちあがった。パイロットが仲間のために進んで自分を犠牲にするのなら、おれにできるのは、立って、その行為を認めることくらいだ。

「プロクター中佐。あのパイロットの名前を教えてくれ。階級と出身地も。あれが誰かを、われわれに教えてほしい」

副長は自分の画面のボタンをいくつか叩き、咳払いした。

「ジェシカ・ミラー大尉。コールサインは〝尻振り《フィッシュテイル》〟。カリフォルニア州サクラメント出身。二十四歳、新婚で、〈コンスティテューション〉の退役セレモニーが終わったら、ＩＳＳ〈クライバーン〉に転属することになっていました。夫と同じ艦で勤務するために」プロクターは顔を上げ、見るからに苦しげな表情を浮かべた。「〈クライバーン〉は、月面基地の防衛で破壊された航宙母艦のひとつです」

グレンジャーはうなずき、身をかがめて通信ボタンを叩いた。

「フィッシュテイル、こちらは司令官だ」

「ここからのながめは、すごいですよ、司令官」雑音まじりの声が答えた。ジェシカの戦闘艇は、背景で撃ち合っている統合防衛軍や異星人の艦に比べて、ひどく小さい。ブリッジ・クルーが見つめるなか、ジェシカ艇は急に向きを変え、破壊された艦の残骸と異星人が発射したエネルギー・ビームをかわした。敵は、ジェシカ艇が特異点に到達する前に片づけようとしている。

「そうだろうとも、ジェシカ。幸運を、大尉。それから、ありがとう」グレンジャーは敬礼した。ブリッジ・クルーも、差し迫った戦闘上の操作に忙殺されていない者は全員、同じように立ちあがって敬礼した。

「あら、とんでもない。司令官がここにいらしたら、わたしたちのために、同じことをなさったはずです」

戦闘艇と特異点の距離が縮まり、数百メートルになった。どんどん縮まってゆく。ジェシカ・ミラー大尉は言葉を続けた。

「それに、わたしはいつも、宇宙へ出たらこんなふうにやりたいと思ってたんです」声がかすかに震え、つかのま虚勢が揺らいだ。「〝おもらし野郎〟の艦をどっさりやっつけたい――って」いったん言葉を切ったあと、グレンジャーにしか聞こえない声でささやいた。「ごめんね、ザック。ごめんね」

戦闘艇は急速に、明滅する光に迫った。

「神様――」突き進む戦闘艇が特異点にぶつかる直前、ジェシカの声がつぶやいた。次の瞬間、巨大な爆発が近くの異星人艦と、〈ミズーリ〉の残骸をのみこんだ。

爆発がおさまったとき、破壊された特異点にいちばん近かった異星人艦は、側面から炎を噴き出していた。

グレンジャーはすばやく戦術ステーションへ向きを変えた。

「残っている武器を、なんでもいいから、あの艦の故障個所に送りこめ」スクリーンを指さし、狂ったようにどなった。

「何も残っていません。電磁投射砲は、破壊されるか空《から》になって――」

「では、レーザーだ！　なんでもいい！　あの艦が中身を噴き出している個所を、いまあるもので叩け！」

一瞬後に、損傷していないレーザー砲塔がすべて赤熱し、異星人艦の側面に開《あ》いた穴に向けて、まばゆいウルトラ高エネルギー・パルスの集中砲撃を行なった。レーザー・ビームは残骸を噴き出していた艦の穴から奥の中心へ食いこみ、穴からさらに大量の火と残骸が噴出した。

まもなく——何分もたったように思えたが、十二秒程度だったはずだ——異星人艦は傾き、パワー・コアが不安定になるとともに、目もくらむ閃光を発して爆発した。艦は割れ、蒸気を上げるいくつかの固まりになった。

「二隻撃破。あと二隻」プロクターがつぶやいた。

グレンジャーは座席に腰をおろし、無情な視線をスクリーンに向けた。まだ二隻の異星人艦が残っている。

「二隻は片づけたが、そのためにわれわれの艦隊の半分がやられた」

二隻撃破。あと二隻。グレンジャーは頭を振った。勝ち目はなさそうだ。〈コンスティテューション〉は穴が開き、傷ついて、進みかたがぎこちない。戦闘が始まったときは、艦隊には四十隻を超える艦がいたが、いまは、のろのろと進む艦が十隻あまりだ。

統合防衛軍本部の最重要施設で地球の主要な防衛設備だった巨大なヴァルハラ宇宙ステーションは、砕けて、煙や蒸気を上げながらただよっている。ときおりその表面で爆発が起こり、さらに残骸を噴き出す。

勝ち目は、まずない。勝つのは不可能だ。

「艦長」戦術士が疲れた表情でグレンジャーを振り返った。「新手の異星人艦四隻が、到着しました」

57

地球、北アメリカ、オマハ
統合防衛軍オマハ宙港　オペレーション・センター

オマハ宙港のオペレーション・センターで、アイザクスン副大統領と首席補佐官……ごく少数の上院議員や内閣事務官たちは、端のほうにすわっていた。軍人たちが必死になって戦闘艇を緊急発進させたり、ほかのぎりぎりの防衛策を実行したりしている。アイザクスンたちはニューヨークやワシントンにある文民政府の者たちやマイアミの中央軍本部と連係するために、センター内のその場所を通信センターとして与えられた。

だが、正直に言えば、現実にアイザクスンや役人たちができることは、あまりない——地球連合政府は、すでにニューヨークの中心地から分散し、首都や州都を攻撃されても政府の機能がとどこおらないよう、世界各地に移動した。中央軍は、侵入してきた異星人艦艇の撃退に忙しい。結局、アイザクスンは椅子に深くかけ、近くに壁のように並んだスクリーンの映像が更新されたりスクロールされたりする様子を無表情に見つめていた。

　こんなはずじゃなかったのに。

耳もとで、ささやく声がした。

「ひとこと、よろしいですか、副大統領閣下？」目を向けると、ロシア大使ユーリィ・ボロディンの青ざめた顔が目に入った。いまさら、なんだ？　この大まぬけは、もう充分にどじを踏んだじゃないか。

「なんだ？」

「エイブリー大統領の現在の居場所を、ご存じですか？」

　アイザクスンは首を振った。

「極秘事項だ。偶発的な侵略に備えた、計画の一部だ——大統領はただちに、すばやく安全な場所に避難する」

　ボロディンは冷ややかにアイザクスンを見た。

「わたしの質問に答えてくださいませんでしたね。もちろん、極秘事項でしょう。質問は、〝大統領の居場所を、あなたはご存じか？〟です」

アイザクスンは胃に穴が開《あ》きそうな気分になった。ロシア大使との計画全体が、行きすぎだった。何百万という人間が死んでゆき、事態が好転しなければ、さらに何十億人もが命を落とす。それなのにユーリイ・ボロディンは、まだエイブリーを殺すことに意識を集中しているのか？　この男は、地球上に降りるのに、防衛設備にカネがかかっていてもっとも安全だとされるマイアミを避けたがった。その奇妙な主張にしたがったものの、アイザクスンはボロディンを疑いはじめた。この男の本当の動機はなんだろう？　大群《スウオーム》の裏切りを知ったときは、心から驚いた様子だったが、首尾よく敵の攻撃を切り抜けたいまは、大統領の打倒だか殺害だかに焦点を合わせている。

「うん」

「どこです？　マイアミですか？」

「それが、そんなに大事なことか？」と、アイザクスン。近くの上院議員たちにも聞こえないよう声を低めたままだが、嚙《か》みつくような口調だ。議員たちは、みな個人通信器でやっきになって話している。「こうなったらもう、何をしても、あの女が権力の座にとどまるのは無理だ。われわれが侵入者を撃退し、事態を収拾したら、この事態を招いた大統領は責任を問われ、職を追われるだろう。エイブリーとイーグルトン委員会の支持者どもは失脚する」

ボロディンは微笑した。冷たく、悠然と。

「しかし、それが起こるのは何カ月も先かもしれません。われわれは迅速に行動する必要があります。時間は数日しかないかもしれません。大統領がどこにいるか、教えてください」

「いったい全体、その情報を手に入れてどうする気だ、ユーリイ？　ロシアの攻撃部隊に命じて、大統領を連れ出すのか？　大統領の周囲百キロ以内には、絶対に近づけないぞ」

「もちろんです。バカなことを言わないでください。しかし、もしスウォームが何かの理由で……刺激を受けて……大統領のいる方向へ移動すれば、ことはわれわれに有利に運ぶでしょう」

その言葉がアイザクスンの背筋を凍らせた。この男は、まだスウォームと通信しているのだろうか？　どうやって？

ふいに、前にかわした会話の意味が、アイザクスンにも少しわかってきた。そんなことが可能なのか？　ボロディンは、遠くからスウォームの影響を受けているのか？

それとも、もっとまずいことに、ボロディンはスウォームに……汚染されているのか？　前より賢く……頭が切れるようになったか？　完全にスウォームに支配されているのだろうか？
ああ、おれは何をしてしまったんだ？
スマート＝スチールの量子調整パターン。防衛ネットワークの周波数。ちくしょう――
――ロシア人は、どちらも手に入れた。スウォームにもわたってしまった。
ボロディンがスウォームに支配されていないことを、確認しなければ……その方法を見つけなければならない。なんとかして。

アイザクスンはうなずいた。

「いいところを突いたな。わたしに何ができるか、調べてみよう――わたしは大統領の居場所を知らないが、大統領の個人通信回線につなぐよう士官の一人を説得し、三角法で大統領の通信の発信源を突きとめられるかもしれない」アイザクスンは立ちあがり、ボロディンに、その場を動かないよう合図した。室内の反対端で、グレゴリー大将が大声で次々と命令を出している。忙しすぎて、このような用事は扱えないだろう。だが、点在するさまざまなステーションの向こうで応答を調整している中佐が目にとまり、アイザクスンは近寄っていった。

「中佐、手を貸してほしい」

「はい？」ひょろりとした中佐は、ステーションとステーションのあいだで足を止めた。

アイザクスンは中佐の耳もとに口を近づけた。

「セキュリティ違反の可能性がある。あたりを見るな。わたしの背後にいる、上院議員や高官たちのグループを見るなよ。何度かうなずいたり、スクリーンを指さしたりしろ。わたしに何か教えているようなふりをするんだ」

中佐はほんの一瞬、目を見開いて、アイザクスンの背後にいるボロディンや上院議員たちを一瞥《いちべつ》したが、感心にも、うなずいてスクリーンを指さした。

「どういうことですか、副大統領閣下？」

「教えてくれ、中佐。この部屋を超空間スキャンできるか？」

「この部屋をですか？」と、中佐。無表情だが、明らかに、驚いた声を出すまいと努力している。

「聞こえただろう。この部屋から超空間信号が出ていないかどうか、スキャンしろ」

「しかし、そんなことが、どうしたら可能でしょうか？」

アイザクスンはチラリとボロディンを振り返って、ウィンクした。

「知らない。だが、なんとかしろ」

58

地球付近
—ISS〈コンスティテューション〉ブリッジ

勝算は、ゼロから……。グレンジャーは両手できつく頭をはさみ、激しくなる痛みをこらえて考えようとした。ゼロから、いくつまでだ？　とくに、乗っている古いオンボロ艦と同じくらい身体が傷み、アイデアも尽きて、窮地に追いこまれたときは？

「何か提案は？」グレンジャーはプロクター中佐に視線を走らせ、続いてほかのブリッジ・クルーを見まわした。

プリンス少尉がグレンジャーを見て言った。

「あいつらに突撃しましょう」

「突撃？」グレンジャーは片眉を上げた。「体当たりするのか？」

「連中の装甲は強固ですが、われわれの装甲ほどではありません。敵艦を一隻ずつ故障させれば、ひょっとしたら——」言葉を濁した。いかにもバカげた必死の考えに見え、プリンスは大きな声で言った。「すみません、艦長」

「あやまることはない、少尉。きみの言うとおりだ。われわれ全員が、戦闘艇のミラー大尉とまったく同じことをしなければならなくなるところまで行くかもしれない。〈コンスティテューション〉を犠牲にせざるをえないときが来るだろう。だが、それはまだだ」グレンジャーはプロクターに向きなおった。「ほかに、ないか？」

「艦長！」ディアス大尉が立ちあがり、猛烈な勢いで自分のコンソールのスイッチをいくつか叩いた。「異星人が……異星……」声がとぎれた。

「なんだ、大尉？」グレンジャーは自分で見ようと、スクリーンを振り返った。

残っている二隻の敵艦が離れてゆく。ただよう残骸をかわしながら、統合防衛軍から逃げている。数を大きく減らした統合防衛軍の艦が、ふらふら動きながら、逃げる敵艦に弱々しい砲撃を加えていた。

「退却する気でしょうか？」と、プロクター。

グレンジャーは首を振った。

「いや。地球へ向かっているんだ」はるか下にある球体を見た。ヴァルハラ宇宙ステーションは倍対地同期軌道に近い形で地球を周回していたので、地球はまだ、たっぷり五万キロもかなたにある。だが、大陸といくつかの大都市は、はっきり見えた。

ディアスはうなずいた。

「確認しました。それと、四隻の新手の艦は速度を落としていません。二十秒前にここを通り過ぎましたが、いちどもわれわれの艦隊に発砲しませんでした」さらにいくつかボタンを叩いた。「四隻は——」グレンジャーを見た。「——まっすぐ地球へ向かっています。西半球をめざしています」

敵は情け知らずだ。ヴァルハラ・ステーションで仲間が対戦した敵の残りを掃討するために、速度を落とそうともしなかった。まっしぐらに戦利品へ向かっている。大詰めへ直進している。

「エンジンの状態は？」

当直の機関士が首を振って答えた。

「戦闘でメイン・エンジンのパワーを失いました。けっこう激しく撃たれました。推進力は十パーセントです。そこまで出ないかもしれません」

グレンジャーは顔をしかめた。

「それで、地球の低軌道まで、どのくらいで行ける？」

「ここなら地球の重力が利用できますが、それでも一・二Gがやっとです。異星人には追いつけません——実際、連中はすでに……」

苦しまぎれに、グレンジャーは通信ボタンを押した。

「レイナ、こちらはブリッジ。もういちどQジャンプに備えてチャージする時間は、あっただろうな。あったと言ってくれ」

スピーカーから叫び声やガチャガチャいう金属音が聞こえ、やがて機関長レイナ・スコット中佐の声が、不規則に大きくなったり小さくなったりしながらブリッジに響いた。

「ああ、艦長。いいニュースと悪いニュースがあります」

「けっこう。いいニュースとは、なんだ?」

「地球の低軌道に、けっこう早く降りられます。短いQジャンプなら充分に可能なくらい、チャージできました」

「すばらしい」と、グレンジャー。一瞬、ためらった。「で、悪いニュースは?」

スコットは数秒間、答えなかった。話しはじめたときは、涙をこらえているような声だった。〈コンスティテューション〉はグレンジャーの艦であると同時に、スコットの艦でもある。だが、この機関長は、いつも艦に対してグレンジャーより強い愛着を抱き、まるで自分の赤ん坊のようにみなしていた。

「戦闘中にかなり激しく撃たれました、艦長。封じこめ容器は、まんなかに大きくひびが入っています。放射線はもれていません……いまは、まだ。でも、いったんジャンプすれば、したときが〈コンスティテューション〉の最期になるでしょう」

スコットの言葉がブリッジ・クルー全員の意識に浸透した。これが〈コンスティテューション〉最後の航宙になる。グレンジャーはこの二週間、希望を捨てなかった——なんとかして、艦の退役を延期させられないか？　何か予期しないことが持ちあがるとか。事務や管理上の問題が起こって、〈コンスティテューション〉は何カ月かよぶんに永《なが》らえることがわかるとか。

ふたたび異星人が襲来し、〝老鳥〟の命は一日だけ延びた。

「わかった、レイナ。ジャンプの準備をしろ。機関員たちを機関室から出して——封じこめ容器が割れたら、危険な状態になる前にコアを射出しろ」

「わかりました、艦長」と、スコット。かすかに鼻水をすする音が、グレンジャーには聞こえた。「数分かかります。いくつか事前の防御策を講じないと、艦はQ空間で爆発し、あたしたちの分子の半分は目的の位置に現われて、半分はここに残るはめになります。お知らせしておきます。スコットより、以上」

グレンジャーはプロクター中佐を見た。

「武器クルーは再装填《そうてん》にかかったか？」

「すでに、とりかかっています」と、プロクター。グレンジャーがスコットと話しているあいだにも、命令を出していた。グレンジャーはうなずいた。

「それと、救命ポッドをチェックしておいたほうがいい。オペレーション・ステーションの者を何人か行かせて、稼働可能かどうか、確認させろ――戦闘中に損傷したものも、あるかもしれないから」

「了解」

「それから、修理クルーにレーザー砲を修理させろ。十分で終わらせろ。あのろくでなしどもは、装甲さえ破ればレーザーに弱いようだ。だが、まず、あの装甲を破らなければ始まらない」グレンジャーは戦術ステーションを振り返った。「この点を、発砲パターンに組み入れろ。電磁投射砲で装甲に穴を開《あ》け、そこからレーザー・ビームをつっこんで中身をあぶる」

時がゆっくりと、しかし容赦なく過ぎてゆく。一秒ごとに、グレンジャーは北アメリカのどこかの都市が見捨てられ、望みもなく燃えあがる残酷な運命に直面するような気がした。異星人艦は、いまごろ地球に到着しているに違いない。地球を防衛できるだけの艦が残っているとは思えない――全部、ヴァルハラ・ステーションへ送られていた。

異星人が、地球上を思いのままに制御する。たしかに、軌道上の防衛プラットホームもいくつかあり、地上の防衛設備もそれなりのものだが、促成特異点を武器として使われると、惑星防衛司令部は手が出ない。対抗手段は、特異点にぶつける質量だけだ。大きな質量。

〈コンスティテューション〉しだいだ……〈コンスティテューション〉だけが対抗できる。ただし……。

「こちらはグレンジャー艦長」通信を広域信号に切り替えて、言った。「残っている艦で戦闘に耐える状態のものは、報告しろ」艦隊の残りを忘れていた。艦はどれも大きく損傷し、ほとんどが力なくただようばかりだ。しかし、Ｑジャンプ能力を持つ艦が一、二隻、あるかもしれない。どんな助けでも、ないよりましだ。

通信機から、雑音とともに声が出た。

「ＩＳＳ〈ピカユーン〉のフレンチ艦長です。グレンジャー艦長、本艦は速度が上がりませんが、われわれは戦意を喪失していません」

グレンジャーはうなずいた。けっこう――〈ピカユーン〉は軽巡航艦にすぎないが、〈コンスティテューション〉の影のなかに入れば、隠れて敵に電磁投射砲を発砲し、活躍してくれるだろう。

別の声が届いた。

「こちらはウェイ艦長。ISS〈シンホワ〉の戦闘報告です、グレンジャー艦長。メイン・スラスターと、電磁投射砲のすべてを失いました。しかし、Qジャンプは〈コンスティテューション〉とともにできますし、レーザー砲塔はほぼ全部が使用可能です。機動戦闘艇部隊は、半数が活動可能です」

「それはありがたい、艦長」と、グレンジャー。司令コンソールをスキャンして、残っている艦の状態を見ると、ほかには誰からも通信が入りそうにない。ほかの艦は損害が大きすぎて、助けにならない。それに艦長が応答してこないところを見ると、おそらくブリッジは破壊されている。

「グレンジャー艦長！　しばらくだな！」

三人目の声がスピーカーからとどろいた。グレンジャーは、どの艦からの通信かとコンソールに視線を戻したが、生き延びた艦のなかに発信源はない。

「誰だ？」グレンジャーは立ちあがった。

「この薄情者め、士官学校《アカデミー》時代のルームメートを忘れたのか？」

「ピケンズ？　きみか？　きみは退役したと思っていたぞ！」グレンジャーは大きく顔をほころばせた。

「したとも。おかしな話だ——自分で自分を召還したんだからな。ささやかな援助ができるかと思って。〈コングレス〉は一年前に、しまいこまれただけだ。おれはヴァルハラ・ステーションが爆破される前にジンガノ元帥に電話して、救援に向かいたいから基幹クルーをもらえないかとたずねた。あとは、もう昔の話だ。四時間前の大昔だ」

グレンジャーのあごが落ちかけた。

「きみは四時間のあいだに、〈コングレス〉に再配属されたのか？〈コングレス〉は宇宙戦に耐えられるか？」

「おれが艦長だったころは、耐えられるとは言いきれなかったな。〈伝説の艦隊〉の艦は、基本的に小惑星《アステロイド》をくりぬいて、側面に砲をいくつか固定したものだ。だが、システムは簡単だから、われわれはほこりを吹き飛ばして、エンジンをなんとか再始動させるだけでよかった。緊急事態となれば、細部はかまっていられない——まあ、酸素再生装置とか、食料とか、くその処理なんかだな。だが、おれたちは何時間かたてば死ぬんだから、どうってことはないだろ？」ピケンズは暗い笑い声を上げ、悲惨な状況にもかかわらず、グレンジャーは声を合わせてクスクス笑った。

「〈伝説の艦隊〉が戻ってきたわけか」グレンジャーは笑みを浮かべた。「あと、〈ウォリアー〉と〈チェサピーク〉と〈インディペンデンス〉がいれば、艦隊がよみがえるな。ほんの百年と異星人の侵略二回分、待っただけだ」

「くそ、このぶんだと、〈ヴィクトリー〉までよみがえるぞ」〈ヴィクトリー〉は前の異星人襲来のとき、最初に敵に倒された艦だ。〈ヴィクトリー〉が墜落した近くのソルトレイクシティの中央に、壮大な記念碑が立っている。

「きみは、どこにいるんだ、ビル？」と、グレンジャー。コンソールに〈コングレス〉は表示されていない。近くに来ているのなら、見えるはずだ。〈コンスティテューション〉と双子のようによく似た艦だから、何百キロ何千キロもかなたからでも探知できる。

「まだ乾ドックだ、もちろん。オマハ郊外で、支持架に載ってる」

「きみは、まだオマハで、地上にいるのか？」

「数時間前に、最後の旅行者を追いはらった。まんいちに備えて、非常用応答機を手に入れた。われわれから半径十キロ以内にいる者を、避難させるためにな」

グレンジャーは眉をひそめた。

「まんいちとは、どんな場合だ？」

「乾ドックから直接Ｑジャンプしたときに、オマハが吹っ飛ばされる場合さ、もちろん」

59

地球付近
ISS〈コンスティテューション〉ブリッジ

事態は悲惨だ。だが、一時間前と比べれば少し明るい。ISS〈コングレス〉が仲間に加わって、地球の低軌道で異星人と対決しようとしている。侵入者に示す不屈の標的は、ひとつではなくふたつになった。〈コングレス〉は電磁投射砲の砲弾を一トンも持っていないが、十分間の戦闘に必要なくらいは持っている。おれの予想どおりにことが運べば、戦闘はせいぜい十分で終わるだろう――グレンジャーは顔をこわばらせて思った。

「プロクター、ジァン、前の特異点爆発から得たデータの分析はすんだか？」

ジァン大尉は興奮してうなずいた。

「あれは、ただの量子結合ではありません、艦長。量子のもつれです。前にわからなかったなんて、自分でも信じられません。物体を惑星の地下にテレポートさせる方法を見せられていたのに——敵は、特異点を発射するのではないんです。原子間交換相互作用の量子効率は驚くべきものです。もっと早く——」

「大尉」グレンジャーは険悪な表情で口をはさんだ。「科学の講義は別の機会にとっておけ。要点を言え」

ジァンはかすかに狼狽の色を見せただけで、先を続けた。〈コンスティテューション〉のクルーでは最古のメンバーの一人だから、グレンジャーの短気には慣れている。

「異星人艦は——特異点が生成されるあいだ、反応炉と特異点を結合するだけでなく、艦どうしもつながっています。その結びつきは弱い結合以上のもので、実際、非常に強く結びつきます。もっとも、距離が離れるにしたがって弱まります——われわれが目撃した特異点生成時の風景で、例外なく異星人艦が密集していたのは、そういうわけです」

「で、特異点が爆発したら、そのエネルギーは、つながりを通して各艦へも伝わるのか？」と、グレンジャー。じっと立っていられず、興奮してコンソールの前を行ったり来たりしている。「だから、われわれが異星人艦を破壊できたのか？」

「あわてないでください。重要なのは、質量があの特異点に衝突すると何が起こるかを、正確に理解することです。われわれが発射した電磁投射砲の砲弾がシュバルツシルト半径を——つまり、事象の地平面ですが——通っても何も起こらないことを、われわれは観察しました。特異点がさらに大きくなるだけでした。ところが、充分な質量を持つ物体が——特異点そのものより何倍も大きな……たとえば月面基地とか、〈レインボー〉といったようなものが——特異点と接触すると、非常に興味深い現象が起こります。実際、前世紀にヤヌコフ・ポレンスキが学説を発表しましたが、充分な質量が充分に大きい速度で小さなブラックホールに落ちこむと、その結果、中心から数ミクロン以内で質量全体が相対論的速度に近づき、両者が撥《は》ねのけ合って、局所的に重力場の摂動《せつどう》を起こし、それが急速に増大して壊滅的になると、質量とエネルギーがいちどに放出されます。重力ときたら、まったく！」

グレンジャーはいらだちをつのらせた。科学者ってやつは……。

「よし、われわれが目撃したのは、その光景だな。戦闘艇より大きなものをぶつければ、特異点が自滅する」

「そのとおりです。しかし、問題は〝特異点とつながっている艦がどうなるか〟です。このデータから見ると——」ジァンは自分の画面を叩いた。「——百パーセントの確信は持てませんが、われわれに見えたのは、量子のフィードバックがほかの艦のコアにも伝わった光景だと思います。特異点のいちばん近くにいて損傷した艦は、外からの攻撃で傷ついたように見えました。もちろん、外部も損傷はしましたが、内部のほうが大きな被害を受けました。数秒間は、コアの封じこめ機能を失いました。レーザー緩和フィールドがうまく働かなかったのは、おそらくそのせいでしょう。爆発のあと数秒間、敵はパワーを持たない厳しい状況でした。そこへ、われわれがレーザーで損傷個所をねらい撃ちし、敵は、コアに到達するビームを止めるすべがなかったわけです」

グレンジャーはあごをなで、うろうろ歩くのをやめた。

「大尉、われわれがもっと大きなものを——たとえば、軽巡航艦か中くらいの小惑星《アステロイド》を……あるいは地上から打ち上げるミサイルか魚雷を、特異点にぶつけたら、特異点を造り出した敵の艦も完全に破壊できるだろうか？」

ジャンは肩をすくめた。

「わかりません。そうなることも考えられます——やってみる価値はあります。ぶつけるものとして、ほかに何がありますか？」

「〈コングレス〉がある。ここだけの話だが、統合防衛軍が土壇場で緊急発進させられる艦も、いくつかある。うまくいくかもしれない」

「六隻の異星人艦を相手に？」プロクターが手でスクリーンを指した。速度を落として地球の低軌道に入ってゆく巨大な異星人艦の、拡大映像が出ている。地球に近づく敵艦が無数の戦闘艇らしきものを吐き出し、迎撃しようと地球からも戦闘艇の群れが射出されていた。最初の大群《スウォーム》戦争時代の、古い映像を連想させる光景だ。戦闘艇による猛烈な戦闘が始まっていた。だが、敵艦を止めるものがないので、月面基地の破壊風景が地球上のいたるところで繰り返されるだろうとわかっていながら、防ぎようがない。

　最初の標的はマイアミらしい。眼下に広がるフロリダ半島の南端を占める大都市が急に、上空から迫る脅威に対して、ちっぽけで傷つきやすい存在に見えた。

「レイナ」グレンジャーは通信ボタンを叩いて言った。「そっちは準備できたか？」

「もうすぐです、艦長。そろそろここから出ます。ブリッジから遠隔操作で、機関室の設備を動かせるようにします。あと、二、三分ください」

　グレンジャーは指で椅子の肘かけを連打した。いらだちがつのる。いや、いらだちではない。焦りだ。おれたちが何か手を打たないと、何百万人もが死ぬ。なんでもいいから、手を打たないと。

　プロクターがグレンジャーの落ち着かない様子に気づいた。

「不安ですか？」

グレンジャーは咳払いし、さらに何度か咳をした。

「中佐、わたしは十五年間ずっと不安だった。十五年前、わたしはこの目で見た——自分の属する政府が……艦隊が、安定と進歩を口実に進んで犠牲にし、無視し、嘘で塗り固めようとしているものを」

プロクターはうなずいた。

「〈ホルスキー事件〉ですね？」

グレンジャーはスクリーンに目を向けたまま、眼下の青い球体を大きな背景として小さくなってゆく異星人艦隊を見つめた。

「ロシア人は条約に違反して、ホルスキー星区に何年も前から軍を再建していた。だが、おえらがたは、それをわれわれに知らせたか？　警告したか？　ノーだ。わたしはいったい、どう考えればよかったのだ？　どの計器も、スウォームの再来を示していた。その状態で、ブリタニア星区へ向かう巨大な艦隊の動きを探知したとき、わたしは何をするべきだったのだ？　スウォームの侵入を傍観し、ぼんやりながめていればよかったのか？」

「でも、それはスウォームではなく、訓練中のロシア艦隊だった」と、プロクター。グレンジャーを批判しているとしても、声にそんな色は少しもない。

「スウォームではなく、訓練中のロシア艦隊だった」グレンジャーはオウム返しに言った。「だが、艦はどれも新しい設計だった。戦闘艇も。われわれが見たこともない、まったく新しい型だった。いったい、どう考えればよかったのだ？」

「艦隊情報部へ信号を送って、指示を求めることも――」

「通信はすべて妨害されていた。送信も受信もできなかった。だが、わたしにはわかっていた――何者だろうと、その宙域にいられるのは、統合防衛軍の知識を与えられたからだ。許可も与えられている。正式に認可されていない新艦隊を造っているのがロシア人なら、地球連合はなぜ、ほうっておく？　それが、われわれの宙域に深く入りこんだスウォームで、攻撃準備をしているのなら、われわれがほうっておかなければならない理由はない。ところが、統合防衛軍本部でデスクの向こうにすわっている官僚たちは、昇格や従軍記章を手にする策略をめぐらすのに忙しくて、そんなことは気にとめなかった」グレンジャーは視線をスクリーンからプロクターに戻した。「だから、わたしは強行した。わたしの航宙母艦とエイブ・ホーズのフリゲート艦に攻撃命令を出し、艦隊を妨害した」

「そして、人々が死んだ」

プロクターの声は、あいかわらず無表情だ。グレンジャーはうなずいた。

「人々が死んだ。われわれは艦隊の行く手にQジャンプし、無防備な相手の不意を突いた。相手が砲撃した。われわれは戦闘艇を射出した。向こうも戦闘艇を出した。統合防衛軍がロシア大使を連れて現われるころには、惑星ヴィターリィ3の周回軌道上で、完全な戦闘が行なわれていた」スクリーンに向きなおり、特異点生成の徴候はないかと探した。「わたしは統合防衛軍の旗艦でホルスキー星区から護送され、ヴァルハラ宇宙ステーションに戻って、テーブルにずらりと並んだ将官たちと対面した。だが、わたしは、ロシア人の条約違反をあばいたとして表彰されたか？ ロシア人の急速な軍隊再建を……新たな攻撃技術の開発を……新たな指向性兵器や慣性相殺装置の開発をあばいたことを、賞賛されたか？ ノーだ。統合防衛軍が全面的に参加して当然の活動が、すべて統合防衛軍の知らないところで行なわれたことを突きとめたのに。将官たちは、軍法会議にかけると言ってわたしを脅《おど》した。要するに、〝黙っていろ。さもないと死ぬまで閉じこめておくぞ〟ということだ」

プロクターは、もじもじと足を踏みかえた。

「裏で、何か交渉があったのかもしれません。ひょっとしたら、統合防衛軍はロシアの艦隊や条約違反のことを、ずっと前から知っていたのかもしれません。その状況にあなたが介入したことで、事態が悪化した可能性もあります。秘密の外交が妨害されたとか」

「バカな。このあいだ確認したが、われわれは民主主義社会に生きている。上院の存在理由は、それだ。政治家をあてにしているわけじゃないが、わたしの見かたは、こうだ――本部が本当にロシアのやっていることを知らなかったのなら、わたしのおかげで情報を得たのだし、本当は知っていたのなら、公開するべき情報だった」

古い記憶が内心の怒りに火をつけ、かき立てた。いいことだ。怒りを感じるのは、おれがまだ生きている証拠だ。死人は戦えない。生きている者だけが不正にいらだち、仲間を失って激怒し、戦って、戦争に勝つ。

「艦長、準備ができました」スコット機関長の声がした。グレンジャーがスクリーンを見つめているあいだに、黒ずんだつなぎ姿で油まみれのまま、ブリッジに入ってきていた。

「よくやった」グレンジャーは通信ボタンを叩いた。「ピアース部隊長、戦闘艇部隊は最後の出動準備ができたか？」

「とっくに、できています」と、ピアースの声。揺るぎない、しかし、よそよそしい口調だ。死ぬパイロットを選んだという体験が、重くのしかかっているのだろう。だが、嘆いている暇はない。厳しく容赦のない戦闘の現実に早く慣れるよう、手助けしている暇もない。気力を回復して任務を果たすか、死ぬか、どちらかだ。どっちみち死ぬ場合もある。ピアースは言葉を続けた。「破壊された重巡航艦やスーパー航宙母艦の戦闘艇から、数十艇を選びました。いまは充分すぎるほどの数を抱えています――百二十艇を、艦長が自由に使えます」

グレンジャーは片眉を上げた。なんともぞっとする数字だ。今日は六十二艇で始まり、二回の戦闘で何十艇かわからないくらい失った。いまは、最初にあった数より六十艇も増えた状態で一日を終えようとしている。

「大変けっこう、部隊長。グレンジャーより、以上」グレンジャーは砲術クルーに顔を向けた。「再装塡《そうてん》は終わったか？」

「はい、艦長」

グレンジャーは咳払いして立ちあがった。最後のスピーチの時間だ。通信ボタンを叩いた。

「こちらは艦長だ。これから、もういちど敵と交戦する」

ためらい、悪態をついて、頭を振った。スピーチなんぞ、くそくらえ。

「ぶっとばしてやれ。グレンジャーより、以上」

プロクターは片眉を上げてグレンジャーを見た。

「短くて、すてきでした。わたしの好きなスピーチです」

グレンジャーはスクリーンに向かい、航宙ステーションを指さした。それからQジャンプを命じようと、指をブリッジ前方へ向けた。

「少尉、Qジャンプを――」

膝が崩れ、視界がぼやけて身体が倒れた。自分の口から出た声が聞こえたが、言葉は理解できなかった。

視界が暗くなる前にグレンジャーが見た最後のものは、かがみこんでグレンジャーの胸をゆすぶり、聞こえない言葉を叫ぶプロクターの姿だった。

60

地球付近
ISS〈コンスティテューション〉ブリッジ

ドクター・ワイアットが何か言っている。表情から見ると、急を要する話らしい。だが、グレンジャーにはどうしてもワイアットの言葉が理解できなかった。

耳が聞こえなくなったのか？　グレンジャーは目を閉じ、音に意識を集中した。音に集中できるんだから、耳は聞こえるということだ。グレンジャーは目を開《あ》け、当惑してワイアットを見た。ワイアットはどなるのをやめ、かばんのなかに手を入れて何かを探した。まもなく、ワイアットは何か液体の入ったハイパワー注射器を、グレンジャーの腕に押しつけた。なかの液体が消え、ワイアットは別の注射器を出して、同じように中身をグレンジャーに注射した。

「なんだ、それは?」グレンジャーは言おうとした。だが、口から出たのは理解不能の音声だった。

ワイアットはいくつか別の道具をつかみ、グレンジャーの額《ひたい》に電子機器を固定した。その機器が暖かく脈動する感じを頭に伝えてくる。ワイアットは同時に、もうひとつの装置でグレンジャーの後頭部をこすった。

数分が過ぎたと思われるころ、グレンジャーは起きあがってあたりを見まわした。プロクター中佐の姿はもう近くにはなかったが、司令ステーションで戦術ステーションと話している。ワイアットはグレンジャーのそばに膝をついて、グレンジャーの腕をつかんでいた。

「無理しないで、艦長。起きてはいけません」

「何が起こった?」と、グレンジャー。今度は自分の言葉がわかった。ただ、発音が少し不明瞭だ。

ワイアットは上体をかがめて顔を近づけ、グレンジャーにしか聞こえない声で言った。

「脳に転移した腫瘍《しゅよう》が、前頭葉を圧迫しています。言語処理をつかさどる部分です。腫瘍がしだいに大きくなっています、ティム。のんびりしてはいられません」

グレンジャーはこめかみをさすった。ワイアットは続けて言った。

「苦痛をやわらげる薬剤を注射しました。そうしなければ、いまごろ、あなたは頭が割れそうな頭痛に悩まされていましたよ。それから、脳の腫瘍の圧力をやわらげるために極超音波を使い、患部にメタステロイド性薬品を投与して、弾力と回復力を持たせました。多少の役には立つでしょう——あと数日は、言語を失わずにすみます」

グレンジャーは悪態をついた。ともかく、おれに必要なのはあと数時間だろう。異星人をやっつけて太陽系から追い出すには、それで充分だ。グレンジャーは両のこぶしを床に押しつけて上体を持ちあげ、床の上にひざまずいた。ワイアットが止めようと動いたが、グレンジャーは手を振って退《しりぞ》けた。波のように襲ってくる眩暈《めまい》を感じながら、グレンジャーは立ちあがった。

「状況は？」しわがれ声でたずねた。

プロクターがクルリと身体ごと振り返った。

「ああ、よかった。艦長は、どんな具合ですか？」と、プロクター。ワイアットに向けた問いだ。

「わたしは状況をたずねたのだ！」グレンジャーはどなった。

「どのステーションも、Qジャンプ命令に備えています、艦長。電磁投射砲は、どれも再装塡《そうてん》が完了しました——艦長がダウンされているあいだに、また一門を使用可能にしました」

「わたしは、どのくらい、意識をなくしていた？」

「十分ほどです」と、プロクター。「ご自分で思っていらっしゃるより強く、頭を打たれたと思います」ワイアットに向かって、うなずいた。「艦長は、大丈夫でしょうか？」

ワイアットは居心地悪そうに足を踏みかえた。

「実のところ、中佐、きみを〈コンスティテューション〉の責任者にしようと思っている。艦長は、これ以上の任務には耐えられない。わたしは――」

「くだらん」グレンジャーが口をはさみ、脅《おど》すように一歩ワイアットに近づいた。「言ったろう、ドクター。緊急事態が過ぎたら、すぐに身を引く。だが、過ぎないうちは、一秒前でも身を引く気はない。さあ、わたしが宙兵隊員に命じて、きみを身動きできない状態で引きずり出させないうちに、ブリッジを出ていってくれ」

ワイアットは首を振った。

「だめです。艦長の健康と任務遂行力の問題となると、わたしの権威が優先されるんです。わたしはあなたを解任し、医務室へ行くよう命令できます」顔をプロクターに向けた。「中佐、きみはいまから艦長代行だ」

グレンジャーは興奮して、もう一歩ワイアットに近づいた。

「きみには、こんなことはできない」歯を食いしばったまま、ささやいた。

ワイアットは無表情を保とうと努めた。

「あなたの判断力は損なわれている。艦長を続けることを許したら、わたしは職務怠慢だ。艦内の全員を危険にさらすことになります」

グレンジャーは指を激しくスクリーンに突きつけながら、どなった。

「あそこにいる〝おもらし野郎〟どもが危害を及ぼそうとしている相手は、この艦だ。艦長ではない！　わからないのか？　このバカなもぐり医者め」口にしたとたんに後悔したが、いちど出た言葉を戻しようもない。ワイアットの間近で面と向かってどなったので、ブリッジじゅうのクルーが緊張して声も出さず、そろって息をひそめている。

「艦長」ワイアットは小声で言った。「わたしに、力ずくであなたを医務室まで護送させたりしないでください」

「ホーズがここにいたら、きみはぶちのめされていたぞ。わかっているか？」グレンジャーは唾《つば》を吐いた。

「艦長」ワイアットは重いため息をついた。「ホーズ中佐は死亡しました」

61

地球低軌道
ＩＳＳ〈コンスティテューション〉ブリッジ

グレンジャーは愕然《がくぜん》とし、よろめいて後ずさりした。もちろん、起こりうることとして覚悟はしていたが、こんなに早く起こるとは思わなかった。こんなに、すぐ。充分な時間がなかった。全然なかった。

ドクター・ワイアットは言葉を続けた。

「われわれ全員に同じ運命をたどらせたくなければ、わたしと一緒に医務室へ来てください」

呆然として言葉も出ないまま、グレンジャーは無言でうなずいた。ワイアットは向きを変え、ブリッジのスライド・ドアへ進んだ。グレンジャーは、おぼつかない足取りとあやうい平衡感覚をブリッジ・クルーから隠そうとしながら、あとに続いた。

「中佐」ドアから出るときに、プロクターを振り返って声をかけた。〈コンスティテューション〉を救ってほしい。最後の助言をしたい。プロクターが戦闘の勝算を変えられるような洞察や戦略を、いまいちど与えたい。だが、何も出てこなかった。

「やつらを、ぐうの音《ね》も出ないほどぶちのめしてやれ」

プロクターは無表情だったが、背筋を伸ばして敬礼した。

「了解、艦長」と、プロクター。グレンジャーは永久にその場を去るべく、向きを変えた。ドアから出たグレンジャーを、プロクターの声が追ってきた。「ありがとうございます」

医務室までの道のりは、いままででいちばん長く感じられた。普段は歩いて三分しかかからないが、いまは破片や残骸のなかを通り、ときには通路を走ってくるダメージ・コントロール・チームをかわしながら進まなければならない。医務室に着いて診察台にすわったときには、三十分もかかったかと思われた。隣の診察台に横たわった人物は、ひだを作った毛布におおわれている。

反射的に、誰だかわかった。ワイアットは、グレンジャーにはどうでもいいことを何か言い、逃げるように部屋を出ていった。グレンジャーは親友の遺体とともに一人で残され、物思いにふけった。

「ちくしょう、エイブ」グレンジャーは隣の診察台のそばに立って、つぶやいた。「おれたちがどんな終わりかたをしたと思う？　おれはいつだって、自分がいちばん先にあの世へ行くと思っていた。きみをあの世へ連れ去れるものなんか、何もないと思っていた。きみが死神の顔を真正面から見ると、死神は肝をつぶして逃げ出し、〝あいつには手を出すな〟と悲鳴を上げると思っていたぞ、この頭のおかしいろくでなしめ」毛布の下の動かない姿を見つめ、無言で、遠くの低い爆発音に耳をすました。「それなのに、なんだ、このざまは？」

　ここは医務室内の小さな検査室だ。室外の中央看護区画から、ざわめきが聞こえる。医師や看護師たちが、患者から危険な状態の患者へと走り、外傷や重い火傷を負った犠牲者たちの命を救おうとしている。グレンジャーは、なんとなく前の戦闘で負傷したクルーだと思っていた。〈コンスティテューション〉がひどく撃たれたことは間違いない。だが、まだ死傷者や損害報告を確認する時間がなかった。まして、損傷の大きい区画を見てまわるなど、とても無理だった。ドアの向こうの物音から、負傷者たちの状態がよくないことがわかる。

グレンジャーは診察台のそばの電子カルテ・システムを振り返り、自分のカルテを出した。さまざまなテスト結果やスキャン映像をスクロールし、肺の写真を固定した。黒い全体が、腫瘍《しゅよう》で赤くまだらになり、健康な組織は癌《がん》と壊死《えし》した肉に埋《う》もれて見えない。まだ生きていることが……おまけに歩きまわっていることが、不思議だ。

「ワイアットは、この状態を防げたはずだと言ったよ。だが、おれが自分で遅らせた。ぐずぐずと先延ばしにした。ステージ千の癌だ。おれがなぜ、このスキャンを受けなかったか、知っているだろう?」毛布におおわれた姿に視線を戻した。「おれは死ぬのが怖かった。おびえていた。直面したくなかった。認めたくなかった——自分が退役させられ、病院のベッドから動けなくなり、尻一面に床ずれができるかもしれないなんてことを。逃げていたら、ドカンと来た。何もない。何も考えられない。感情もない。存在もない。ただ……何もない」

艦がゴロゴロと音を立てた。戦闘に入ったのだろう。

今度は、生き延びられる見こみはない。ゼロだ。皆無だ。

この数十年ではじめて、腫瘍におかされた自分の肺の写真を見つめ、死んだ友人をおおう毛布に視線を移した。遠くの荒々しい爆発音が感じられた。よく知っている音だ——

——異星人が致命的な緑のエネルギー・ビームで、〈コンスティテューション〉を続けざまに撃っている。グレンジャーはすすり泣き、疲れきって自分の診察台に腰をおろした。
ちくしょう。いったい、おれは何をしているんだ？——苦々しい思いにとらえられた。子供みたいにめそめそするのはやめて、尻を上げろ、バカ者。自分を罵倒しながら、いらいらと指先で自分の顔をひっかき、髪をつかんだ。

歳をとるのは最悪だ。死ぬのも最悪だ。

グレンジャーは深く息を吸った——痛みなんぞ、くそくらえだ！ 診察台から跳びおり、友人をおおう毛布をはぎ取った。エイブラハム・ホーズの青ざめて冷えきった姿が現われた。目は閉じ、こめかみがへこんでいる。

「くそ！ エイブ！ くそったれ！ きみが必要だというときに、いったいどこにいるんだ！」グレンジャーはホーズの胸を二度、叩いてから、片手をホーズのこわばった肩に置いて握りしめた。

デッキがゴロゴロと前より激しく音を立てた。遠い爆発音が聞こえた。間違いなく、艦が異星人のエネルギー・ビームで切られている。

クルーが死んでゆく。それなのに、おれは手をこまねいている。

グレンジャーは身をかがめてホーズの耳もとに顔を近づけ、しわがれ声でささやいた。

「やつらの自由になんか、させるものか。約束する。おれは最後まで、きみを葬らない。

最後まで、敵の手には渡さない」

　それ以上は言わずに、涙を拭って歯を食いしばり、検査室から大股に中央看護区画へ出た。ドクター・ワイアットが立ちふさがった。

「だめです、艦長」

「ドクター」グレンジャーはワイアットの肩をつかみ、目をのぞきこんだ。「きみは、事態の重みを理解していないんじゃないか――」

「いいですか、艦長。言いましたよね――どんなに重大な事態だろうと、いまのあなたには艦の指揮はとれない。わたしは――」

「いいからその口を閉じて、わたしの話を聞け、アーマンド。わたしは指揮権を取り戻そうとしているんじゃない。医務室にいる全員の命を救おうとしているんだ。ここに戦闘の影響があるか？　現に、ある。艦は弱っている。それも急速に。一時間も持たないだろう」

　グレンジャーの言葉に耳を傾けながら、ワイアットは疑わしげに目を細め、信じがたいと言いたげに頭を振った。グレンジャーは続けた。

「本当だ。異星人艦隊との対戦でわれわれが持ちこたえる見こみは、万にひとつもない。二十分で全滅だ。逃げられない――エンジンは、もう修理不能だ」グレンジャーはベッドや検査台に横たわっている患者たちを指さした。「この患者たちを、救命ポッドに運ばなければならないぞ。ブリッジから避難命令が出たときには、全員を救う時間はなくなっているはずだ。だが、いまから準備すれば、避難できるかもしれない」

「自信がありますか？」

「あるとも。絶対だ」〝できるかもしれない〟という言葉と矛盾することは、意識しなかった。

ワイアットはもういちどグレンジャーを見てから、手を止めて聞き耳を立てているスタッフのほうへ身体ごと向きなおった。

「ここにいる全員を救命ポッドに乗せろ。ポッドひとつにつき、五人の患者とスタッフひとりだ。実行しろ！」

医者や看護師全員が跳びあがって動きだし、負傷者を救命ポッドごとに割り振りはじめた――重体の患者は、引き続き医者や看護師から充分な手当てを受けられるよう、どのポッドにも同じ人数を乗せる……命の危険のない患者は、そのあとで割り振る。ワイアットは作業を監督し、不測の事態に備えて必要と思われるものを用意した。何やら、大都市がすべて破壊された場合に荒野で生き延びるのがどうとかいうつぶやきが、グレンジャーの耳に入った。そんな事態になるだろうか？　当然、なる――〈コンスティテュージョン〉が失敗すれば。おれが失敗すれば。

ざわめきと混乱のなかで、グレンジャーは足音を忍ばせて医務室のドアから外へ出た。

62

地球低軌道
X-25戦闘艇のコックピット

長い一日で三度目の出動だ。肝っ玉《ボールジー》ことフォルツ大尉は、敵艦から吐き出される何千もの戦闘艇の群れに飛びこんでは抜け、通り抜けたり下をくぐったり、迂回したりしていた。異星人艦隊は、最後の瞬間まで戦闘艇の群れを抑えておくつもりらしい。

ボールジーの分隊は、半分になっていた――前の戦闘で、尻振り《フィッシュテイル》と勇気《プラック》が艇ごと失われた。その前の戦闘で、熱気箱《ホットボックス》を失っている。

「田舎町《ドッグタウン》、急激に上へ向かえ。きみの後ろについてる敵艇をやっつけてやる!」

ボールジーが何発か発砲し、ふたつの異星人艇が爆発して破片の雲に変わった。ドッグタウン艇は敵の追跡を逃れて弧《こ》を描き、〈コンスティテューション〉のレーザー砲塔のひとつをあの手この手でねらういくつかの敵艇のあいだを、猛烈な勢いで通り抜けた。

異星人の巡航艦が何千もの戦闘艇を吐き出しているにもかかわらず、今回の状況は――少なくとも戦闘艇による戦いは、あまり絶望的には見えない。何百もの……ひょっとしたら千に達するかもしれない統合防衛軍の戦闘艇が、地球防衛のために動員され、地表から飛びたって加わった。主力艦による支援はなくても、地球の低軌道に侵入した異星人に対して、それなりの罰を与えている。

「こちらはピアース部隊長だ。〈コンスティテューション〉に所属する戦闘艇中隊はすべて、フォート・ウォルトンから発進した鷲の翼《イーグル・ウイング》部隊と合流し、全火力を二〇マーク二の異星人艦に集中しろ」

　ボールジーは声を殺してぶつぶつ言った――〈コンスティテューション〉が異星人艦隊に激しく撃たれている。おれたちが異星人艦の攻撃にまわったら、〝老鳥〟の寿命はますます短くなる。

「さあ、ボールジー」と、ドッグタウン。「行って、けちなろくでなしどもの苦痛を早く終わらせてやろう」

　ボールジーはスラスターを吹かし、イオン・エンジンを赤熱させて、矢のように〈コンスティテューション〉から遠ざかった。右側に、フロリダ半島から雲のように立ちのぼる戦闘艇の新たな一群が見える。イーグル・ウイング部隊だ。ピアースが指示した敵艦襲撃に、ちょうどまに合いそうだ。Y-52戦闘艇が、五、六百ほどいる。息をつく暇もなく、戦闘が再開された。

「こちらはイーグル・ウイングのクルーガー部隊長だ。よろしくな、野郎ども！ そちらが艦尾を受け持ってくれれば、われわれは艦首に挑む。このあばずれをやっつけよう！」

戦闘艇部隊は異星人の巡航艦に群がり、戦闘艇どうしの戦いからはずれて向かってきた敵艇の群れを意に介さず、何百何千という炎の流れを艦にぶつけた。

左側で起こった爆発の光景に、ボールジーはひるんだ。ちくしょう——あれは〈カンタス〉の戦闘艇だ。十字砲火に捕らえられた。

戦闘艇群が引き裂かれていた。全員が異星人巡航艦に注意を集中したため、一艇ずつ敵艇にやられてゆく。

だが、効果は現われていた。巨大な艦が右に傾きはじめたところを見ると、数多くの戦闘艇の発砲を受けた打撃が累積して、とほうもない効果を及ぼしたらしい。

「がんばれ、野郎ども！」ボールジーのヘッドセットにピアースの声が届いた。

突き刺すような爆発音とともに、その戦闘は終わった。異星人艦がふたつに割れた衝撃波が、艦の後方にいたボールジー艇をとらえ、ボールジーは一瞬、これで自分も終わりかと思った。だが、艇の封じこめ機能は持ちこたえ、高速で飛んでくる破片に打たれる前に、艇は爆発現場から猛烈な勢いで飛び去った。

「ああ、そんな……」イーグル・ウイングのクルーガー部隊長のうめく声が、スピーカーから届いた。「やめろ。やめろ。やめろ」

ボールジーはあたりを見まわした。異星人の戦闘艇群が見えたが、それはあたりまえだ。

そのとき、見えた。

異星人艦のあいだに形成されはじめていた明滅する白光の球が、消えていた。フロリダ半島の南端に、茶色と黒のまじった巨大な雲が湧きあがっている。白球がどこへ消えたかは、明らかだ。

通信器からピアースの声が叫んだ。

「全戦闘艇！　四二マーク五の艦へ向かえ！　特異点をもうひとつ発射させるわけにはいかない！」

なんてこった。雲はとてつもなく大きい。キノコ状に広がりながら、どんどん上空へのぼってくる。古い映画の一場面みたいだ――異星人が熱核弾頭でいくつもの都市を爆撃した、最初の大群《スウォーム》戦争の光景を思い出させる。

だが、こっちのほうが大きい。はるかに破壊力がある。想像を絶する規模の破壊だ。

まさに、地上は地獄だった。

「了解」ボールジーは答えた。「さあ、行くぞ、ドッグタウン」

何人が死んだんだろう？　一瞬で、何人の命が犠牲になった？　爆発地帯が広がり、近隣の町や村を引き裂くにつれて、ほかに何人が悲鳴を上げ、おびえてるんだろう？　ボールジーは頭を振った。いや。いまは考えられない。まだ。

通り過ぎる敵艇めがけて数発を撃ち、次の異星人巡航艦のほうへ向きを変えた。状況画面を見て、直前の攻撃で味方が四十以上の艇を失ったことがわかった。残りは、もう八十艇にも満たない。

状況は不利だ。

63

地球低軌道
ISS〈コンスティテューション〉機関室区画

グレンジャーは転がるように通路を走った。まもなく射出される救命ポッドのひとつにホーズを連れて乗りこむことと、地球に着いたら正式な葬儀を手配することだけを望んでいたが、それはもう無理だ。

空気を求めて、グレンジャーは息をはずませ、激しく呼吸しながらも、十デッキ下をめざした。メイン・リフトは大群《スゥオーム》艦のエネルギー・ビームで、きれいに切断されている。デッキをひとつおりるたびに足を止め、予備のリフトを設置しなかった自分に悪態をついた。五年前に、ホーズ副長から要求されたのに。あのときは不必要だと思ったが、いまは自分の頑固さが悔やまれる。ホーズはいままで、どうやっておれに耐えてきたのだろう？

いや、それはおたがいさまだ——ホーズだって、完璧な人間じゃなかった。

「ぼくたち、死ぬんですか、艦長？」

踊り場に着いたグレンジャーは、開いたドアの近くにかがんでいる人間にぶつかって転びそうになった。いや、かがんでいるのではなく、背が低いだけだ。

「コーネリアス・デクスター？」

「ぼくたち、宇宙で死ぬんでしょ？」小さな顔は苦しそうで、しゃべりかたは静かだ。月面基地で出会ったよくしゃべる小学生と、同じ少年とは思えない。

そのとおり。おれはな——グレンジャーは思った。だが、口にしたのは別の言葉だ。

「きみたちは、そんなことにはならないよ」

「でも、艦はずっと揺れっぱなしです。爆発も聞こえる。みんな……みんな、艦が異星人に爆破されるって言ってます！」

「そんなこと、させるものか。きみたちをこの艦から出して、無事に地球に送り届ける。それから、やつらをぶっとばすんだ。わかったかな？」と、グレンジャー。この少年は、短くて口汚《くちぎたな》いスピーチが好きだったはずだ。思ったとおり、少年の顔に小さな笑みが浮かんだ。「デクスター、心配はいらない。きみは大きくなって、オートバイ・レーサーになる。だが、まず、きみとクラスメートたちを艦から出さなきゃならない。先生はどこだ？」

デクスターは、通路沿いの開いたドアを指さした。小さな会議室のなかで、ほかの二十人の学童を静かにさせておこうと努力する教師が見えた。

「子供たちを連れて、わたしについてきてください。あなたがた全員を、救命ポッドに連れていきます」

一分後、グレンジャーとデクスター、教師、〈レインボー〉の艦長、二十人の子供たちは、通路を走っていた。グレンジャーが壁のコントロール・パネルのボタンを押すと、壁が割れてふたつの救命ポッドが現われた。グレンジャーは教師と十人の子供を急き立して救命ポッドのひとつに乗せ、〈レインボー〉の艦長と残った子供たちをもうひとつのポッドに乗せた。

デクスターは最後に乗りこんだ。おびえた表情は一分前より薄れたが、まだ顔色が悪い。

「また、あとでね、艦長。あいつらのケツをぶっとばしてきて」

グレンジャーはデクスターにウィンクした。

「言葉に気をつけたほうがいいぞ。それと――」グレンジャーはうなずいてみせた。

「――まかせとけ」

ハッチが閉まり、救命ポッドのエンジンがかかったのを確認すると、グレンジャーは通路を走って階段へ向かった。苦しげに深いため息をつき、ふたたび階段を駆けおりはじめた。低いゴロゴロという音や爆発音が聞こえるたびに、たじろいだ。スウォームの侵入部隊からのさらなる直接攻撃に、艦が耐えている。プロクターが反撃していないと、まずいことになりそうだ。

グレンジャーは足を止めた。第十五デッキだ。階段から伸びる通路の向かいの端に、バー――〈アフターバーナー〉と展望デッキがある。部屋の外壁の長さいっぱいに、巨大な窓が広がる場所だ。この艦で唯一、厚さ十メートルのタングステンの装甲をまとっていない部分で、非常にめずらしい――この部屋は外殻の厚さがほんの二メートルで、戦闘艇ベイに続く巨大なドアの陰にひっこんでいる。見事な宇宙空間の風景が見られるが、窓は外殻のほかの区画のように、外の宇宙空間にさらされてはいない。

グレンジャーはためらったが、ちょっと外の様子を見ようと決心して、通路を走った。目的地にたどり着く前に、戦況の感触を得たい。

ドアがすべるように横に開き、視界が広がった。壁に並んだ窓から、眼下に外の戦闘が見える。

地球があった。近くに……すぐ隣に。ほぼ窓全体を埋《う》めている。

そして、戦闘。どうやら統合防衛軍は、新たにひとにぎりの艦を首尾よく緊急発進させたらしい。ヴァルハラ宇宙ステーションに集結した艦隊ほど大規模ではないが、あなどりがたい威力だ。一キロも離れていないところを一隻の異星人艦がただよい、〈コンスティテューション〉の電磁投射砲で撃たれていた。

だが、その艦ともう一隻の異星人艦が報復し、いまでは見慣れた緑のエネルギー・ビームが〈コンスティテューション〉に突き刺さった。窓の外を戦闘艇が一艇、かんだかい音とともに通り過ぎ、別の緑のビームに撃たれて〈コンスティテューション〉の外殻に叩きつけられた。艦尾から百メートルくらいしか離れていない位置で戦闘艇が爆発し、グレンジャーは跳びあがった。爆発の震動で投げ飛ばされそうになり、壁に寄りかかって身体を支えた。

敵艦を数えた。一、二、三、四……。四隻。あてにしていなかったが、プロクターはなんと、異星人の主力艦のうち二隻をしとめたらしい。たぶん、〈コングレス〉のピケンズ艦長が支援してくれたのだろう。

〈コングレス〉の姿が見え、グレンジャーは息をのんだ。一隻の異星人艦の影のなかから、ただよいながら出てきた。艦体外殻にできた無数の穴から火を噴き、その炎にのみこまれかけている。

「まさか……」

近くの異星人艦から緑のビームが飛び出し、〈コングレス〉の前部に食いこんだ。老朽艦はさらに炎と残骸を噴き出し、傾いた。

まもなく、大きな後部スラスターのひとつが爆発し、〈コングレス〉はきりもみしながら地球に向かって降下した。大気圏上層に到達して、とめどなく回転しつづけると、圧搾空気のかすかな輝きが莢《さや》のように艦を包んだ。

またしても異星人艦から発射された緑のビームが〈コンスティテューション〉を襲い、艦は激しく揺れた。

そろそろ行かなければならない。グレンジャーは向きを変え、勢いよく通路を走った。三十年前でも疲れ果てたに違いない猛スピードで、階段をいちどに二段ずつ降りた。ようやく最後の角を曲がり、目的地の前の踊り場に出た。二人の宙兵隊員が、近づくグレンジャーに敬礼した。

「艦長？」

「なおれ」グレンジャーは足を進めた。

二人は動かない。

「申しわけありません。ここへは誰も入れません。放射線レベルが高すぎますので」

「わかっているとも。道を空《あ》けろ。実を言うと——」グレンジャーは背後の階段を振り返った。「——きみたちはここでの任務を解かれた。負傷者を救命ポッドに乗せる手伝いをしろ。戦闘は、そろそろ終わる」

宙兵隊員たちはそわそわとドアを見て、グレンジャーに向きなおった。

「心配するな」と、グレンジャー。「わたしが、なかからドアをロックする。誰も入らせない」

「しかし、それでは艦長は、なかで命を落とすことになります」

グレンジャーは笑顔になった。本物の笑みだ。

「艦長は、艦と運命をともにしなければならないのだ。きみたち全員が避難したら、わたしにはすることがある。さあ、行け」グレンジャーは背後の階段を指さした。狂ったように荒々しい足音や、すぐ上のデッキで損傷した区画からひきずり出される負傷者の、苦痛の叫びが聞こえる。

二人の宙兵隊員は顔を見合わせ、もういちどグレンジャーに視線を戻してから、階段を駆けあがっていった。グレンジャーは一人、ドアの外に残された。

おれは本当に、やりたいのか？　半時間以内に放射線で死ぬぞ。艦が見捨てられるまで待って、ブリッジから計画を実行する手もある。

いや。おれは、どのみち死ぬ。これは自分で決めたことだ。放射線を恐れる必要など、ない。おれを傷つけられるものは何もない。血に飢えたスウォームでさえ無理だ。すばらしい――自分の命を手にしたいま……自分の生死を自分で決める立場になれたいま、おれは無敵だ。

微笑が――この数週間ではじめての、心からの笑みが浮かび、グレンジャーは身分証《ID》を読取機に通した。ドアがうなりとともに、すべるように開いた。グレンジャーが足を踏み入れると、機関室に満ちた温かい放射線が押し寄せた。

64

地球低軌道
ISS〈コンスティテューション〉機関室

奇妙だ――放射線の致命的な刺激が感じられない。自分が毎秒、年間許容線量の何十倍もの放射線を浴びているという徴候は、まったくない。だが、機関室のなかを進むにつれて、頭が軽くなり、視界が安定し、自分の意図と最後の任務が明確に意識された。

グレンジャーは部屋の向かい側へ突進し、艦の状態図を出した。ひとめで悲惨な状態だとわかった。十二近いデッキで減圧が起こっている。システムは故障し、メイン・パワーは失われた。ほとんどの電磁投射砲は操作不能だ。生命維持装置は壊れている。

〈コンスティテューション〉に臨終のときが訪れたのだ。

そして、おれの臨終のときも。〝老鳥〟が最後の輝きを見せるときだ。おれも一緒に。

グレンジャーは通信ボタンの上に片手を浮かせ、プロクター中佐にメッセージを送って意図を伝える準備をした。だが、最後の瞬間に考えなおした。プロクターはおれを思いとどまらせようとして、貴重な時間を無駄にしかねない。だめだ。おれがあの人物を誤解しているのでなければ、プロクターはすでに、ほとんどのクルーに救命ポッドへ行けと命じたはずだ。現在も有効な一般命令を出して調べると、予想は当たっていた。〝ブリッジ・クルー以外は総員、救命ポッドに乗りこめ〟とある。もちろん、ブリッジ・クルーは最後に脱出する。

広大な機関室全体を、低くとどろく脈動が走った。よく知っている感覚だ。グレンジャーは確認のためにセンサー表示を出し、うなずいた。間違いない。艦首の右側、三キロ離れた位置で、残る四隻の異星人艦の中央に促成特異点が形成されている。

戦場のほかの部分をスキャンすると、死に物狂いの最終戦に召集された艦が見えた。ほとんどが砕けて、煙や残骸を噴き出している。わずかに生き残ったものも、故障して傷跡だらけだ。たどたどしく進みながら、わずかに残った武器で四隻の異星人艦を撃っているが、効果はない。

火に包まれた〈コングレス〉が地球の大気圏内を降下し、彗星のように炎の尾を引いた。

「さよなら、ビル」グレンジャーはつぶやいた。「きみとプロクターは、間違いなくいいチームだったよ」

別れが多すぎる。

メイン・エンジンの状態を確認し、六つのメイン・スラスターのうち五つがほとんど破壊されていることを知って、ぎょっとした。さいわい、六番目は作動するようだ。かろうじて。

特異点が大きくなったらしく、艦を襲う脈動が激しくなった。グレンジャーは時間をチェックした。前に見た特異点と同じ速さで成長しているとすると、残り時間は三分弱だ。

救命ポッドの状態画面にチラリと目を向けた。ほぼ全部のポッドが射出され、ブリッジ・クルーの分しか残っていない。それも、まもなく、打ちのめされて壊れた艦から急速に離れてゆくだろう。

いや、まだ打ちのめされてはいない。

ポッドがひとつ残っているのだから。主要な指揮要員用で、艦長と数人のブリッジ士官を収容するためのものだ。グレンジャーは画面のボタンを押して、ポッドが作動することを確かめた。だが、まだ射出されていない。プロクターはほかの者たちと一緒に、別のポッドで脱出したのだろうか？

グレンジャーの無言の問いに答えるかのように、スピーカーからプロクターの声が響いた。

「誰か、まだ残っているなら、これが最後の警告です。ただちに避難しなさい。艦は、あと数分しかもちません。指揮官より、以上」

次の瞬間、指揮要員用のポッドが赤く表示され、射出されたことを伝えた。

グレンジャーは一人になった。ほかは死んだ者ばかりだ。咳の発作に襲われた。口に当てた手を離すと、また赤く濡れていた。皮肉なブラックユーモアが頭に浮かび、グレンジャーは顔をゆがめた——死人だらけの死んだ艦を、死人が操縦して、まだ生きている者たちを救おうとしている。

グレンジャーは操縦桿を引いてみて、うなずいた——プロクターは、艦を自動操縦にしていった。まっすぐ特異点に飛びこむよう、セットしてある。

だが、これでは不充分だ。恐ろしいことだが、失敗に終わりそうだ。われわれがまた特異点を破壊するのを、異星人が黙って見ているだろうか？——その疑いを証明するように、一隻の異星人艦が〈コンスティテューション〉に向けていっせいにエネルギー・ビームを発射した。〈コンスティテューション〉は大きく揺れて震動した。グレンジャーは戦術画面を出し、異星人艦を見つめた。四隻の中央に特異点を据《す》えたまま、〈コンスティテューション〉が自動操縦で進む針路をかわして離れてゆく。結局、自動操縦では宇宙空間の特定の位置に向かって盲進するだけで、任意に変わる位置に向けて針路を変えることはできないのだ。

「なんの、そうはさせるか。おれにはきさまの針路が見えているぞ、このろくでなしめ」

65

地球低軌道
指揮要員用救命ポッド

プロクター中佐は救命ポッドの狭苦しい座席にすわり、苦痛に歯を食いしばった――異星人艦から最後の荒々しい斉射を受けたときに、足首をひねったのだ。

「行き先は？」小さな航法コンソールの前に身体を押しこんだプリンス少尉が、たずねた。救命ポッドは避難するためのもので、作戦行動向きに造られてはいないが、行き先を定めることは可能だ。

プロクターは無理やり頭を働かせ、目的地として最適な場所を考えようとした。わたしの最後の賭けが失敗したら……〈コンスティテューション〉を特異点に衝突させて、特異点とつながる異星人艦を破壊することができなかったら、地球は終わりだ。その筋書きだと、異星人の攻撃をまぬかれそうな人口のまばらな荒地へ向かい、またいつか戦うために生きるのが妥当かもしれない。

だが、その計画が成功すれば、統合防衛軍は再編制するだろう。今回の来襲が大群艦《スウォーム》隊の最後の一陣であるはずはない。地球が生き延びたら、まもなく報復に現われるはずのスウォームの攻撃に備えなければならない。

「オマハへ。中央軍本部は、マイアミの地下で起こった特異点の爆発で破壊された。オマハには予備の本部があって、統合防衛軍が再編制するなら、オマハで行なう可能性が高いわ」

「了解。オマハへ向かう針路をセットしました」

圧縮衝撃波が救命ポッドを包むにつれて、周囲の大気が赤熱しはじめ、小さなポッドは激しく揺れた。ポッドは単に生き延びるためのもので、快適な乗物として設計されてはいない。

「副長！　敵が〈コンスティテューション〉を攻撃しています！」

プロクターは首を伸ばして、小さな窓から外を見た。たしかに、異星人艦が〝老鳥〟に、エネルギー兵器の激しい集中砲火を浴びせている。〈コンスティテューション〉が破片を宇宙空間に飛ばし、新しい穴から一瞬、炎が噴き出しては周囲の真空に触れて消えてゆく。

「無駄よ、このろくでなしども」プロクターは心のなかでつぶやき、暗い笑みを浮かべた。

だが、プロクターの気持ちは沈んだ。四隻の異星人艦が隊形を組んだまま、中心にある特異点を連れて離れてゆく。異星人艦は〈コンスティテューション〉の上を通って、右側に出た。プロクターが自動操縦にセットした標的の位置から、はずれた。

「くそ」プロクターはあえいだ。

もう、終わりだ。

異星人艦は一分以内に特異点を、北アメリカの別の都市の地下にテレポートさせる——ロサンゼルスの可能性がいちばん高い。異星人艦から見て、いちばん近くて目立つ標的だから。そして、そのあと、次々と都市に対する上空からの攻撃が続く。執拗に、無慈悲に、地図上から人間の文明を消してゆく。

そして、ここから破壊がさらに広がってゆく。ベラクルス星区は、すでに滅びたらしい。ほかの何十もの星区や多数の惑星が、それに続く。地球がなくなれば……人類の力の中心が消えてしまえば、死神のようにしつこい敵より優位に立つことなど、とても考えられない。

「あの、副長?」

「今度は、なに?」と、プロクター。きつい口調だ。

ディアス大尉が窓の外を指さした。

「〈コンスティテューション〉が針路を変えています」

プロクターは跳びあがって窓の外を見た。なるほど、〝老鳥〟が大きな弧《こ》を描いて上方へ向かい、宇宙ゴミ《デブリ》原を通って、異星人艦がなんとかかわそうとするなかを、明滅する特異点へ向かっている。

「ありえないわ」プロクターは小さなコンソールにセンサー画面を出した。「あなた、艦内に生命徴候はないと言ったじゃない!」

「艦内センサーの表示は、そうだったんです!」

「じゃ、いったいどうして針路を変えているのよ?」プロクターは窓の外を指して、わめいた。

通信機のブザーが、やわらかな呼出音を立てた。ポッド内の騒ぎと大気圏内での揺れに気をとられていたプロクターは、もう少しで聞きもらすところだった。通信が入っていることを示す黄色のランプを見つめ、ようやくランプを叩いて、通信を承認した。疑わしげな目を、窓の外の老朽艦に向けたままだ。

スピーカーから聞きなれた声が出た。なぜか、プロクターは少しも驚かなかった。

「プロクター中佐、よくやった」

「艦長、わたしは――」声が出なくなった。なんと言っていいか、わからない。

「この花火ショーは、見ごたえがあるぞ、きっと――身のほど知らずな技だ」

「急速に特異点に近づいています。もう一キロも離れていません」と、ディアス大尉。

つぶやくような声だ。

「ありがとうございます、艦長」と、プロクター。「何もかも」

「おおっと、わたしのことで〝お涙ちょうだい〟はやめてくれよ、中佐。艦長は、艦と運命をともにするものだ――知っているだろう」

「艦長から〈コンスティテューション〉を奪おうとして、すみません、ティム」

沈黙。

「いや。きみは、わたしが〈コンスティテューション〉の真価をふたたび見いだすのに手を貸してくれた」

特異点の脈動する光が強くなった。異星人が、ロサンゼルスの地下へテレポートさせる準備をしている。重力エネルギー波が救命ポッドを打った。

〈コンスティテューション〉の先端が特異点に接近し、周囲の空間がゆがむにつれて、特異点は目に見えて広がりはじめた。

ふたたびグレンジャーの声が届いた。強い雑音がまじってゆがんでいるが、大胆不敵な口調だ。

「これでもくらえ、ろくでなしども――」

続いて、いくつかのことが同時に起こった。

目もくらむ閃光を発して〈コンスティテューション〉が特異点に突っこみ、激しい炎のなかに消えた。一瞬、異星人艦内のコアと特異点を結ぶ、目に見えないはずの量子のつながりが見えた。不気味な緑の輝きを発して、ちらちら光っている。次の瞬間、異星人艦が四隻とも大爆発を起こした。

プロクターは片手で目をおおった。強烈な光を受けた窓が自動的に暗くなったが、それでも直視できないほどまぶしい。

プロクターが目を開けたとき、執念深い四隻の異星人艦の残骸は、くすぶる抜け殻になっていた。ねじ曲がった金属と装甲の殻が、破片と煙と異星人の体液を虚空に噴出している。異星人は消えた。打ち負かされた。

特異点も消えていた。

〈コンスティテューション〉も消えた。

グレンジャーも。

「あのろくでなしの老いぼれが、やったわ」プロクターはつぶやいた。とても太刀打ちできない火力に対抗して。

見こみはなかったのに、なぜか、やってのけた。あらゆる困難をものともせずに。

考えられない犠牲を払って。

わたしたちは、やった。

プロクターは身震いし、ゆがんだ顔を二人のブリッジ・クルーに見られないよう、横を向いた。はじめて〈コンスティテューション〉に乗ったとき、自分に与えられた仕事は雑用だと思った。取るに足らない不愉快な仕事もこなして、チェックマークを入れておかなければ、キャリアの次の段階へは進めない。もっと立派な新造艦を手に入れて銀河系を航行し、何百という新しい惑星を見てまわるには、やっておかなければならない雑用だ。グレンジャー艦長は怒りっぽい老いぼれで、わざとわたしの邪魔をした。意図的に、わたしの人生を難しくした。

でも、緊急事態になると、あの人は変わった。指揮官に変身した。医務長に介入されて解任という屈辱を受けながらも、避けられない事態を予知して計画を立て、必要なことを実行した。

そして、われわれ全員を救った。

プロクターは窓に触れ、〝老鳥〟がグレンジャーを連れて消えた位置に、手を押し当てた。

脇の、はるか遠くにあるものがプロクターの目をとらえた。窓の外を燃える大気が通り過ぎるため、見落としそうになったが、もうひとつの爆発だ。間違いようがない。

どこからともなく、天空からすばやく抜け出してきたかのように、一隻の艦が現われた。四隻の異星人艦が爆発した位置から、ほんの数キロしか離れていない。

「そんな、まさか……」プロクターはふたたび立ちあがり、窓に鼻を押しつけて外を見た。

ありえない。特異点は、近づくものを何もかものみこんでしまうはずだ。

だが、艦はたしかにいた。数分前より、もっと壊れて、ぐらついた姿で。

〈コンスティテューション〉が炎と破片を噴き出しながら、地球の大気圏に向かって急速に降下していた。

66

地球低軌道
指揮要員用救命ポッド

「あの艦にセンサーをロックしなさい！」プロクター中佐はディアス大尉に向かってわめいた。「ロックしなさいったら！　艦内に生きた人間がいるかどうか、知りたいの！」

プロクターの指が小さなコンピューターのコンソール画面上を走りまわり、非常スラスターをオンラインにして、最大限に噴射させた。

「大気圏から脱出しなさい！」

「しかし、副長――」

「早く！」

「ですが、副長」プリンス少尉が口をはさんだ。「このポッドは、すでに地球の重力井戸の奥深くへ下降している可能性があります。この種のポッドは、周回軌道に入るようには設計されていません」顔を紅潮させている。わたしの無謀な計画に気づいたのだろう——プロクターは思った。プリンス少尉は、すばやく窓外の〈コンスティテューション〉に視線を戻した。〈コンスティテューション〉は猛スピードで大気圏に向かってくる。

プロクターは怒りにまかせて命じた。

「やってみなさい。いいから、やって！」

「やっています」と、プリンス少尉。必死で救命ポッドの降下を抑え、周回軌道に入ろうと、狂ったようにコンソールに指を走らせた。

「副長」と、ディアス大尉。信じられないと言いたげに頭を振っている。「〈コンスティテューション〉の機関室に、生命徴候をひとつ探知しました。非常に弱いものです」

艦長は生きている。

「プリンス少尉、二分で、このポッドをあの艦に着けなさい。できなかったら、ポッドが成層圏に達したときに、あなたを外へ放り出すわよ」

プリンス少尉は青くなった。プロクターのきついユーモアを理解しきれなかったらしい。

「〈コンスティテューション〉に寄せて、艦の軌道と交差することはできるでしょうが、このポッドの降下は止められそうもありません」

「それで充分よ。〈コンスティテューション〉に寄せなさい」

救命ポッドが〈コンスティテューション〉に近づいてゆくと、プロクターは息を詰めた。〈コンスティテューション〉は、圧縮されて赤とオレンジ色にうねりはじめた大気に囲まれている。

「あの圧縮衝撃波の前を通り抜けて、救命ポッドの射出口に再ドッキングなど、できるでしょうか？」と、ディアス大尉。〈コンスティテューション〉の表面を流れてゆく燃える空気を、心配そうに見た。

「できなくても、ちょっとした語りぐさになるわよ」

さらに三十秒たつと、目的の位置に着いた。衝撃波の前面にぶつかると救命ポッドは荒々しく揺れ、極度に圧縮された超高温の空気が激しく吹きつけた。だが、次の瞬間、スラスターの噴射とともに、ポッドは前面を先にして艦内に入り、無事に射出口内に落ち着いた。もっとも、〝無事〟とは相対的な見かたにすぎない。

プロクターは画面上で、〈コンスティテューション〉のエアロックを開《あ》けるスイッチをいじった。ディアス大尉が抗議し、自分のコンソールの画面を指さした。

「副長、艦の気密は失われています。艦内は部分的に外の真空と接触しています」

「くそくらえだわ。行きます。わたしが出たあと、すぐハッチを閉めれば、ここには充分に空気が残るわ」

「でも、副長は？」

プロクターはチラリと暗い笑いを見せた。

「息を止めていなきゃならないでしょうね」そう言うと、立ってハッチへ進んだ。「用意はいい？」二人がうなずくと、プロクターはハッチのレバーをひねった。ハッチが気密性を失ったエアロックに向かって勢いよく開き、救命ポッド内の空気が突風となってプロクターの全身に襲いかかった。

プロクターは〈コンスティテューション〉のエアロックに跳びこみ、うなり声とともに救命ポッドのハッチを押して閉めた。二メートル離れたエアロックのドアへ走ると、空気が薄くなったことがわかった。艦内に通じるドアを開くと、またしても突風に襲われて倒れそうになった。プロクターは容赦なく押し寄せる風と戦いながら、ドア枠をつかんで、艦内の通路へ身体を引き入れた。

こぶしを固めてスイッチを叩くと、背後でドアが閉まり、荒々しく身体を叩く風が嘘のように静まった。

だが、完全に止まったわけではない。プロクターは、風が向かう通路の先を見た。その方向に、艦体の破損個所があるに違いない。

プロクターは足をひきずりながら、ごみの散らばる通路を、風の吹いてくる方向へ進んだ。壁ぎわにうずくまる男につまずいて転びそうになり、手を伸ばして男の首の脈をとろうとした。手が触れると、男は力なく背後の床に倒れた。男の顔の大部分は焼けこげ、衣服も、皮膚のほとんども焼けていた。プロクターは身震いし、上体を起こすと、ふたたび走って機関室をめざした。

前方に戦闘艇ベイがある。つまり、機関室はあと三階だけ下だ。温度は上がっているが、奇妙なことに、大気中を落下する艦の動きはなめらかだった。大気圏再突入の衝撃も、〈コンスティテューション〉の巨体にはこたえないらしい。

だが、地球の大地は、こんなに寛大ではないだろう。

プロクターは、いちどに二段ずつ階段を駆けおりた。肺が空気を求めて悲鳴を上げ、ひねった足首が抗議した。あとどのくらい艦内にいられるかわからないが、早く立ち去れれば、それに越したことはない。

環状の通路をまわって別の踊り場に出たとき、視野の隅に奇妙なものが映った。壊れた艦内を走るあいだに、新たにいくつか死体を見たが、壁ぎわにうずくまっていた焼死体以外は、みな横たわっていた。

通路の先は展望デッキで、バー――〈アフターバーナー〉がある。展望デッキの巨大な窓の向こうでは大気が燃え、嵐のように荒れ狂っている。窓の前の椅子にすわっている人影が見えた。眠っているように、身体が横に傾いている。また死体かしら？　でも、展望デッキの前の椅子にすわって身体を支えている死体なんて、ある？

「艦長！」

返事はない。声が聞こえた様子もない。プロクターは悪態をつき、足をひきずりながら駆けだした。展望デッキに着くと、椅子の上のグレンジャーの両肩をつかんで、そっと揺すった。

やはり返事はない。グレンジャーの頭がガクリとのけぞった。目は閉じている。プロクターはグレンジャーの頸動脈の脈を探った。ひどく弱いが、脈はある。

「艦長！」もういちど叫んだが、グレンジャーは身動きひとつしない。

プロクターは窓を見た。地球の表面が大きく迫っている。〈コンスティテューション〉は成層圏を通り抜け、空を渡る火球のように急速に落下していた。周囲の炎が、窓から長く尾を引いている。下方には、ユタ州西部の白い塩の平原があざやかに見えた。

その北東にグレートソルト湖《レイク》がある。

プロクターは身をかがめ、グレンジャーを前方へひっぱって、自分の両肩に載せた。男性をかついで運ぶのは、生まれてはじめてだ。若いころ、裏庭で遊んでいて、妹をかついだことくらいしかない。

うなり声を上げて、プロクターはグレンジャーを持ちあげた。

驚くほど軽いが、ジャガイモ袋くらいの重さはある。運べないことはない。艦長がこんなにやせて、やつれた、棒みたいな人だとは気がつかなかった。

プロクターは苦労して通路を進んだ。足首が痛み、近くの救命ポッドの位置を思い出すのもひと苦労だ。救命ポッドは、まだあるかしら？　全部、避難で使ったんじゃなかった？　確かめる方法はひとつしかない。階段の途中の踊り場で、プロクターは手すりにしがみつきながら、機関室のデッキまで降りた。巨大な機関室のドアは大きく開いていた。

スコット中佐は、放射線が致死レベルに達したと言っていなかった？　放射線警告ランプに目を向けたが、ランプは消えて暗い。放射線レベルは正常だ。おかしい。

グレンジャーをかついだまま機関室を進み、ようやく機関室用の救命ポッドにつながるエアロックを見つけた。

ドアの外にあるコントロール・パネルをチェックした。

救命ポッドは、すべて射出されていた。ひとつ残らず。

「そこは、もう試したはずだ」プロクターの肩の近くから、つぶやき声が聞こえた。

「艦長！」

プロクターはかがんで、できるだけそっとグレンジャーをおろしはじめた。だが、グレンジャーの身体は最後の五十センチあまりをすべり落ち、床に当たってうなり声を漏らした。

「すみません！」

グレンジャーはぼんやりと手を振って、プロクターの謝罪を退《しりぞ》けた。

「大丈夫だ。わたしは……大丈夫」

「何があったんですか？　どうやって展望デッキまで上がったんですか？　〈アフターバーナー〉にいましたよ！」

グレンジャーは疑わしげに目を細め、首を振った。

「思い出せない。だが――」救命ポッドのあった場所を見つめた。「――たしか、あれを使おうとした」

プロクターは歯を食いしばった。残る方法はひとつしかない。

「では、わたしが〈コンスティテューション〉を操縦して、着陸させます」

グレンジャーは目を閉じた。

「いい計画だな、中佐」グレンジャーは頭を床につけた。「悪いが、わたしは大して力になれない。つ……疲れた……」

プロクターは機関室を横切ってコンピューター・ステーションへ走った。ここなら、航法コンソールを出せる。表示によれば、艦は高速で地球へ降下している。大変な高速だ。どうにかして速度を抑え、できるだけ地表に沿った方向から着陸に入らなければならない。〈コンスティテューション〉のような艦は空気力学的な着陸を考えて設計されてはいないが、このわずかな可能性に対して多少の注意は払われている。補助翼とフラップを広げれば、下降時の助けになる。エンジンをうまくスラスターに使えれば、あまり乱暴でない着陸ができるかもしれない。

プロクターの指がコンソールの上を跳ねまわった。エンジンはどれもダウンしている。いや、待って、第六エンジンだけはオンラインのままだ。かろうじて。スラスターが焼き切れないよう、ゆっくりパワーをまわし、なんとか推進力を十パーセント近く増加できた。プロクターはスラスターをななめに曲げ、ノズルをわずかに回転させて下へ向けた。スラスターとフラップと補助翼を次々と操作するあいまに、航法コンピューターが、艦速が少しずつ落ちていることを表示した。超音速だ。

だが、これでは不充分だ。まだ、秒速五百メートル以上で落下している。

大気の抵抗のおかげで劇的に速度が落ちたが、減速のペースが遅い。

プロクターはモニター画面で、眼下のグレートソルトレイクを見た。ふと思いついて、右舷の補助翼をひっこめ、スラスターをひとつ水平にした。予想どおり〈コンスティテューション〉は右へ弧《こ》を描き、湖に向かって大きくらせん降下を始めた。

あといくつか、うまくループを描ければ……。

艦は傾いたまま北へ……続いて西へ向かい、なでるように南へ向かってさらに高度を下げ、毎秒三百メートルを超える速度のまま、ついに湖面を打った。

艦がガクリと傾き、プロクターは宙に放りあげられた。五メートル上にある天井と、床との中間あたりまで飛ばされ、床に叩きつけられた。身体の下になった片方の手首がパキッと音を立てた。

プロクターは苦痛にうめきながら身体を引きあげて起きると、コンソールへ戻り、モニターで外の風景を見た。〈コンスティテューション〉は怒った燃える白鳥のように、巨大な湖の表面をすべっていた。なんとか超音速ではなくなったものの、まだ後方に巨大な波を舞いあげて進んでいる。だが、水の抵抗で速度はみるみる落ちた。まもなく、艦は湖岸に乗りあげ、高速幹線道路に激突した。さいわい、交通規制がされたらしく車は見あたらない。その後、艦は一連の堤防を破壊しながら進み、数キロ西の宙港から伸びる輸送路の、広い公園に似た頂点に達した。

うまくいきそうだ。プロクターの胸に興奮が湧きあがり、喉もとまでせりあがってきた。思いきって速度計を見ると、秒速五十メートルを下まわっている。

前方の風景を見て、プロクターはうめいた。林立するオフィル・ビルと摩天楼。人通りの多い街路。だが、街路を走る車は脇道へ誘導され、歩行者は駆けだして避難している。緊急出動した航空機が〈コンスティテューション〉の前を飛びながら、サイレンを鳴らして付近の人々に警告を発していた。

〈コンスティテューション〉はビルに接触して角を撥《は》ね飛ばし、次のビル……三つめのビルの角を落とした。無事に着陸できるかどうか、見当もつかない。だが、艦の荒々しい揺れや衝突音は少なくなり、とうとう地面の上に停止した。モニターが前方の風景を映し出し、プロクターは声を上げて笑いそうになった。〈コンスティテューション〉が止まった位置から数十メートル先の上方に、ＩＳＳ〈ヴィクトリー〉の記念碑のひとつが見える。ソルトレイクシティ大都市圏の惑星間事業地区を見おろすように、そびえていた。

プロクターは首を伸ばしてグレンジャーを振り返った。

「やりました、艦長」

グレンジャーはうなったが、何も言わず、身動きもせずに床に横たわっている。プロクターはグレンジャーに駆け寄った。降下中に負った、新たな傷が見えた。

いま、あなたを失うわけにはいきません。ようやく、ここまで来たのに――プロクターは思った。

いま、ようやく、ここまで来た。そして、わたしは周囲のいくつかの細かい部分に気づきはじめた。機関室のコンソールのいくつかに、前には気づかなかった奇妙な改変の跡がある。ひょっとしたらスコット中佐が、最後の数時間のどこかで実行したのかもしれないけど、それはちょっと考えられない。この状況全体が奇妙で、不気味だ。機関室のあちこちが改変され、放射線は消えた。グレンジャー艦長が展望デッキの〈アフターバーナー〉で、意識不明のまま椅子にすわっていた。何より、〝老鳥〟が特異点にのみこまれたあと、また現われたという事実自体が不思議だ。

艦長、いま、あなたを失うわけにはいきません。説明してもらう必要があります。

67

地球、北アメリカ、オマハ
統合防衛軍オマハ宙港　オペレーション・センター

アイザクスン副大統領は、部屋の反対側から何度もボロディンに向かってうなずいた。時間がかかって、ロシア大使が疑いはじめては困る。基本的な超空間スキャンは簡単な作業だろうと想像していたが、中佐が割り当てた通信特技兵のそばで作業を見守って、もう半時間以上たった。

その半時間に、アイザクスンは大きな壁面のスクリーン一面に燃えあがる地獄の風景を目《ま》の当たりにし、胃に開《あ》いた穴が広がる思いをした。大群《スウォーム》の不思議な兵器が発生させる巨大な灰色のキノコ雲の、恐ろしい光景が続いた。マイアミ、モービル（アラバマ州南西部の港湾都市）、ヒューストン、フェニックス（アリゾナ州都）――みな滅びた。マイアミへは行くなとユーリイが説得してくれて、助かった。

何千万もの人々が命を落とした。エイブリー大統領が生きていても、地球では、もう一週間と執務室にとどまれないだろう。地球が、まだあるとしての話だが。

そのとき、奇跡的に異星人艦隊が爆発した。理由を説明できる者はオペレーション・センターに一人もおらず、みな猛烈な歓声や叫び声を上げてハイタッチするばかりだった。しばらくは誰も説明する時間がなく、ただ安堵していた。

「副大統領閣下？」足もとから呼びかけられ、アイザクスンは通信特技兵を見おろした。

「なんだ？」

「スキャンが完了しました」

「それで？」アイザクスンは深く身をかがめ、左右へ目を走らせて、誰も聞いていないことを確かめた。だが、この祝賀気分のなかで立ち聞きできたら、むしろ神業だろう。

「半時間以上のスキャン結果を統合しました。この三十分間になんらかの信号が生じれば、必ずわかったはずです。申しわけありませんが、何もありませんでした」

アイザクスンは、新たな安堵の波にひたった。問いかける視線を向けてくるロシア大使を、チラリと振り返った。肩をすくめて、エイブリー大統領の行方はわからないことを示し、小声で特技兵にたずねた。

「絶対に、たしかか？　この半時間に、この部屋から送られた超空間信号は、ひとつもないのだな？」

「たしかです。オマハを経由する超空間通信は、大変な量でした――マイアミの中央軍本部が失われたいま、われわれが事実上、統合防衛軍全体の指揮統制センターです。地球連合宙域じゅうの艦船や惑星と通信してきました。しかし、この部屋から出た通信は……ひとつもありませんでした」

「絶対に、たしかか？」アイザクスンは、もういちどたずねた。「精度は？　信号を、どのくらい細かくとらえられる？」

「数メートルです。基本的には、超空間搬送波に変換された無線信号です。われわれは、受信機から漏れる無線電波の名残を探知できます。強い信号ではありませんが、探知して区別するのは難しくありません」

アイザクスンはうなずいた。

「よろしい。ありがとう、少尉」相手の記章を見て、付け加えた。〝少尉〟と呼んでよかったかどうか、自信がない。

相手の顔に漠然と不満げな色が浮かび、間違ったらしいとわかった。だが、どうでもいい。地球は無事だ。いまのところは。ユーリイは、やはりユーリイ・ボロディンだ――

―地球陥落の主謀者であるスウォームに支配されたユーリイ・ボロディンではない。わたし――アイザクスン副大統領は無事で、事態を掌握している。

そして、まもなく肩書から〝副〟が消える。

68

地球、北アメリカ、オマハ
サリー・ダンフォース退役軍人記念医療センター

「だから、そう言っているだろう、中佐。わたしは機関室に入ったときからいままで、まったく記憶がないんだ」

グレンジャーはベッドにすわってチキンスープを飲もうとしていたが、シェルビー・プロクター副長が、もっと情報をくれとせがんだ。

プロクターはリラックスしたほうがいい。おれたちは勝ったのだ。ほとんどない勝算に対抗して、勝利をおさめた。

もちろん、異星人はまた来る。だが、後生だから、少しはおれに勝利を楽しむ暇をくれ。少なくともスープを飲む時間くらい、くれたっていいだろう！　それに、目が覚めてから、頭が割れそうに痛む。たぶん、しゃくにさわる腫瘍《しゅよう》のせいだろう。でなければ、プロクターが奇跡の不時着をやってのけたときに、おれの腫瘍の部分がぶちのめされたのだろう。

「まったくない？　でも、艦長、わたしがあなたを見つけようと〈コンスティテューション〉に入ったときに、わたしに話しかけたでしょう？」

グレンジャーは首を振り、必死で思い出そうとした。ひょっとしたら……。

「うん、そうかもしれない。本当は、何もかもぼんやりしているんだ」

グレンジャーは窓の外を見た――ここはオマハだ。戻ってきた。遠くの地平線上に、ISS〈コングレス〉が載っていた巨大な支持架が見える。もっと小さな艦は、乾ドックに入っている。さまざまな建造段階で乾ドックに入っているものも、いくつかある。

「〈コングレス〉はどこだ？」と、グレンジャー。「ビルは、どこで最期を迎えた？」

プロクターは口を引き結んだ。

「大西洋です。大変な勢いで落下し、アゾレス諸島（ポルトガルの西方）から百キロほど離れた海底深く突っこみました。しかし、ピケンズ艦長たちは全員、そのずっと前に死亡していました」

グレンジャーはうなずいた。けだかい犠牲だ。少なくとも、ビルは自分の艦と一緒に栄光の炎となって沈んだ。おれとは違う。おれは、もう一日、生きる。一週間かもしれない。一カ月かもしれない。まだ、落ちてゆく途中だ。ドクターは、おれをメキシコ湾岸のペルディード・キーにあるホスピスに入れるかもしれない。浜辺で、片手にマルガリータ（テキーラにレモンあるいはライムの汁を混ぜたカクテル）を、もう一方の手に葉巻を持って、はなやかに死を迎えるか。

「エイブの遺体を見つけて、正式な葬儀を行なってほしい。わたしも出席したい」

プロクターは頭を垂れた。

「もちろんです。でも、艦長、思い出してください。考えてください。ドクターに、記憶を呼び起こすものを――大脳皮質の刺激剤か何かを、頼んでください。思い出してもらう必要があります」切迫した、粘り強い口調だ。

「〝必要があります〟だと？ 教えてくれ、中佐。遠まわしに探りを入れるのはやめろ。いったい、何が起こっている？ 報告を受ける統合防衛軍士官がしじゅう立ち寄るが、たずねても教えてくれない。わたしに質問するばかりだ。きみと同じ質問をだ」

プロクターは横目でグレンジャーの目を見つめた。警戒するかのように……疑うかのように。

「わかりました。なんと奇妙なことだ。これは極秘で、艦長に知らせるかどうか、上はまだ決めていません。

でも、上層部なんてどうでもいい。わたしは知らせることにします。軍法会議にかけられようとも。とにかく、あなたはそれだけのことをしたんですから」プロクターは立ちあがって病室のドアを閉め、ベッドのそばに戻ると、上体をかがめてグレンジャーに寄せた。

「本気だろうな？」と、グレンジャー。冗談のつもりだ。スプーンでもうひとくち、スープをすくった。

「艦長、あなたはどのくらいの時間、姿を消していたと思っていらっしゃいますか？〈コンスティテューション〉が特異点と衝突したあとですが」

「知らん。数秒間か？ プリンス少尉が来たとき、そう教えてくれた。〈コンスティテューション〉が消えて、何秒かあとに、また現われたと言っていた。数キロだけＱジャンプしたような感じだったと」

プロクターはうなずいた。

「そうです。わたしはすぐに、何かおかしいと気がつきました。不可能です――艦の全長の数千倍より短い距離で、Ｑジャンプすることはできません。量子場が許容できない範囲です」

グレンジャーは肩をすくめ、またひとくちスープをすすった。

「けっこう。しかし、あれは、くそいまいましい特異点だぞ。特異点のまわりでは、すべての物理法則が崩壊する」

「いいえ、崩壊はしません。同じ法則の、もっと一般化された、より高いエネルギー密度におけるものに接近してゆくだけです。複数の力は統一される……対称性は回復される——とかなんとか、ジャン大尉が説明しようとしていました」

「要するに何を言いたいんだ、中佐？」グレンジャーは少しいらだちを感じた。おまけに、疲れてきた。おれがやりたいのは、もう一日、眠ることだけだ。おまけに、おれは眠って起きたばかりだ。

　プロクターはさらに身をかがめ、顔を近づけた。

「艦長、〈コンスティテューション〉のコンピューターの各記録では、艦は約十・五秒間、消えていたことになっています」プロクターは言葉を切り、肩ごしに振り返って、病室のドアが閉まっていることを確認した。「ひとつだけ、例外があります。ドクター・ワイアットが、医務室の音声記録を録音状態のままにしていました——負傷者が大量に運びこまれて忙しくなったので、患者に関するメモを口述で行なうことにしたそうです。録音状態にしておけば、日誌がわりになりますからね。あとで、内容を整理するつもりだったとのことです」

プロクターは、またしても言葉を切った。

「それで？」グレンジャーは期待をこめて言い、スープをもうひとくちスプーンですくった。

「医務室の音声記録は、オンのままになっていました。三日半のあいだ」

スプーンはグレンジャーの口まで行かずに、空中で止まった。

「なんだって？」

「三日半です」

「音は入っていないのか？」

「ほとんどが雑音です。最初のほうに、いくつか断片的な会話が入っていました」プロクターは、またも言葉を切った。どこまでグレンジャーに話すか、決めかねているようだ。「声です。ロシア語でした。ごく短い会話です」

グレンジャーの背筋を冷気が走った。

「なんと言っていた？」

「誰かを再生させるとかいう内容でした。それしか言えません――録音に雑音が多くなって、その状態が八十五時間、続きます。八十五時間の雑音の末に、わたしたちが〈コンスティテューション〉をグレートソルトレイクに不時着させた、最後の十五分が来ます。まっすぐ爪跡を残しながら、ソルトレイクシティ大都市圏の中心まですべっていって止まりました」

スプーンが床に落ちて金属音を立てた。

「ああ……」グレンジャーは言葉を濁し、ゆっくり頭を振った。「くそ」

「まったく、〝くそ〟です」と、プロクター。グレンジャーのベッドの足もとにすわった。

グレンジャーはスープの鉢を自分のもの上に置いた。

「シェルビー、〈ホルスキー事件〉で、わたしがいちばん恐ろしかったことは、なんだと思う？　つまり、われわれの指導者たちが示した、明らかな自己満足と無能となれ合いを別にしてだが」

プロクターは急に話題が変わったことに、ぎょっとしたらしい。

「なんですか？」

「われわれがロシア人と戦っていた数分のあいだに……統合防衛軍が戦闘を止めに現われる前に、わたしは、あるものを見た。別の艦だ。ロシアの弩級《どきゅう》戦艦の一隻の脇に並んでいた。間違いなく、大群艦《スウォーム》に見えた。少なくとも、六十年後に現われたスウォーム艦には似ていた。だが、いまいましいことに、その艦は、われわれが現われたとき、Qジャンプしてその場を離れた。わたしはヤーブロー少将とジンガノ元帥に通信して、この件を報告したが……」グレンジャーは肩をすくめ、スープ鉢を取って、床の上のスプーンに手を伸ばし、拾おうとした。「まあ、結果は、きみもわたしも知っている。何年もたったいま、ロシア人は実際に、なんらかの形でスウォームと接触していたのだと考えるようになった。ちくしょう、シェルビー、われわれがここで目にしているのは、銀河系規模の陰謀だ」

ドアがノックされ、人が入ってきた。グレンジャーの主治医だ。

「グレンジャー艦長? テストの結果が出ました」と、主治医。プロクターに目を向けて言った。「席をはずしていただきたい」

主治医は腰をおろし、書類を何枚かめくった。非常に神経質な様子だ。悪いニュースを持ってくるドクターは、必ず腰をおろす。

だが、グレンジャーはプロクターから聞いた話にショックを受けていて、何も言えなかった。主治医に、話を進めるよう手でうながし、プロクターにはその場にとどまるよう合図した。

主治医は、もとどおり腰をおろすプロクターを見つめ、肩をすくめた。

「あなたは健康体の見本のようなものです、グレンジャー艦長。〈コンスティテューシヨン〉でドクター・ワイアットが保管していた、あなたのカルテを見ましたが、あなたが罹患《りかん》していたとされる癌《がん》の形跡は皆無です」

「していたと〝される〟？」

「そのう、あなたの現在の状態を見ると、七十二時間前にステージ4の肺癌を抱えていたとは、まったく想像できません。ドクター・ワイアットは、癌は脳と肝臓と膵臓《すいぞう》に転移したとしています。あなたは死人も同然だと。なぜそんな乱暴な診断を捏造《ねつぞう》したのか、わかりませんが、事実は事実です、グレンジャー艦長。あなたは癌にかかってはいません。すぐにも退院できます」

スープの鉢が床のスプーンの横に落ち、音を立てて割れた。プロクターがすばやく目を向けてきたが、疑いの目か安堵の目か、グレンジャーにはわからなかった。

「ああ……くそ」と、グレンジャー。

69

地球、北アメリカ、ニューオーリンズ
ファーンズワース・メモリアル・ガーデン

葬儀は短く、聖職者もいなかった。故ホーズが喜んでくれるだろうということで、会葬者たちが順に酒を飲んだ。グレンジャーが――本人としては無念ながら――最後のスピーチを行なわなければならなかったので、いつものように簡略にすませた。

「けしからんほど立派な士官で、けしからんほど立派な友人だった。エイブラハム・ホーズ」グレンジャーがゆっくり大事に飲んでいたボトルを高く上げると、酒を持っている会葬者たちが同じように上げた。埋葬が始まる前に、この儀式は終わった。

グレンジャーは身をかがめてひとにぎりの土を拾い、穴の中に吊りさげられた、統合防衛軍の旗をかけた棺《ひつぎ》の上にほうった。向きを変えて立ち去ろうとしたとき、視野の隅

に、艦隊情報部の警備兵の姿が映った。二日前に退院して以来、グレンジャーに影のように付きまとっている二人だ。

すばらしい。地球を救った報いが、疑いと監視か。あいかわらずの統合防衛軍だな――グレンジャーは顔をゆがめた。はびこる官僚主義と不信と全体的な能力不足を考えると、一度ならず二度までも異星人の侵略を受けてなお、地球が存在しつづけていることが驚異だ。

だが、警備兵たちはグレンジャーが墓から離れる前に足を止め、背を向けて去った。会葬者たちが散りはじめた――ほとんどがホーズの旧友で、艦隊の高官が数人いる。高官の一人はジンガノ元帥で、二人の警備兵を追い払った張本人らしい。ジンガノ元帥はグレンジャーに近づいてきた。片手を三角巾で吊り、顔の半分は包帯におおわれている――ヴァルハラ宇宙ステーションが破壊されたときに負った傷だ。全体的に激しい損傷を受けたものの、奇跡的に、司令部区画は無事に残った。

「ティム。会えてよかった」

「元帥」グレンジャーは通りで待っている地上車のタクシーに向かって、何歩か進んだ。

「ティム、話がある」

グレンジャーは立ち止まった。タクシーに目を向け、元帥に背を向けたままだ。

「返事はノーです」と、グレンジャー。

「まだ何も頼んでいないぞ」

「何を頼まれるかは、わかっています」グレンジャーは振り返って元帥と向かい合った。「わたしは退役しました。復帰はしません。〈コンスティテューション〉は死にました。あれが、わたしの艦です。ほかの艦で働くつもりはありません。わたしは歳をとりすぎています。艦での勤務は、もっと若い者の仕事です」

ジンガノはフンと鼻を鳴らした。

「くだらんことを。ティム、われわれにはきみが必要だ。好むと好まざるとにかかわらず、きみは、いまでは艦隊でいちばん多くの勲章を授けられた、実戦経験を持つ最古参兵だ。航宙艦を指揮して異星人と対戦し、生きてその経験を語れる、ただ一人の艦長だ。きみとプロクターしかいない。きみを退役させることはできない」

「それは最悪ですな」

ジンガノ元帥は墓を見おろし、ブーツの爪先でそっと土くれを押して、なかへ落とした。

「ホーズは癇癪《かんしゃく》持ちで、頑固で、反抗的なやつだったな」ジンガノは微笑した。「きみとそっくりだ」

「甘言で攻められた場合は、そうです」と、グレンジャー。

ジンガノはため息をついた。

「きみには新造艦を与える。〈コンスティテューション〉の改装を待つ必要はない」

グレンジャーは立ち去ろうと向きを変えかけていたが、途中で足を止めた。

「〝改装〟とおっしゃいましたか？」

「言った」

〈コンスティテューション〉が改装される。また現役で活躍する。おれが墓場だと思った場所から、よみがえる。

「それなら、〈コンスティテューション〉をいただきたい。わたしを復帰させる方法は、それしかありません」

ジンガノは微笑した。どうやら、グレンジャーを復帰させる方法を正確に知っていたらしい。

「〈コンスティテューション〉はきみのものだ。だが、ティム、〈コンスティテューション〉は、あと六カ月は準備ができない。工兵隊と職人を徴発して、人間に可能なかぎりの速さで復元させているが、大仕事だ」

グレンジャーは、ふたたびタクシーに向かって歩きはじめた。

「では、六カ月後に会いましょう」

「それまで、ほかの艦を与える」

グレンジャーは含み笑いを漏らした。

「このところ統合防衛軍が夢中になって量産している、なめらかで装甲が紙みたいに薄い近代的なできそこないは、ほしくありません」

「いや、近代的なスーパー航宙母艦や巡航艦ではない——事実、統合防衛軍は近代的な設計を廃棄して、〈コンスティテューション〉のような巨大な金属の怪物からなる艦隊を作ろうと、やっきになっている。もちろん、きみに与えるのは、もっといい艦だ」

「先をどうぞ」

「ISS〈ウォリアー〉。現存するかつての〈伝説の艦隊〉の一隻だ。四十年近く前に退役して以来、ずっとエウロパ・ステーションで保管状態《モスボール》にある。われわれはスクラップにするつもりだった。だが、統合防衛軍の官僚主義がいかなるものかは、きみもよく知っているだろう。小うるさい規則を次々と並べて、事務処理を遅らせる。そんなわけで、〈ウォリアー〉はいまだに保管状態《モスボール》のままだ。撤去されたものも一部あるが、それ以外は、もとのままだ。この五日間、千人のチームに作業を進めさせてきた。〈ウォリアー〉には艦長が必要だ」

グレンジャーは目を閉じた。身体から癌《がん》が消え、〝老鳥〟の残骸の写真を何度も見てから、退役しか望まなくなっていた。暖かいフロリダの白い砂浜に造られた仮設バーで、統合防衛軍の寛大な退役祝いのひとつである無料マッサージを受ける。いまさら別の航宙？　別の艦？　別のクルー？

「きみの惑星が、きみを必要としている、ティム。わたしには、きみが必要だ。マイアミはなくなった。ヒューストンも、フェニックスもなくなった。異星人は、また攻めてくる。すでに、連中の宙域での活動を探知した。まもなく、こちらへ向かうらしい。きみは、〈伝説の艦隊〉の艦の指揮官として、われわれの兵器庫で最高の兵器だ」

グレンジャーは蹴立てた土をホーズの墓に落としながら、身体ごとジンガノに向きなおった。

「わかりました。しかし、クルーはもとのメンバーにしていただきたい。ひとり残らず、わたしの部下にほしい」

「わかった」

「プロクターもです」

ジンガノは驚いた。

「シェルビーか？　すまんが、それは無理だ。シェルビー・プロクターは〈チェサピーク〉の艦長に決まっている。これも〈伝説の艦隊〉の艦で、修復中だ。プロクターはきみに次いで実戦の経験者だし、艦長として必要——」

「では、お断わりします」グレンジャーはジンガノに背を向けた。だが、まだ歩きださない。

長い間《ま》があった。度胸だめしだな——グレンジャーは物思いにふけった。先に音《ね》を上げるのは、どっちだ？

「本人にたずねてみて、本人に選ばせよう。だが、艦長職というのはプロクター自身の希望だ。わたしは、目の前に餌をぶらさげておいて、老朽艦に送るために餌を取りあげるような真似をするのはごめんだ」ジンガノは、ゆがんだ笑みを浮かべた。

「プロクターがわたしの誘いを断わっても、非難するつもりはありません。しかし、プロクターを連れずに戦闘に向かう自分など、想像できません」

グレンジャーは歩いてタクシーへ戻った。艦隊の警備兵が自分たちの車で、背後に近づいてきた。グレンジャーは手を振ってジンガノ元帥を呼んだ。

「情報部のバカどもを追い払ってください。でないと、この取引は終わりです」

ジンガノはぎこちなくグレンジャーのタクシーまで進んだ。吊っていないほうの手を大きく動かしてバランスをとっている。

「すまん。統合防衛軍情報部がうるさいんだ。〈コンスティテューション〉の消失をめぐる状況を考えれば、きみはまだ保安上の危険人物だそうだ」

　グレンジャーはクスクス笑った。

「あなたは、わたしに航宙艦を与えようとおっしゃいますが、わたしを保安上の危険人物だとお考えですか？」グレンジャーの顔から笑いが消えた。「無駄口はやめてください」

　ジンガノは地平線のほうを指さした。

「ティム、フロリダの半分は海中に沈んだ。モービルは湿った穴になって湯気を立てている。ヒューストンはクレーターと化した。少なくとも五千万人が死んだ。一方、きみは地球のための戦いの最中に、なぜか三日半、量子特異点のなかに消えていた。きみは充分、戦争の英雄に値する立場だが、情報部が少しばかりきみを警戒するのは当然だ」

　警備員を追い払おうとはしないジンガノを、グレンジャーは冷たい目で見つめた。

　ジンガノは肩をすくめ、警備兵たちに立ち去るよう合図した。

「艦隊情報部に対して、できるだけのことはするが、この命令はもっと上からのものだ」

「どのくらい上です？」

ジンガノはその場を去ろうと、グレンジャーに背を向けた。
「トップですね」グレンジャーはジンガノの背に向かって、大きな声で言った。

70

地球、北アメリカ、サクラメント
ミラー宅

肝っ玉《ボールジー》ことタイラー・フォルツ大尉はデータパッドに視線を落とし、住所を確認した。画面に現われている家の写真は、目の前の質素な住宅と同じだ。サクラメント郊外の、目立たない家。

ボールジーは息を吸いこみ、ちょっとためらってから、ドアに近づいた。玄関前の階段におもちゃが散らばっている。玄関に続く歩道にはチョークで落書きがあり、小さな赤い三輪車が放置されていた。

ちくしょう、尻振り《フィッシュテイル》、なぜ、おれにこんなことを頼んだ？

ノックした。先に通信して、住人が在宅していることを確認しようかと思ったが、考えなおした。なんと言っていいかわからない――〝もしもし、ミラーご夫妻、お宅へ寄って、娘さんが死亡したことをお伝えしたいのですが……わかりました、ありがとう〟？　ボールジーは身震いした――コンピューター画面に向かって、あなたの娘さんは死にました、なんて、どう話せばいいんだ？　最近親者に知らせる専門の部門があるんじゃないか？　訪問して、残された親族を慰めたりする……。答えはわかっている――もちろん、ある。だが、何百何千という軍人が死んでいるから、順番がまわってくるのは何年もあとになりそうだ。

もういちどノックしようと上げかけた手が、止まった。なんと言うべきか、まだ考えつかない。画面じゃなく、相手に面と向かって。

ちくしょう。なかから誰か来る。

ドアが開いた。

ミセス・ミラーだ。フィッシュテイルのお母さん。データパッドの知人ファイルに、写真があった。ボールジーの軍服を見て、夫人の顔から血の気《け》が引いた。

「そんな」夫人はかすれた声で言った。

ボールジーは咳払いをし、持ってきた小さな包みを握りしめた。

「ミセス・ミラー？　お邪魔してよろしいでしょうか？」

夫人の両脚のあいだから、小さな男の子がのぞき見している。ザックだ。

まるで夢のように現実味がなかった。ミセス・ミラーのあとについて、ふらふらと家のなかへ進んだ――〝どうぞ〟と言われただろうか？　言われたに違いない。おれをキッチンに案内してくれたんだから。キッチンでは白髪まじりの男が、テーブルに向かっていた。ミスタ・ミラーか？

フィッシュテイルの母親は流し台のそばに立ったまま、窓の外を見ていた。ミスタ・ミラーはテーブルに向かったまま、無言で身動きもしない。目は赤く充血して腫《は》れ、テーブルを見つめたままで、口をきつく結んでいる。

ボールジーはそわそわと足を踏みかえた。生まれてこのかた、人を慰めたことなどない。おれは、ここで何をすればいいんだ？　またしても、足を踏みかえた。だめだ。この人たちが望んでるのは、自信に満ちた言葉だ。娘が英雄らしい死を遂げたという保証だ。そのすべてに意味があると……無駄な犠牲ではなかったと、安心させてほしいのだ。

ちくしょう、なぜ軍で、こういう場合の訓練をやってくれないんだ？

「ミラーご夫妻、わたしはタイラー・フォルツ大尉です。お嬢さんと一緒に、〈コンスティテューション〉で勤務していました。わたしがお邪魔したのは……」

ボールジーはゴクリと音を立てて唾《つば》を飲んだ。

「……お嬢さんから、行ってほしいと頼まれたからです。お嬢さんの身に何かあった場合に、これを渡してほしいと言われました」ミスタ・ミラーに指輪を差し出し、受け取られた。

ミスタ・ミラーは手に載せた指輪を見おろしてから、首を振り、目を閉じた。

「これをザックに渡してほしいと言ってました。しかし、当分は、あなたが保管されたほうが安全だろうと思います。ザックには、代わりにこれを持ってきました」ボールジーは握っていた小さな包みを、床の上でおもちゃの車で遊んでいる男の子に差し出した。

「開《あ》けてごらん」

男の子はうれしそうに包みを受け取った。開けようとしたが、リボンがうまくほどけない。ボールジーは手伝って、包装紙を破いた。

ザックの母親が乗っていたX-25戦闘艇の、完全な模型が現われた。ザックは喜んでかんだかい声を上げ、すぐに模型で遊びはじめた。高く上げてバランスをとり、小さな手で握りしめてから、戦闘艇を舞いあがらせた。

しばらく沈黙が続いた。ときおりザックの遊ぶ音や声が聞こえる。ふいにザックは立ちあがり、ボールジーを見た。

「ママとパパは行っちゃったの？」

ボールジーはうなずいた。

「うん」

「ママはどこにいるの？」

「そ——わからないな」

嘘じゃない。フィッシュテイルがどこにいるか、おれにはわからない。特異点と衝突すると、何も残らない。おれの知るかぎりでは、グレンジャー艦長がいちど消えて、また現われたから、フィッシュテイルも宇宙の反対端にいるのかもしれない。それとも、月の裏側に隠れてるだけか。

「ママは飛んでる？」

「え——どうかな」本当のことは言えない。だが、ザックの祖父母に向けた表情で言いたいことを伝えた。「ママは、とっても高いところを飛んでるんだよ、ザック」

「ぼくも飛びたい」

ザックは模型の戦闘艇で遊びつづけた。ボールジーはジェシカの祖父母に向かって言った。

「お嬢さんは自分の身を犠牲にして、〈コンスティテューション〉を救いました。地球を救いました。〝老鳥〟に、侵入してきた異星人艦隊の残りを片づける時間を与えました。お嬢さんは、英雄です……英雄でした……英雄です」ボールジーは口ごもった。なんと言っていいか、わからない。

ミセス・ミラーが流し台から向きなおり、ボールジーを見た。苦しげな顔に涙の跡があるが、気丈にほほえんだ。

「わざわざおいでくださって、ありがとうございました、大尉」

数分後、ボールジーは外の歩道に立ち、もういちど家を見た。雨が降りだしていた。

「さよなら、フィッシュテイル」ボールジーはつぶやき、タクシーへ戻った。

71

太陽系、木星、エウロパ
エウロパ造船所

　地球と月面基地、ベラクルス星区が荒廃した影響で、奇跡的に、通常の事務処理の多くが消えた。新しい艦への着任処理には何週間もかかるだろうと、グレンジャーは予想していた。さらに新たな物資や兵器の請求や、交代させた全クルーを新しい任務につけるためには、何カ月もかかるはずだった。ところが、ホーズの葬儀から二十四時間たたないうちに、グレンジャーを乗せたシャトルはＱジャンプして木星の周回軌道に入り、衛星エウロパへ向かっていた。

「こいつを動くように整えるのは、ひと仕事だろうと思います、艦長。でも、やってみせますよ。見ててください」と、レイナ・スコット機関長。プリンス少尉とディアス大尉とともに、グレンジャーに付き添ってシャトルに乗った。〈ウォリアー〉を任務に耐える状態に戻す作業に熱中するチームの、指導を手伝うためだ。「あたしの祖父は〈ウォリアー〉に勤務していたんです。機関長補佐でした。ああ、祖父が面倒を見た古いエンジンをあたしが引き継いだと知ったら、いまのあたしに会いたがるだろうな」

「誇りに思ってくれるに違いない」と、グレンジャー。エウロパ・ステーションをよく見ようと、舷窓のほうへ首を伸ばした。いまや巨大な宙港が窓いっぱいに広がり、シャトルの動きにつれてゆっくりと向きを変えていた。さまざまな建造段階で造船所に並ぶひとにぎりの航宙艦が、ななめに通り過ぎた。

「航宙艦の設計が変わったようです、艦長」と、ディアス。いちばん近くに見える建造中の巡航艦を指さした。「スマート＝スチールをはがす手間をはぶいていますね。上から、もっと厚い装甲を張ることにしたようです」

「何年も前にやっておくべきだったな」グレンジャーは窓の外に目を向けたまま、つぶやいた。もう、いつ敵が現われても……。

　そのとき、見えた。近くの建設用アームが通り過ぎると、先端に〈コンスティテューション〉とよく似た艦があった。ＩＳＳ〈ウォリアー〉だ。建設用の鉄塔から艦に向けて、何百もの連結チューブが伸びている。

「美しいですね」と、プリンス少尉。

グレンジャーはフンと鼻を鳴らした。

「恐ろしく醜い。だが、われわれがあの艦によくしてやれば、艦もわれわれによくしてくれる。〝老鳥〟と同じようにな」

シャトルがドッキングすると、一人の宙兵隊員がエアロックで四人を迎え、ブリッジまで案内した。何百人もの作業員が通路を小走りに進み、グレンジャーがこれまで見たことのあるどの作業チームの組織だった動きよりも速く、熱心に働いている。

ブリッジのドアがすべるように開き、見慣れた光景が現われた。

「艦長が入室されます！」宙兵隊員が言った。

司令コンソールの下から、ひょいと頭が出た。ワイヤーの束《たば》とケーブルをつかみ、大きな笑みを浮かべて言った。

「ようやく立ち寄ってくださいましたね。ご親切に！」プロクターだ。

グレンジャーはあんぐりと口を開《あ》けた。

「来たのか？〈チェサピーク〉はどうした？きみは〈チェサピーク〉の艦長になると――」

プロクターはクスクス笑った。

「うぬぼれないでくださいね、ティム。わたしは〈チェサピーク〉の艦長になります」

グレンジャーは少しばかりしょげた。

「ああ」ブリッジを見まわし、作業員が新しい戦術ステーションを設置する様子を見つめた。「われわれを見送りにきてくれたのか？」

「もちろん、違います。〈チェサピーク〉は、まだ二カ月は準備ができません。大きくはぎとられている部分もあります、艦長。わたしは、両方のいいところを取ろうと考えました――〈チェサピーク〉の艦長になる前に、〈ウォリアー〉の副長をつとめる。それに、戦争が起こっているときに、二カ月も艦の修理を監督して過ごすなんて、想像できません。艦長は、できます？」

グレンジャーは顔をゆがめて首を振った。

「結局、われわれは深みにはまったようだな。艦隊情報部は、別の異星人艦隊を探知した――フランシア星区へ向かっている」

「フランシア星区を救いに行くんですか？　あいもかわらずってやつですね」

不遜な言葉に驚き、グレンジャーは含み笑いをした。

「そのとおりだ」

プロクターは司令コンソールの下にひっこんだ。

「それで、艦長？　何をぐずぐずしていらっしゃるんですか？　仕事にかかりましょう」

グレンジャーはうなずき、ショルダーバッグを自分の席にほうった。

家に帰るのはいいものだ。まあ、家ではないが、家に帰る途中の快適な休憩所だ。

まだうなずきながら、グレンジャーは両手をこすりあわせた。

「仕事にかかろう」

解説

レビュアー　冬木糸一

　この『伝説の艦隊1』（*Constitution : Book One of the Legacy Fleet Series*）は、ニック・ウェブによって二〇一五年に刊行された、〈伝説の艦隊〉三部作の第一部にあたるミリタリイＳＦである。著者のニック・ウェブは銀河帝国に対して地球が独立するための戦争を描いたシリーズを電子書籍の自主出版市場で刊行し、デビュー。

　それに続いて発表された新しいシリーズ物である本作〈伝説の艦隊〉は、地球を侵略しにくる異星生物に対して、旧時代の技術を使って作られ、博物館に変えられる瀬戸際だったオンボロ航宙艦と、全身を癌に侵され、余命宣告までされた老いぼれ艦長が立ち向かう、言ってしまえばオーソドックスなミリタリイＳＦシリーズだ。

あらすじ・世界観について

ざっとあらすじや世界観を紹介してみよう。舞台は二六五〇年、七十五年前に地球は突如謎の異星人——後に〝大群《スウォーム》〟と呼ばれるようになる異星生物の襲来を受け、その圧倒的な技術力の前にほとんど為すすべもなく敗北。地球が蹂躙《じゅうりん》されることは避けられないかと思われたが、なんらかの理由によってスウォームが一斉退去してしまう。すでに判明していた敵の惑星を探索するも、都市は残らず放棄され、なんの痕跡も残っていない。そこから七十年以上ものあいだいっさい姿を見せなくなったので、地球には安寧《あんねい》が訪れた。

この二六〇〇年代には、敵の攻撃箇所を予測し、電子エネルギーを集中させることで従来の素材よりもはるかに頑丈にするスマート＝スチール技術が存在し、新造艦はすべてその技術が用いられている。そのため、スウォーム戦争前に建造され、大きな活躍を果たした〈伝説の艦隊〉と呼ばれている旧時代の艦隊も、もはや時代遅れの産物となり、今でも任務についているのは、小惑星をくり抜く形で建造され、厚さ十メートルのタングステン被覆によって守られた〈コンスティテューション〉のみである。

スウォームは七十年以上も姿を現わしていないので、恐怖は薄れ、病原菌か何かにやられたか、自分たちが加えた攻撃によって退治に成功したのではないかと楽観的に捉えられはじめている。そんな最中、軍事費削減のあおりを食らって、〈コンスティテューション〉と、その艦長にして旧時代の価値観を維持し煙たがられている艦長グレンジャーはお役御免を言い渡されることになる。スクラップにされるわけではなく、地球を周回するヴァルハラ宇宙ステーション近くの高軌道に置かれ、歴史を伝える博物館としてとどめられることになったのだ。

　その結論に、軍人生活をずっと〈コンスティテューション〉と共に過ごしてきたグレンジャーが納得するわけもなく、〝〈コンスティテューション〉を博物館にするためのスムーズな作戦進行〟のために送りこまれたプロクター中佐と激しく対立する。グレンジャーも自分と艦の立場が分かっていないわけではない。〈コンスティテューション〉は役目を終えた航宙艦だ。そのうえ、周囲のクルーにはいっさい明かしていないが、彼はステージ4の肺癌と全身への転移を抱えていて、余命は二、三カ月しかない。わずかに残された寿命のあいだだけでも艦と運命を共にしたいという思いからの子供じみた抵抗なわけで、その状況と葛藤には共感できる哀愁がある。

　だが、そんなある日、地球連合のアイザクスン副大統領による、大統領に対する信頼性を失墜させようとする陰謀が露見する。消滅したと思われていたスウォームだが、ロシア連邦政府だけはその居場所を突き止めていた。それだけでなく独自にコンタクトをとり、その技術を得、スウォームのコントロールまで可能にしていた。その力を利用してアイザクスン副大統領は大統領の座につこうとするのだが……と、そこは当然ミリタリイＳＦなので、スウォームはなんらかの理由によって制御を失い、人類を攻撃し始めることになる。

戻ってきたスウォームは新たな技術と攻撃手段を備えていて、新造艦が搭載しているスマート＝スチール技術がまるで役に立たない。スマート＝スチールは艦内のコンピュータが働いていなければ正常に機能しないうえ、防御時の量子調整パターンを解析されると防御としては役に立たないからだ。結果的にスウォームの攻撃に耐えることができるのは、小細工なしの物理装甲を備えた〈コンスティテューション〉だけであり、それに加えて一部の〈伝説の艦隊〉たちが、地球防衛のために再度日の目を見ることになる。

読みどころについて

老朽化した艦に、古い価値観に固執する年老いた艦長、退けたはずの敵が再度新たな技術と戦略を携えて戻ってくるという展開（と、のちに明かされる幾つかのモチーフ）は著者がインタビューで、ＴＶドラマ《バトルスター・ギャラクティカ》のオマージュだと語っている。また、老朽艦や落ちぶれた艦長が平和ボケした世界で再度活躍する流れは、近年もクリストファー・ナトール〈女王陛下の航宙艦〉シリーズや、ジョシュア・ダルゼル〈暗黒の艦隊〉シリーズで用いられているので、展開自体はよくあるものだ。とはいえ、本書独自の読みどころもきちんとある。たとえば、そのひとつといえるのはスウォームの描きこみだ。スウォームは最初、その姿さえもわからない。敵の戦闘艇を撃破して運良く中をあらためることができても、液体有機物しか存在しないのでなんらかの自動プログラムによって自死していると思われている。どのような言葉を発しているのか、何を感じているのかもわからない謎の存在だ。だがしかし、なぜ過去にスウォームは突如撤退したのか、どのような習性、目的で人類を攻撃してきたのかなど、物語が進むにつれてその特殊な生態が徐々に明らかになり、それがまたグレンジャーが敵に対する反撃をするさいの大きなヒント・指針にもなっていく。

最初はただの嫌味な副官だったプロクター中佐も、危機が本格化してからは一転して共に戦う有能な人物に変貌を遂げる。彼女の博士論文のテーマが〝スウォーム人類学〟だったことも判明し（彼ら自身の痕跡はどこにも残っていないが、彼らの破壊のあとは残っているので、この世界の人類学者たちはそうした間接的な痕跡をもとに研究している）、生態学的な観点からもグレンジャーの作戦をサポートしていくことになる。

これに関連して、著者によって書かれた「七つのＳＦとそれらが教えてくれたこと」

(7 Science Fiction Books, and What They Taught Me.) という記事では、オースン・スコット・カードの『エンダーのゲーム』をその中の一冊にあげている。彼は、中でも感動的だったのは、そのクライマックスではなく、全体の三分の二を過ぎたあたりでエンダーが、〝自分の敵をほんとうに理解し、打ち負かせるほどじゅうぶん理解した瞬間、まさにその瞬間に、ぼくは相手を愛しもする〟、そしてだからこそ相手を滅ぼすことができるのだと敵について表現する場面だったと語っている。恐らく、その影響が本作〈伝説の艦隊〉のスウォームまわりの描写に活かされているのだろう。

ちなみに、影響を受けたとする他の六作品としては、幼少期に出会って衝撃を受けたというティモシイ・ザーンによるスター・ウォーズのスピンオフ小説〈スローン〉三部作、アイザック・アシモフ〈ファウンデーション〉シリーズ、ピーター・デイヴィッドによるスター・トレック小説の『ヴェンデッタ──新宇宙大作戦』、ニール・スティーヴンスン『七人のイヴ』、ジェイムズ・S・A・コーリイ『巨獣めざめる』、ブランドン・サンダースン〈ミストボーン〉三部作がそれぞれ挙げられている。

また、著者は実験物理学の博士号を持ち、その後のキャリアとしても巨大なレーザーと高圧力ガスを使ってナノマテリアルを作る仕事を行なっていた経歴があり、宇宙関連事業に携わる本職の科学者という背景もある。そのため、本作の世界にも超光速航法などはあるものの、航宙艦の移動速度やブラックホールによる特異点にまつわるあれこれなど、細かな描写で宇宙物理学の素養や見識が見えるのも本作のポイントのひとつ。
本作はグレンジャーらが大きな一戦を乗り越えたところで幕を閉じるが、ここから先、時間的にも空間的にも、戦術・戦略的にも物語のスケールは壮大になり、本作で提示された多くの謎や疑問点に説明がつくので、乞うご期待！

最後に、著者の他作品について少し。デビュー作についてはすでに触れたが、この〈伝説の艦隊〉はグレンジャーを中心とした最初の物語が第三部 *Victory*（2016）で完結。その後、作中で少し時間が経った状態で第四部 *Independence*（2016）が開始され、現在第六部 *Liberty*（2018）まで刊行中。こちらはまだ続くようだ。この他にも、地球を異星生物によって奪われた人々が地球を奪い返すために奮闘するミリタリイSF、〈The Earth Dawning〉三部作がある。

訳者略歴　北海道大学文学部卒，英米文学翻訳家　訳書『鉄の竜騎兵　新兵選抜試験、開始』フォックス（早川書房刊）

HM=Hayakawa Mystery
SF=Science Fiction
JA=Japanese Author
NV=Novel
NF=Nonfiction
FT=Fantasy

伝説《でんせつ》の艦隊《かんたい》 1
〈コンスティテューション〉

〈SF2293〉

二〇二〇年八月二十日　印刷
二〇二〇年八月二十五日　発行
（定価はカバーに表示してあります）

著者　ニック・ウェブ
訳者　置《おき》田《た》房《ふさ》子《こ》
発行者　早川浩
発行所　株式会社　早川書房

郵便番号　一〇一 - 〇〇四六
東京都千代田区神田多町二ノ二
電話　〇三 - 三二五二 - 三一一一
振替　〇〇一六〇 - 三 - 四七七九九
https://www.hayakawa-online.co.jp

乱丁・落丁本は小社制作部宛お送り下さい。
送料小社負担にてお取りかえいたします。

印刷・三松堂株式会社　製本・株式会社川島製本所
Printed and bound in Japan
ISBN978-4-15-012293-5 C0197

本書は活字が大きく読みやすい〈トールサイズ〉です。